나는 엄마를 바꾸기로 했다

나는 엄마를 바꾸기로 했다

변윤제 장편소설

가족은 아닌. 그렇다고 남도 아닌.
특별한 친애를 담은 마음으로.

차례

천페이지—인류를 위한 새로운 생각

안녕하십니까, 마이클 천입니다.

한국 시청자 여러분께 인사하게 되어 반갑습니다. 한국어 인사말을 통해 이미 눈치채셨겠죠? 인류의 혁신, 위대한 도약, 어제와 다른 페이지.

천페이지가 한국에 진출합니다. 천페이지 오리지날 웹 예능 콘텐츠와 함께 말이죠.

다들 아시다시피 저 마이클 천은 한국 출신의 입양아입니다. 한국 문화를 존중하는 양부모님은 제게 한국어, 한국 문화를 배울 기회를 어릴적부터 마련해주셨습니다. 저는 미국인이지만 한국 출신이라는 것을 숨긴 적이 없으며, 성인이 된 이후엔 스스로의 성을 '천'으로 다시 짓기도 했습니다.

저는 언제든 한국에서의 사업에 뛰어들 열망을 품고 있었습니다. 한국에서 어떤 콘텐츠를 만드는 것이 가장 좋을지 항상 골몰했습니다.

그리고 어제, 벼락같은 아이디어가 머리에 스쳐 지나갔습니다.

다들 그렇지 않습니까. 우리 솔직해져봅시다. 아이들은 종종 부모의 품을 떠나고 싶어 하고, 때때로 부모들은 자기 자식을 버리고 싶습니다. 부모와 자식은 서로 말하지 못하는 욕망을 숨기고 있죠. 부모를 바꾸고 싶다, 자식을 바꾸고 싶다.

더 직설적으로 말해볼까요? 부모를 버리고 싶다. 자식을 버리고 싶다. 언제든 기회가 된다면.

저는 그게 나쁜 일도, 숨겨야 할 일도 아니라고 생각합니다. 인간의 욕망이죠. 저 마이클 천은 그러한 이해 아래에서 입양이라는 제 삶의 숙명을 잘 헤아리고 있습니다. 저를 버리고 싶었던 것이죠. 하지만 원래의 부모 밑에서 그대로 자랐다면 저도 아마 부모를 바꾸고 싶었을 것입니다. 겪어본 적 없는 삶이지만 반드시 그러하리란 생각이 듭니다.

단지 누군가의 육체에서 떨어져나왔다는 사실로 평생 부

모와 자식이 된다는 사실이 더 희한합니다. 떨어져나온 뒤부터 서로 다른 삶이라면, 그 인연을 가족이란 이름으로 묶어둘 필요는 없습니다.

우리는 살아가면서 친구와 동료, 애인이나 아내를 자신의 선택으로 만들어 나갑니다. 부모 또한 그럴 수 있다고 생각합니다.

각설하자면 이렇습니다.

자식이여. 그리고 부모여.

서로에게서 자유로워질 기회, 그 기회를 제가 만들어드리겠습니다.

이름하여 〈엄빠게임〉. 이 게임의 최종 승자 일 인은 나 마이클 천의 양자로 입적될 기회를 부여합니다. 최하위권 두 명은 자기 부모와 영영 이별시키겠습니다. 한국법이 허락하지 않는다 해도 상관없습니다. 부모를 바꿔도 처벌받지 않는 나라로 국적을 변경시킨 후, 다신 원래의 가족을 만날 수 없도록 조치하겠습니다. 평생 서로 얼굴조차 볼 수 없을 겁니다.

모든 가족은 시스템일 뿐입니다. 게임을 통해 가족을 쟁취하는 게 더 정당하지 않습니까. 원하는 가족을 차지하고, 원하는 삶을 누리세요.

오십시오. 부모를 버리고 싶은 청소년이여.

보내십시오. 자식을 버리고 싶은 부모여.

1등이 되어 나 마이클 천의 재산 상속자가 될 것인가. 부모에게서 버림받은 꼴등 자식이 될 것인가. 아니면 몇 푼 상금을 얻고 답답한 집에 다시 돌아갈 것인가. 결과는 모두 참가자들의 몫입니다.

저는 본 게임의 호스트로서 한국에 방문할 예정입니다. 기대해주십시오. 위대한 도약, 혁신, 세상에 없던 희망. 제가 하고자 하는 건 단순한 OTT의 오리지널 콘텐츠가 아닙니다. 늘 말하지 않습니까. 여기는 천페이지. 인류를 위한 새로운 생각입니다.

〈엄빠게임〉. 뛰어들고 싶다면 지금 당장 준비하십시오.

※ 자세한 게임의 방법과 참가자 선정은 아래의 공지에서 확인하세요

〈엄빠게임〉 참가자 모집

· **참가 대상** : 14~19살의 모든 청소년
· **상　　금** : 1등 상금 10억과 마이클 천의 양자가 될 수 있는 기회.
　　　　　　 (나머지 등수에도 상금이 차등 지급됩니다)
· **지원 방법** : 천페이지 공식 홈페이지 지원서 다운로드

- **모집 기간** : 3월 한 달간
- **주의 사항** : 게임 신청 시 보호자 동의는 필수입니다. 최하위권 두 명의 참가자는 '정말로' 가족 관계를 박탈당하니 이 점 유의 부탁드립니다.

주바름―주은, 오랫동안 그리워했던

주바름은 핸드폰을 멍하니 노려보았다.

요즘 인터넷은 <엄빠게임>으로 들썩이고 있었다. 부모 자식의 관계를 멋대로 끊고 바꾼다는 발상 자체가 기발했다. 바름의 주변에선 천페이지다운 자극적 콘텐츠라며 환영하는 반면, 어른들은 근본도 없는 서양 게임이라고 버럭 성질을 냈다.

하지만 자극이 돈이 되는 세상 아닌가. 이 영상만 해도 하루 만에 조회수가 100만을 넘겼다.

마이클 천. 미국 OTT 업계에서 3위를 차지하는 천페이지의 수장. 전 세계에서 손꼽히는 억만장자. 최근 10년 사이에 마이클 천은 한국에서 가장 많이 회자된 괴짜 중 하나였다. 달까지 도착하는 엘리베이터를 만드는 사업에 투자한다고 하지를 않나, 로봇 스포츠 구단을 창설한다고 하지를 않나,

온갖 특이한 이슈의 중심엔 바로 마이클 천이 있었다.

바름은 시큰둥하게 화면을 쓸어 다음 영상으로 넘어갔다.

그리고 순식간에 넋을 잃고 다음 화면의 사람들을 보았다. 일렬로 늘어선 그들은 무대 위에서 핫도그를 노려보고 있다.

〈핫도그 먹기 대회 챔피언 결정전〉

당장 기회가 된다면 핫도그가 아니라 핫도그가 놓인 식탁도 먹어치울 기세다. 주바름은 생각했다. 세상엔 핫도그 먹는 일에도 챔피언이 있구나. 조금 질릴 정도였다. 사람들은 왜 이렇게 경쟁을 좋아할까. 핫도그로도 경쟁하고, 부모를 걸고도 경쟁한다.

살면서 바름은 단 한 번도 일등을 해본 적이 없었다. 공부도, 체육도, 심지어 신장이나 몸무게, 돈도, 게임도, 그 어느 것도 없다. 무엇보다 바름은 그 어떤 분야에서도 일등을 차지해보고 싶던 적이 없었다. 그냥 대충 살다 오늘 하루 침대에 누워 잘 자는 것. 그게 바름이 바라는 하루였다. 게임이라니. 쟁취해야 한다니.

〈엄빠게임〉에 참여할 기회가 오지도 않겠지만, 기회가 오더라도 주바름은 절대 참여하지 않을 생각이었다. 참여하고 싶지 않아서도, 참여하기 싫어서도 아니라, 그 어떤 일도 도

전하고 싶지 않아서.

그때, 바름의 방심을 틈 타 벼락같은 손길이 들이닥쳤다. 핸드폰을 뺏은 사람은 학원 조교였다.

"자습실에서 뭐 하는 거야. 주.바.름."

주바름은 능청스럽게 얼굴을 갸웃거렸다. 하지만 크게 소용은 없었다. 그는 바름을 향해 자습실 바깥으로 빠져나오라는 손짓을 했다.

바름은 할 수 없이 바깥 복도로 걸어 나갔다. 조교는 문이 닫히자마자 나지막한 목소리로 얘기했다.

"주바름, 벌써 경고 3회다. 학원 규칙 알지? 핸드폰 일주일 압수야."

"아이 씨. 진짜. 3회 아니잖아요. 갑자기 무슨 핸드폰을 압수해요."

"3회 맞아."

"3회 아니라 5회예요. 이제까지 별말도 안 하다가 갑자기 무슨 핸드폰을 압수한다고 그래요?"

주바름의 황당한 대꾸에 조교는 잠시 말문이 막혔다. 주바름. 전혀 바르지 않은 이 주바름. 조교는 저도 모르게 짜증이 튀어나왔다.

"야. 3회 아니라 5회인 게 자랑이야? 하여간 압수야."

"아니, 그런 게 어디 있어요. 3회가 원칙인데 5회째에 압수하는 건 규칙이 아니지."

"무슨 말 같지도 않은 소리를 말같이 하고 있어."

"아, 학교에서도 요즘 핸드폰 압수 안 해요."

"넌 학교에서도 안 하는 자습을 왜 학원 와서 한다고 설쳐. 만년 꼴등 하는 주제에……. 학원 와서 제대로 하는 것도 아니고. 친구들 방해할 거면 집에나 가든가."

대놓고 쏘아붙인 조교가 몇 번 헛기침을 했다. 주바름은 머리를 벅벅 긁었다.

"조교님, 3회째에 핸드폰 압수가 이 학원 규칙이라고요?"

"응."

"그럼 저 오늘부터 이 학원 안 다닐게요."

바름은 거칠게 손을 뻗어 핸드폰을 뺏어버렸다. 당황한 조교가 핸드폰을 놓치고 말았다. 큰 보폭이 복도를 몇 번 울리더니 바름은 어느새 학원 복도 끝까지 달아나버렸다. 그가 큰 동작으로 손까지 휘저으며 외쳤다.

"그동안 감사했습니다. 어차피 챙겨갈 짐도 없어요. 여기 있는 문제집은 다 버리든지 알아서 하세요!"

"야, 야! 무슨 소리를 하는 거야! 핸드폰 안 내놔!"

"이제 그만뒀는데 규칙을 왜 지켜요? 저 갑니다."

학원 로비를 나서자 아직 가시지 않은 늦겨울의 바람이 바름의 뺨을 스쳤다. 손에 쥔 핸드폰에선 여전히 핫도그 먹기 챔피언 결정전이 계속되고 있었다.

[핫도그 37개! 아, 벌써 마지막 38개를 들고 있습니다! 38개는 대회 신기록인데요! 신기록! 신기록이 경신됩니다!]

핫도그 신기록 경신이라니. 그 자리에 서서 바름은 찬찬히 떠올려보았다. 주바름 자신은 살면서 어떤 신기록을 경신했을까.

바름의 연갈색 머리 위로 가로등 빛이 느리게 쏟아졌다. 생각의 작은 입자들이 보풀처럼 흩날렸다. 성적이 만년 하위권이지만 아예 0점을 맞거나, 꼴등을 해본 일도 없다. 그렇다고 운동을 잘해서 체육 성적이 좋은 것도 아니다. 집이 잘사는 것도 아니었다. 엄마와 단둘이 사는 싱글맘 가정. 강남 4구인 사월구에 살고는 있지만, 아파트 단지에서 가장 작은 평수에 반전세로 겨우 살고 있을 뿐이다. 왕따를 당한 적은 없지만, 친구가 많아본 적도 없다.

주바름과 신기록 경신은 거리가 먼 이야기였다.

한참을 생각하던 바름이 갑자기 손뼉을 쳤다. 그러고는 천천히 걷기 시작했다. 깨달음을 얻은 사람처럼.

"그래도 뭔가 때려치운 횟수는 내가 제일 많지. 학원 때려치우기도 오늘 신기록인 것 같은데? 하하, 하하하하.”

배를 잡고 폭소하던 바름은 토할 듯 허리를 비척거렸다. 사람들은 말했다. 세상에 좋은 것만 하고 살 수는 없다고. 기를 쓰고 열심히 살아도 성공하는 게 힘들다고. 바름은 하늘을 쳐다봤다. 그저 밤과 낮처럼 살 수는 없는 것인지. 때가 되면 어둠이 찾아오고, 때가 되면 환해지는.

노력 없이도 무언가를 매일 이루어내는 낮과 밤처럼.

바름도 사실 학원을 홧김에 때려치우고 싶진 않았다. 무언가를 이뤄내는 경험을 자신도 하고 싶었다. 아직 그 ‘무언가’를 찾지 못했지만.

* * *

멀지 않은 공원 벤치에 두 남녀가 앉아 있다. 주바름이 알고 있는 얼굴들이었다. 주바름은 자신의 모친에게 고백하는 한 남자를 숨어서 노려봤다.

“주은아. 보고 싶었어. 아주 오랫동안 그리워했어.”

자신의 어머니에게 그런 말을 건넬 수 있는 사람이 있다는 사실을 주바름은 처음 알았다. 그 남자와 주은이 그런 관계라는 것도 처음 알았다. 오래도록 보고 싶었다. 사랑한다

나는 엄마를 바꾸기로 했다

는 말보다 더 낯선 고백이 두 남녀 사이에 오가고 있었다.

고백을 뱉은 사람은 다름 아닌 마이클 천이었다. 천페이지의 창립자. 세계에서 가장 유명한 괴짜 대부호. 지금 한국을 통째로 들썩거리게 만든 남자. 마이클 천말이다. 그러니까 이 얘기를 제대로 풀기 위해선 주바름이 학원을 그만두고 집에 돌아온 시점에서부터 다시 시작해볼 필요가 있다.

학원에서 돌아온 주바름은 아파트 중앙을 가로지르는 공원을 괜히 다섯 번 넘게 왕복했다.

학원에서 집으로 이미 연락이 갔을까. 알 수 없는 노릇이었다. 어쩐지 초조해진 바름은 주머니 안의 핸드폰을 그저 꽉 쥐고만 있었다. 손에서 열이 나고, 급기야 식은땀이 흘러내렸다. 무작정 학원을 뛰쳐나오긴 했지만, 집에 가까워질수록 마음이 가빠졌다. 이미 올해만 세 개의 학원을 무단으로 그만둔 바름이었다. 학원을 때려치우는 건 아무 일도 아니었지만, 그 뒤에 이어지는 엄마와의 전쟁이 바름에겐 지옥이었다.

바름은 손을 꽉 쥐어보았다. 핸드폰이 뜨거운 건지, 자기 손에서 훈기가 뿜어져 나오는 건지 분간하기 어려웠다. 오늘 주은의 출근이 몇 시인지 확인해야 했다. 바름은 핸드폰을 꺼내 주은의 홈쇼핑 방영 시간을 검색해보았다. 주은은 바름과의 약속은 잘 지키지 않지만, 시청자와의 약속은 정확히 지키는 사람이었다. 주은의 〈안티에이징 세라믹 크림〉 홈쇼핑은 오전 두 시에 방영될 예정이었다.

주바름은 시간을 확인했다. 오후 8시를 조금 넘은 시간, 주은은 아마 곧 방송국으로 출발할 것이었다. 오전 2시에 방송이 있는 날이면 늘 8시를 전후해 집안일을 마무리하고 출근하는 주은이었으니까. 바름은 그녀의 출근을 놓치지 않기 위해 아파트 입구 근처 벤치에 몸을 숨기고 앉았다. 혹시라도 마주쳐 잔소리 폭격을 당할 일은 피해야 했다. 그는 시간을 보내기 위해 습관처럼 핸드폰을 꺼내 너튜브를 켰다.

그런데 주바름의 너튜브 안에 떠 있는 건 다름 아닌 주은이었다. 지금의 주은이 아닌 9시 뉴스 메인 앵커였던 젊은 날의 주은 말이다.

주바름은 주은의 모습이 낯설었다. 오래된 뉴스 스튜디오가, 지금은 보기 힘든 투박한 자막이, 이제는 뉴스로 다루지 않는 당시의 온갖 소식들이, 무엇보다도 그 모든 걸 진중한 표정으로 전달하는 젊은 날 그녀의 눈망울이.

주은의 표정은 차분했지만, 어쩐지 활력이 넘쳤다. 입가에 단정히 걸린 미소와 대본을 읽어내리는 정돈된 목소리엔 명랑함이 배어 있었다.

나는 엄마를 바꾸기로 했다

화면 안에서 주은은 그 어떤 순간보다 살아 있었다.

젊은 날 주은 눈에는 빛이 있었다. 미래에 대한 열망으로 가득 찬 그런 빛. 그리고 무슨 고약한 장난처럼 영상은 십수 년을 단번에 건너뛴다. 순식간에 주은은 화장품을 판매하는 쇼호스트로 변해 있었다.

주은의 눈가는 젊은 날의 그 눈가와 달랐다. 크게 울려 퍼지는 목소리, 얼마 남지 않은 시간과 수량을 안내하는 조급한 제스처, 한껏 끌어올린 억지 미소. 젊은 날의 차분함과 진중함이 사라진 자리엔 그런 것들이 덧씌워져 있었다.

주바름이 아무리 봐도 홈쇼핑 속 그녀는 반쯤 죽어 있다. 왜 죽어 있을까. 무슨 생각을 하고 있을까. 왜 젊은 날 주은이 가지고 있던 빛이 지금의 주은에게선 보이지 않을까.

그때, 아파트 공원 어딘가에서 주은의 목소리가 들렸다.

목소리를 따라 도착한 곳에는 주은이 한 남자와 벤치에 앉아 있었다. 주바름은 그 모습이 믿기지 않아 몇 번이고 눈을 끔벅거렸다.

자신의 엄마와 함께 앉아 있는 건 다름 아닌 마이클 천이었다. 천페이지의 창립자. 지구상에서 가장 유명한 억만장자. 마이클 천이 주은 옆에 앉아 있는 것이다. 심지어 그녀의 말투는 친근하다 못해 다소 차갑기까지 했다. 오래된 친구를 외면하듯이.

"마이클. 한국 왔으면 관광이나 마저 하다 돌아가. 그 엄빠 게임인가 뭔가 하는 건 난 생각 없으니까. 오늘 너를 만나준 게 내가 보일 수 있는 유일한 호의야."

"왜 생각이 없는데? 아무리 생각해도 네가 적임자야."

"난 이제 홈쇼핑에서 화장품 파는 사람이야. 네가 기억하던 옛날 아나운서 주은이 아니라고."

"그러니까 네가 필요한 거야."

"무슨 소리야?"

주은은 마이클 천을 수상쩍게 쳐다보았다. 두 사람 사이엔 묘한 기류가 흐르고 있었다.

"유명한 연예인이 필요한 거였다면 누구든 데려올 수 있어. 하지만 이 엄빠게임의 적임자는 바로 너야. 주은아. 싱글맘으로 사는 지나간 시대의 스타. 난 다양한 가족의 모습을 보여주고 싶고, 그 상징이 바로 너야."

"지금 그걸 말이라고 해? 그 이유로 나보고 그 해괴망측한 쇼의 진행을 맡으라고?"

"응."

"너, 네 쇼에 자신 있니? 십수 년이나 안 보던 친구한테 억지 부릴 정도로? 이거에 다 걸었어? 아니잖아. 그냥 이거 쇼

나는 엄마를 바꾸기로 했다

잖아. 이거 아니어도 천페이지 성공할 거야. 미국에서 들어온 OTT들 다 떴잖아. 그 공식 그대로 그냥 하면 되는 거잖아."

"주은아."

"왜."

"난 이 쇼에 다 걸었어. 적어도 그런 각오로 하고 있어."

마이클 천은 한 치의 망설임도 없이 대답했다. 그 대답엔 어떤 부끄러움도 없었다. 그는 당당히 요구하고 있었다. 네 삶을 내 쇼에 보여달라고.

주은은 그 얼굴을 물끄러미 들여다보았다. 마이클 천은 주은이 처음 만났던 그때 그 모습, 그 눈빛으로 주은을 보고 있었다. 청춘의 가운데를 통과하는 사람이 보여줄 법한 열망이 마이클 천의 눈 안에 여전히 있었다.

그 눈동자는 주은은 이미 오래전에 놓쳐버린 것이었다.

그리고 멀지 않은 곳에서 주바름은 보았다. 하나의 불꽃이 또 다른 불꽃을 불러오듯이, 주은의 표정이 잠시나마 환해지는 것을.

침묵하는 주은에게 마이클 천이 말을 이었다.

"주은아. 보고 싶었어. 아주 오랫동안 보고 싶었어."

"난 네가 보고 싶어 하던 주은이 아니야."

"그런 것 같아. 하지만 곧 만나볼 수 있겠지. 아마 스튜디오에서. "

"야, 나 그거 안 한다고."

마이클 천은 답 없이 주은을 들여다보았다. 그 침묵은 주은의 의사를 시험하는 것만 같았다. 고요 속에선 주은의 진정한 속내를 들여다볼 수 있다는 듯이. 마이클 천이 주은을 향해 말했다.

"너 안 하는 이유. 혹시 네 아들 때문이야?"

"그래. 아니라고는 못 해. 나도 그 애도 쇼 절대 안 나가. 나 말고 내 아들까지 같이 쇼에 끌어들이려는 이유가 대체 뭐야?"

고개를 갸웃거리던 마이클 천이 멀지 않은 곳을 서성이는 한 사람을 가리켰다.

"혹시 주은아. 저기 저 애가 네 아들이니? 네 아들은 아무래도 생각이 다른 것 같은데, 둘이 좀 얘기를 해봐."

마이클 천의 손가락이 주은의 얼굴을 지나쳐 주바름을 정확히 가리켰다. 풀숲 사이 숨어있던 바름이 몸을 움찔거렸다. 주은이 황당한 표정으로 아들을 불러세웠다.

"야. 주바름. 너 학원에 있어야 할 시간에 왜 여길 서성여."

주바름은 말없이 주은의 눈을 바라봤다. 홈쇼핑에서도, 뉴

　　　　　나는 엄마를 바꾸기로 했다

스에서도 볼 수 없는 자신의 엄마 주은을. 그 어디에서도 마주 볼 수 없는 그 표정을.

바름은 천천히 입을 열었다.

"엄마."

"아니, 엄마 부르지 말고 똑바로 말하라고. 왜 학원에 있어야 할 시간에 여기 있는 건지."

"엄마. 그 엄빠게임인가 하는 프로그램 나가고 싶지?"

그 말을 들은 주은이 한숨을 내쉬었다. 언짢은 표정이 주바름을 향했다.

"엄마 일은 엄마가 알아서 할게."

"그 프로그램 나도 섭외됐다며. 내가 잘못 들은 거야?"

"잘못 들었거나 말거나, 엄마 그거 나갈 생각 없어."

"내가 섭외됐다면 나도 결정할 수 있는 권한 있는 거 아니야?"

"너까지 섭외됐으니까 더더욱 그 프로그램 나갈 수 없지. 공부 하기도 바쁜 시기에 무슨 그런 프로를."

"엄마 진짜 그 프로그램 사회 보기 싫어?"

주바름은 주은의 표정을 정면으로 노려보았다. 그 눈빛을 보며 주은은 생각했다.

괴상한 컨셉의 프로그램은 맞았다. 하지만 주은의 입장에서 그것은 기회였다. 40대의 여성 방송인에게 세계적 쇼의 진행자를 맡을 기회가 자주 오는 것은 아니었다. 아니, 거의 기적에 가까운 일이라고 봐야 했다.

우승하더라도 우승 상품을 거절하면 된다. 그 선택을 지지하는 시청자도 있을 것이다. 아니, 많을 것이다. 납득하지 못하더라도 그런 쇼가 있다는 사실 자체를 결국 까먹을 것이다. 그게 방송의 숙명이니까. 주은은 진행만 하면 된다. 쇼를 기획한 마이클 천이 모든 비난을 뒤집어쓰고 끝날 것이다. 그리고 그는 비난마저 자신의 명성으로 부풀릴 것이다.

무엇보다 이 기회는 주은을 설레게 했다. 천페이지 오리지널 콘텐츠의 메인 진행자로 전 세계에 얼굴이 송출된다. 젊은 날 주은이 꿈꾸던 것 아닌가. 그리고 어쩌면 지금의 자신도 소망하는 것 아닌가. 자신의 모든 역량, 방송인으로서 성장한 모습을 시청자에게 드러내는 것. 믿기지 않는 기회 앞에서 주은은 자신도 모르게 두 볼이 상기되어 있었다.

주바름은 생각했다. 엄마의 이런 얼굴을 오래도록 그리워했다고. 자신에게는 한 번도 보여준 적 없는 얼굴. 인터넷 어딘가에나 박제된 젊은 날의 모습을 말이다.

주바름은 마이클 천을 향해 이렇게 말할 수밖에 없었다.

"저는 그 쇼 나가고 싶어요."

나는 엄마를 바꾸기로 했다

마이클 천이 입가에 미소를 띠며 고개를 끄덕거렸다.

"주은아. 기회를 줬으면 잡아. 기회를 붙드는 것도 능력이야."

마이클 천─천바다, 이제부턴 나의 일

마이클 천에게는 딸이 있다. 그는 자신의 일거수일투족을 매일 SNS에 기록하지만 딸에 대한 소식만은 대중에게 일절 공개하지 않았다.

그의 딸 천바다는 자신의 부친이 왜 그러는지 아직 알지 못했다. 사생활 공개를 꺼리는 탓이라고 하기엔 마이클은 지나치게 모든 생활을 공개하고 있었다.

당장 인터넷에 검색만 해도 마이클 천이 먹은 아침, 점심, 저녁, 애프터눈 티의 종류와 원산지까지 알 수 있었다. 인터넷은 모든 걸 알려준다. 그가 사는 지역, 출신 대학교와 고등학교는 물론이고 좋아하는 브랜드와 특별한 날에 찾곤 하는 차이니즈 레스토랑, 다가오는 생일에 방문하기로 예정한 해외 여행지까지.

인터넷엔 마이클 천의 과거와 현재, 심지어 미래까지 모두 있었다.

하지만 마이클 천에 대해 낱낱이 알고 있는 대중들도 모르는 사실이 하나 있었다.

마이클 천은 모든 걸 다 공개하는 사람이 아니라, 모든 걸 다 공개한다고 자신을 브랜딩하고 있는 사람이라는 것. 마이클 천이 자신에 대해 밝히는 것의 태반은 거짓이다. 오늘 아침, 점심, 저녁, 애프터눈 티를 올리는 건 사실 마이클 천 본인이 아니라 그의 비서실 직원이었다. 마이클 천은 자신이 무엇을 먹었는지 기록하는 일이나 그것들이 대중들에게 어떻게 소비되는지에 대해 큰 관심이 없었다.

천바다는 언제가부터 아버지와 관련된 모든 소식을 언팔로우하고 있다.

그곳에 올라오는 마이클 천과 자신이 알고 있는 마이클 천은 다르다. 인터넷에서 마이클 천은 괴짜, 혁신가, 늘 유쾌하고 자신감 넘치는 사람이지만, 집 안에서 마이클 천은 고요하고, 차분한 사람이었다. 언젠가 천바다의 조부모는 말했었다. 마이클은 천성이 두더지 같은 성격이라고. 아마 거울 속 저 자신과도 데면데면하게 지낼 거라고. 그는 가족에게조차 특별한 관심이나 애정을 주지 않았다. 천바다는 확신한다. 그가 자신에 대해 아는 것이라곤 자신이 '딸'이란 사실 정도밖에 없을 거라고.

마이클 천과 천바다는 가족이었지만 그냥 한 주소지를 같이 공유하는 사이였다. 천바다는 가끔 생각했다. 마이클 천의 근황이라면 인터넷이 아니라 집 안의 식탁과 부엌, 거실과 마루에서 전해듣고 싶다고.

그리고 오늘 마이클 천의 근황은 의외의 곳에서 천바다에게 도착했다.

천바다의 핸드폰에 국제전화가 걸려온 것은 오전 일곱 시 무렵의 일이다. 마이클 천의 방에서 몇 통이나 전화가 울리는 소리가 들렸다. 하지만 그가 일어나는 소리는 들리지 않았다. 전화 소리를 분명 들었을 법한데, 부러 받지 않는 게 분명했다.

몇 분 지나지 않아 천바다의 전화가 울렸다. 그 전화는 다름 아닌 천바다의 조부인 존이었다. 바쁘게 등교를 준비하던 그녀의 얼굴에 화색이 돌았다.

천바다가 어릴 적엔 조부모인 존과 메리의 집에서 대부분의 시간을 보냈다. 그들의 집은 마이클 천의 LA 집에서 30분가량을 차로 가야 나오는 교외의 주택지에 있었다.

마이클 천도 그 집에서 유년을 보냈으며, 존과 메리는 그 집에서 신혼과 노년을 모두 보내고 있다.

평생을 살뜰히 유지해온 부부의 품격이 그 집 곳곳에서 느껴졌다.

주택의 주황색 벽돌은 모두 깨진 데 없이 윤기가 흘렀고, 마당은 매일 풀을 깎는 부지런함이 만들어낸 초록빛이 가득했다. 천바다는 존과 메리를 생각하면 바로 그 집이 떠올랐다. 부친에게 받지 못했던 사랑과 돌봄이 포근한 솜처럼 굴러다니던 곳.

천바다는 모처럼 얼굴에 화색을 띠며 전화를 받았다. 전화 건너편에서 어색한 한국어 인사말이 건너왔다.

"안녕하세요. 우리 손녀."

서툴지만 정성스러운 인사말에 천바다는 웃음을 터뜨리고 말았다. 그 말은 인터넷 번역기로 잘못 돌린 문장 같았다. 이 한마디 인사를 태평양 건너로 보내기 위해 할아버지는 인터넷에 손수 한국 인사말을 검색했을 것이다.

천바다는 기분 좋은 웃음으로 답했다.

"하하. 영어로 말씀하셔도 돼요. 저도 한국어보다 영어가 편해요."

"그래. 그거야 우리도 잘 알지. 우리 바다 잘 지내고 있는 거지? 네 할머니가 무척 보고 싶어 하는구나. 나도 네가 무척 보고 싶고."

"저도 할아버지 많이 보고 싶어요. 방학이 되기만을 손꼽아 기다리는 중이에요. 그나저나 무슨 일이세요? 전화를 다 하시고?"

"아니, 어제 마이클의 SNS에서 이상한 걸 봐서 말이야. 바다 너는 이 소식 들었나 해서."

"할아버지 SNS도 하셨어요? 멋지신데요. 어떤 소식인데요?"

"마이클이 이번에 한국에서 새로운 리얼리티쇼를 한다더구나. 엄빠게임이라던가?"

"글쎄요. 아빠 사업엔 별로 관심이 없어서 몰랐어요. 그게 저랑 무슨 상관이 있나요?"

"그 게임이 끝나면 너에게 새로운 형제가 생길 테니 알고는 있어야 하지 않을까?"

"뭐라고요?"

존의 말에 천바다의 머리가 울렸다. 만 개의 종소리가 동시에 바다의 머릿속에서 울려 퍼지고 있었다. 바다는 할아버지의 말이 무슨 의미인지 아예 알아듣지 못했다.

"지금 무슨 얘기를 하시는 거예요?"

"말 그대로다. 바다야. 너에게 새로운 형제가 생길 수도 있다고."

천바다는 오른손으로 관자놀이를 주물렀다. 갑자기 두통이 쏟아졌다.

부친이 골치 아픈 일을 벌이는 게 어제, 오늘 일은 아니었다. 당장 한국에 온 것만 해도 그렇다. 평생 미국에서 살던 천바다는 졸지에 한국의 인문계 고등학생이 되었다. 서울의 평범한 고등학교에 마이클 천의 자식이 다닐 거라고 누가 생각이나 할까. 그리고 그 일에 천바다의 의사는 전혀 반영되지 않았다.

어느 날 마이클 천이 집을 구했고, 이사를 할 것이며, 전학 절차를 밟을 것이라고 선언했을 뿐이다. 어릴 적부터 유난히 많이 학교를 옮겨다닌 터라 전학이 새삼스러울 일은 아니었다. 특별히 학교에 정을 붙인 친구가 있는 것도 아니었다. 하지만 아예 나라를 옮길 거라곤 상상해본 적이 없었다. 고등학교 2학년이 된 지금도 가끔 한국에 왔다는 사실이 꿈처럼 느껴질 때가 있었다.

그런데 이것은 또 무슨 소리인가. 리얼리티쇼를 하는데 왜 새로운 형제가 생긴단 말인가. 이사나 전학 같은 소리랑은 차원이 다른 이야기였다.

"글쎄요. 할아버지 아직 잘 이해가 안 가서 그러는데, 그 쇼랑 제 새로운 형제가 무슨 관련이 있는 거예요?"

"이번에 하는 쇼의 우승자를 자기 양자로 입적시키겠다고 말했다던데. 그러면 네 형제가 새로 생긴다는 뜻 아니겠니?"

"할아버지 말이 맞겠네요. 저는 들은 거 없어요. 원래 아빠가 그런 걸 저한테 얘기해주신 적은 없으니까요. 어…… 그래도 이런 건 얘기를 해줬다면 더 좋았겠네요."

비로소 상황을 이해한 천바다가 한숨을 내쉬었다. 이 소식을 어떻게 받아들여야 할지 고민이 됐다.

"그래. 이 할아버지도 네 말이 맞다고 생각한다. 그나저나 마이클은 도대체 뭘 하는 거니. 네게 전화하기 전에 몇 통이나 전화했는데 받지를 않아."

"음. 아빠 일정표엔 아직 취침 시간이라서 그래요. 곧 버터 구우러 일어날 거예요."

천바다의 말이 끝나기 무섭게 마이클 천의 방문이 열렸다. 7시 30분이 되었다는 뜻이었다.

마이클 천은 천바다를 본체만체하고 냉장고에서 버터를 꺼냈다. 곧이어 인덕션이 켜지는 소리와 함께 버터 굽는 냄새가 났다.

오전 7시 30분에 일어나 버터에 구운 토스트를 먹는 게 마이클 천의 아침 일과였다. 그는 그 일과를 단 하루도 어기지 않았다. 버터의 원산지는 프랑스, 버터의 브랜드도, 식빵의 브랜드도 늘 같았다. 그것이 천바다가 평생 목격한 마이클 천의 아침이었다.

아침에 마이클 천은 식빵을 먹으며 혼자 생각에 잠겨들었고, 오전 8시가 되기 전까진 단 한마디도 하지 않았다. 그러니까 마이클 천의 아침은 혼자만의 고독으로 충만하다는 얘기였다.

아침 등교로 분주한 천바다를 타인처럼 세워두고서.

천바다는 인상을 찌푸리며 마이클 천을 바라보았다. 이렇게 노려본다 한들 소용은 없었다. 마이클 천은 천바다 쪽을 향해 조금의 눈길도 주지 않았다. 천바다는 마치 마이클 천이 없다는 듯 할아버지와 계속 대화를 이어갔다.

"엄빠게임이니 뭐니 이해가 안 되네요. 세상에 가족을 걸고 리얼리티쇼를 하는 경우도 있어요?"

"그러게. 할아버지도 그렇게 생각한다. 하지만 마이클은 좀 남다른 데가 있지 않니."

"허 참. 세상에 자기만 뭐가 그렇게 유별났대요?"

"우리 손녀가 아주 불쾌하구나. 뭐가 마음에 걸리는 거니."

할아버지의 질문에 천바다는 잠시 생각에 잠겨들었다. 그렇다. 천바다 자신은 무엇이 불만스러운 걸까.

마이클 천의 사업 내용을 자신이 모두 알 필요는 없었다.

무슨 사업을 하든, 방송을 하든, 리얼리티쇼를 하든 자신에게 모두 보고할 필요는 없다.

부친이 아침에 전화를 받지 않은 탓에 신경이 날카로워진 것일까. 하지만 그런 일은 이전에도 종종 있었다. 전화를 거부하는 마이클 천을 보는 게 비단 오늘만의 일도 아니었다. 아침에 대화하지 않는 것도 마찬가지였다. 마이클 천의 아침 고요는 천바다가 평생 겪은 일과였다.

천바다는 마이클 천의 모든 기행을 자신이 제법 잘 납득하고 있다고 생각했다. 그런데 지금 이 순간, 천바다는 자신도 모르게 이런 말을 조부에게 뱉고 말았다.

"글쎄요. 새로운 형제가 생기는 게 달갑지는 않네요. 재산 상속자는 저 혼자면 충분하다고 생각해요."

천바다는 '재산 상속'이란 단어에 똑바로 힘을 주었다.

높은 톤의 성난 목소리가 천씨 일가의 부엌을 가로질렀다. 천바다 또한 제 귀로 들어오는 화난 목소리에 조금 놀랄 정도였다. 그런데도 마이클 천의 고요는 깨지지 않았다. 바다의 뜬금없는 말에 조부는 말을 멈췄다. 존 또한 눈치챈 것이다. 천바다의 심기가 생각보다 아주 불편하다는 사실을.

"엄빠게임인가 뭔가 하는 게 마음에 걸린다면 마이클이랑 얘기를 좀 나눠보렴."

"글쎄요? 얘기는 나눠볼게요. 저도 그 게임에 참가할까 하는 생각이 들거든요. 제가 1등을 하면 새 형제 같은 건 없는 거잖아요?"

그때, 마이클 천이 천바다 쪽을 향해 시선을 돌렸다. 입에 문은 버터는 황금빛이었고, 마이클의 눈엔 생기가 돌았다. 그가 입을 벌리자 고소한 밀가루 냄새가 부엌 전체에 퍼져 나갔다. 그의 활력 넘치는 눈이 무슨 뜻을 품고 있는진 알 수 없는 노릇이었다.

"그래? 네가 아빠의 일을 돕겠다고 하면 뭐 말릴 수는 없단다. 근데 알고 있니?"

"뭘?"

"꼴등을 한다면 벌칙이 있어."

마이클 천은 눈을 뱀처럼 가늘게 떴다. 무슨 생각을 하는지 짐작할 수 없는 가늘고, 긴 눈매였다. 천바다는 그 눈을 천천히 마주 보았다.

"벌칙도 있어?"

"그래. 꼴등은 자기 부모와 헤어져야 한단다. 영원히."

"영원히 부모랑 헤어진다고?"

"그래. 호적에서 분리한 후, 영원히 만날 수 없게 떨어뜨려 놓을 거야. 물론 바다 너는 내 딸이니, 꼴등을 하더라도 너무

나는 엄마를 바꾸기로 했다

걱정은 말아라. 이미 네 앞에 있는 주식을 빼앗거나 하진 않을 거고, 재산도……."

천바다의 머릿속에서 종이 울렸다. 그 쇳소리의 음성이 천바다의 아주 깊은 속을 긁어놓았다. 화가 불처럼 솟구쳤다. 천바다는 단호하게 마이클 천의 말을 끊었다.

"아니. 뭐가 됐든 다 좋아. 1등이든 꼴등이든 이제부턴 내 일이니 신경 꺼. 내가 참가자니까."

그녀가 마이클 천에게 조용히 다가갔다. 천바다는 마이클 천 앞에 놓여 있는 토스트 하나를 집어 들었다. 그것은 천바다 인생에서 처음 있는 일이었다. 마이클 천은 자기 아침 식사를 방해하는 것을 용납하지 않기 때문이었다. 서로의 아침엔 관여하지 않는 것. 그것은 부녀가 만든 암묵적인 법칙이었다.

하지만 말이다. 천바다는 때로 생각했다. 누가 그런 규칙을 만들었단 말인가. 대체 천바다 자신이 언제 그런 규칙에 동의했단 말인가.

천바다의 머릿속으로 옛날의 기억이 몰려왔다.

이를테면, 지진으로 집이 마구 흔들리는데도 아랑곳하지 않고 자기 할 일만 하던 일 중독자 부친의 모습 같은 것이. 자신을 구하러 달려오는 대신 아침 식사로 마실 커피를 느굿하게 내리고 있던 아침의 그 모습이.

그렇게 오래된 옛날이 왜 지금 떠오른 것일까. 그녀는 알수 없었다.

천바다는 그저 가지런한 앞니로 잘 익은 토스트를 힘껏물었다. 식빵이 바삭거리며 부서지고 있었다. 빵가루가 부산하게 식탁에 떨어졌다. 그 떨어지는 소리가 마이클 천과 천바다 사이에 번져나갔다. 두 사람 사이에 소리로 된 장막이세워지는 것처럼.

1부

Show On

-1-

쇼의 시작

주바름은 천천히 숨을 들이쉬었다. 그의 눈앞엔 바다가 있었고, 멀지 않은 곳엔 푸른 점처럼 작은 섬들이 박혀 있었다. 파도는 돌아오고, 밀려 나가고를 끝없이 반복했다.

바름은 자신도 모르게 혀를 내밀었다. 바다를 그대로 먹을 수 있는 것처럼.

햇살은 맑았고, 파도는 출렁거렸고, 기러기는 떼를 지어 날아다녔다. 바다의 냄새는 지나치게 육체파였다. 맑지만, 습하고, 저돌적이었다.

주바름은 첫 촬영을 위해 서해의 한 포구에 대기 중이었다. 주변에 있는 모두가 촬영 준비로 분주했다. 눈앞엔 수십 대의 카메라가 있었고, 하늘에 드론이 떠 있었다. 그때, 스태프 중 한 명이 다가와서 소리쳤다. 듬성듬성 흩어져 있던 참가자들이 그 목소리에 시선을 집중했다.

"포구에서 오프닝 촬영을 마친 후 메인 스튜디오가 있는 부모도로 입항할 거야! 난 막내 작가고 그냥 언니, 누나라고 부르면 돼. 오케이?"

그녀의 힘찬 호령이 끝났음에도 아무도 대답하지 않았다. 막내 작가는 참가자들에게 대답을 재촉했다.

"안내를 하면 대답을 해야지! 오케이?"

"네!"

바름은 마지못한 목소리로 대답했다. 촬영장 어디에서도 주은의 모습은 보이지 않았다. 쇼호스트가 아닌 주은의 모습을 기대하고 있던 바름은 조금 실망하고 말았다. 그가 방송에 출연한 가장 큰 이유 중 하나가 주은의 복귀 아니었는가. 촬영장에 오기 전날까지도 주은과 주바름은 촬영에 대해 제대로 얘기를 나누지 않았다. 바름은 그녀가 촬영을 포기한 것인가 하는 의심이 들 정도였다.

멍하니 생각에 잠긴 주바름을 향해 막내 작가의 호통이 다시 들려왔다.

"자, 자! 모두 이쪽으로 모여! 촬영 이제 시작합니다!"

포구에 모인 것은 총 12명의 청소년이었다. 주바름은 주

나는 엄마를 바꾸기로 했다

변의 아이들을 둘러보았다. 낯선 얼굴 사이에서 눈에 띄게 익숙한 두 명을 발견했다. 한 명은 TV에서 익숙하게 만난 얼굴이었고, 한 명은 주바름의 반 친구였다. 사실 친구라 말하기엔 친분이 전혀 없지만, 어쨌거나 동급생이라는 얘기였다.

전자는 지난 올림픽 양궁 단체전에서 금메달을 딴 선수였다. 이름은 가물가물하지만 금메달을 걸고 활짝 웃던 그 녀석의 얼굴만큼은 분명히 기억하고 있었다. 아마 주바름뿐만 아니라 대한민국 전체가 그 장면을 또렷하게 기억하고 있을 것이다. 큰 소리로 함성을 지르며, 팀 전체에 사기를 북돋웠던 소년 궁사. 고등학생 때 세계 1등의 자리에 오른 그 선수가 바름의 곁에 있었다.

이쯤 되니 바름은 절로 어깨가 움츠러드는 기분이었다. 도대체 자신이 이런 자리에 왜 있는 것일까.

저 선수가 아니더라도, 다른 참가자 모두 저마다 다른 장기를 가지고 있을 것 같았다. 자신은 모르지만 어딘가에서 꽤 유명한 사람들 아닐까. 이를테면 멀지 않은 곳에 있는 천바다처럼 말이다.

양궁 금메달보다 주바름을 더 놀라게 한 건 천바다였다. 천바다가 왜 여기 있단 말인가. 주바름 자신이 사월구 전체에서 소문이 자자한 꼴통이었다면, 천바다는 사월구 전체를 떠들썩하게 한 수재 중의 수재였다.

1년 전 전학 온 천바다는 전학 직후 치러진 중간고사에서 단번에 전교 1등을 차지했다. 이후, 모의고사에선 전국 10등 안에 드는 성적으로 사월구 전체의 스타가 되었다. 공부만 잘하는 게 아니었다. 그녀는 체육, 미술, 음악 등 예체능 과목에서도 빼어난 성적을 냈다. 재능만 뛰어난 게 아니라, 모든 과목에서 지나치리만큼 열정을 보였다. 주바름은 기억한다. 수행평가 중 하나였던 달리기에서 천바다가 이를 악물고 뛰던 모습을.

그 애의 등 뒤에서 산불이 덮치는 것 같았다. 그래서 그 애가 살기 위해 달려가는 것 같았다. 미간은 잔뜩 일그러져 있었고, 온몸에서는 땀이 튀었다. 바름은 그 애의 발끝에 매달린 불꽃을 보았다. 적어도 그 당시엔 그 불빛이 정말로 보였다.

주바름은 천바다를 힐끔힐끔 쳐다보며 생각했다. 그래, 이곳은 엄빠 '게임'이지. 누구와 경쟁하는 장소지. 그렇다면 이곳에 가장 잘 어울리는 것은 바로 천바다. 사소한 달리기마저 목숨 걸고 덤벼드는 사람. 그런 사람이야말로 이런 경쟁에 뛰어들 수 있는 것 아니겠는가.

그런 생각을 하자 주바름은 더욱 주눅이 들고 말았다. 전국 10등과 올림픽 금메달. 그리고 사월구 꼴통. 정말 어울리지 않는 조합이다. 그즈음 생각했을 때, 바름은 천바다의 부모가 궁금해졌다.

'뭐 하는 사람일까. 저렇게 대단한 애가 바꾸고 싶어 하는 부모는.'

모든 일에서 성공을 거둘 것 같은 저런 애도 부모를 바꾸고 싶다니. 바름에겐 쉽게 이해할 수 없는 사실이었다.

멀뚱멀뚱 서 있던 바름을 움직이게 한 건 다름 아닌 주은의 목소리였다.

"엄빠게임에 참여하게 된 여러분! 반갑습니다! 저는 이 게임의 사회를 맡은 MC 주은이라고 합니다!"

그녀답지 않은 높은 고음이 쩌렁쩌렁하게 포구에 울려 퍼졌다.

주은은 배에 앉아 있었다. 부모도와 포구 중간 지점의 큰 바위 옆에서 호화 유람선이 튀어나왔다. 참가자들은 희고 커다란 배를 보며 환호성을 질렀다. 점차 포구에 가까워진 배는 그 위용을 뽐냈다. 돛은 구름에 닿을 듯 높았고, 선체 옆면에 달린 창문은 언뜻 봐도 수백 개는 될 것 같았다.

그러나 바름은 어쩐지 기괴한 모습이라고 생각했다. 야트막한 인근의 바다와 그 유람선은 전혀 조화를 이루지 않았다. 먹으로 그린 수묵화 속에서 그리스 신화의 괴물이 튀어

나온 느낌이랄까.

배의 선미에 주은은 타이타닉의 주인공처럼 올라가 있었다. 거대한 배의 선수상이라도 된 것처럼.

사실 주은은 겉모습과 다르게 완전히 겁에 질려 있었다. 눈앞의 바다가 망망대해 한가운데처럼 여겨졌다. 고작해야 육지와 몇 미터 떨어진 거리에 있을 뿐인데 말이다. 배가 출렁거릴 때마다 구역질이 났다. 진행을 해야 하는 까닭에 버티고는 있었지만 거의 기절 직전이었다. 자신이 왜 이런 오프닝에 동의했을까. 주은은 후회스러웠다.

며칠 전, 대본을 미리 받아본 주은은 첫 시작부터 놀라고 말았다. 바다에서 오프닝을 시작하라니. 그것도 배의 선두에 나가서 마이크를 쥐고 게임의 시작을 알리라니. 그림이 좋기야 했지만, 자신이 잘 소화할 수 있을지 의문이었다. 무엇보다 안전상의 문제도 있지 않은가.

정중히 오프닝을 바꿀 것을 요청했으나 돌아온 대답은 거절이었다.

"아, 주은 씨. 그래요? 근데 어떡하죠. 대본에 맞춰서 이미 배를 다 구해서요. 지금 수정하면 작가들이 고생을 좀 해야 할 텐데. 알다시피 사전 제작이잖아요. 주은 씨가 가장 마지막 단계에 섭외가 되어서……. 죄송합니다. 어려울까요?"

연출의 대답은 부드러웠지만 거부할 수 없었다. 자신이 거절하면 도대체 몇 명이 다시 수고를 해야 할까. 그 장면 하나를 위해 또 얼마나 많은 사람이 고생을 할까.

물론, 죄책감보다 더 큰 문제가 있었다. 그건 이 대본을 떠안긴 사람이 안병식 PD라는 사실이었다.

안병식. 그가 누구인가. 한국 예능에서 가장 유명한 스타 프로듀서이자, 천페이지가 영입한 한국의 첫 번째 PD였다. 그를 영입하기 위해 천페이지가 들인 돈이 수십억에 달한다는 소문이 자자했다.

안 PD와 주은이 부딪힌다면 누가 나가떨어질지 불 보듯 뻔했다. 주은은 동의할 수밖에 없었다. 엄빠게임에 참여하기로 한 이상 이 정도 불만은 감수해야 했다.

뱃머리에서 조심스럽게 내려온 주은은 참가자들을 향해 소리쳤다.

"자, 여러분! 여러분은 바로 이 호화 유람선을 타고, 엄빠게임의 무대인 부모(父母)도에 가게 됩니다! 부모도에는 여러분을 위한 5성급 숙소, 쉐프의 식사가 준비되어 있습니다!"

주은의 설명에 참가자들이 일제히 환호성을 질렀다. 숙소와 식사에 대한 기대감으로 터져 나온 함성은 아니었다. 유람선 안엔 거대한 전광판이 있었다. 방송 화면엔 송출되지 않는 프롬프터였다. 프롬프터엔 이렇게 적혀 있었다.

[일제히 박수와 환호성!]

큰 포인트의 딱딱한 글자가 참가자들을 지휘했다. 졸지에 오케스트라의 단원이 된 참가자들이 손뼉을 쳤다.

주바름은 활짝 웃으며, 속으로 생각했다. 이 모든 것이 정말로 쇼구나. 밝게 웃는 다른 참가자들도 저마다 꿍꿍이를 가지고 있을 것이다.

주은의 설명이 이어졌다.

"한가하고 느긋한 부모도! 수백 년간 무인도였던 이 섬에서 부모를 놓고 벌어지는 치열한 게임이 개최됩니다! 게임의 방식은 다음과 같습니다!"

그리고 게임의 설명은 이어지지 않았다. 오프닝 촬영은 이것으로 끝이었다. 화면 안에서 1회 오프닝은 조금 더 이어질 것이었지만, 적어도 참가자들이 이 포구에서 찍어야 하는 그림은 다 찍은 것이다.

스태프들이 분주하게 촬영장을 정리했다. 다음 장면은 부모도 안에서 진행될 예정이었다.

안병식 PD가 참가자들에게 천천히 다가왔다. 그는 미간을 찌푸리며 참가자들을 향해 말했다.

"자, 여러분. 지금 목소리 너무 작습니다. 마이크 착용했지

나는 엄마를 바꾸기로 했다

만, 방송에 송출 안 될 거예요. 그러다 후 녹음 다 다시 따는 수가 있어요. 서로 피곤하지 않게 한 번에 갑시다. 프롬프터 잘 보고, 티키타카 잘 되게 합시다. 알겠어요? 이거 여러분만 고생하는 거 아닙니다."

'네' 하는 큰 대답이 일제히 튀어나왔다. 참가자 열두 명의 목소리가 포구 건너편까지 우렁차게 울렸다. 뒤이어 작가들이 달려와 참가자들에게 종이를 나누어 주었다. 종이 안에는 엄빠게임의 규칙과 상금이 적혀 있었다.

1등 : 마이클 천의 입양아로 입적 기회 부여. 상금 10억.

2~5등 : 2억

5~8등 : 5천

9~10등 : 1천

11~12등 : 상금 없음. 벌칙, 부모, 자식 간의 관계 박탈.

주바름은 종이를 물끄러미 쳐다보았다. 11, 12등만 차지하지 않는다면, 적어도 1천만 원의 상금을 확보하는 셈이었다. 1등은 10억을 차지할 수도 있고, 억만장자의 상속자가 될 수도 있다. 그래. 이 정도, 이 수준의 인원이 그냥 모이지는 않는 법이다. 또한, 상금 아래에는 엄빠게임의 진행 방법과 규칙이 적혀 있었다.

엄빠게임은 총 7일간 진행된다.

* 유의 사항

① 어떤 경우에도 참가자 간의 직·간접적 충돌은 금한다.

② 불미스러운 일로 더 이상 게임 진행이 불가능할 경우, 손해배상의 의무를 짊어질 수 있다.

③ 방송 전 과정은 외부에 유출할 수 없다. 유출 시 손해배상의 의무를 짊어진다.

* 중요 규칙

① 1~4등은 부모도에 지어진 5성급 숙소에서 초호화 식사를 제공받는다.

② 5~8등은 부모도 해변에 마련된 숙소에서 도시락을 제공받는다.

③ 하위권은 스튜디오 안에 마련된 숙소(간이침대)와 김밥 한 줄을 제공받는다.

④ 매 게임 중간 등수를 지정하며, 모든 게임에서 얻은 점수의 총합으로 최종 등수를 결정한다.

* 도착 시 모든 참가자는 '음식' 이름으로 자신의 별명을 짓는다. 또한, 부모도 안에서 참가자는 해당 별명으로만 호칭한다. 개인을 특정할 수 있는 호칭 사용 적발 시 감점당한다.

나는 엄마를 바꾸기로 했다

2

바다가 한 방울의
눈물이라면

주은은 참가자보다 일찍 부모도 스튜디오에 도착했다.

참가자들은 제작진의 인솔하에 부모도의 포구에서 기다리고 있었다. 그들은 촬영 전 안내를 받는 중이었고, 주은은 미리 촬영 준비를 하기 위해 먼저 이곳에 들어왔다.

해안 절벽을 따라 깊숙이 들어간 곳에 성채처럼 지어진 거대한 스튜디오가 있었다.

총 3층으로 지어진 스튜디오는 바다를 마주 보며 그 푸른 빛에 젖어들었다. 장엄한 광경이었다. 느리게 물살이 흘러갈 때마다, 짙푸른 빛이 회색 스튜디오를 젖게 만들었다.

마이클 천에 따르면 축구장 2개 규모의 스튜디오였다.

엄빠게임의 진행 장소였지만, 추후 천페이지가 론칭하는

오리지날 콘텐츠들이 모두 이곳에서 제작될 예정이었다. 마이클의 설명만 들었을 때는 그가 과장을 하는 거라고 생각했는데, 직접 눈으로 보니 대단하다는 생각만 들었다.

주은은 그제야 마이클 천이 어떤 인물인지 새삼 실감이 났다. 그는 세계적인 OTT의 수장이고, 주은은 지금 그 OTT에서 진행하는 첫 번째 오리지널 콘텐츠의 진행자를 맡은 것이다.

아나운서를 사실상 은퇴하고 쇼호스트로 전업한 지 벌써 10년 가까이 흘렀다. 세계적 쇼의 메인 진행자로 화려하게 복귀하는 건 꿈에 불과했다. 촬영 전날까지도 제안을 받아들이는 게 맞을지 망설였지만, 스튜디오를 올려다보고 있는 지금은 자신의 선택이 자랑스럽기까지 했다.

하지만 가까이 다가갈수록 스튜디오는 실망감을 안겨줬다. 공사 기간이 짧았던 탓인지, 스튜디오 주변엔 공사 도중 버려진 자재들이 무분별하게 쌓여 있었다. 출처를 알 수 없는 지독한 약품 냄새가 건물 주위에 자욱했다. 갈매기들마저 스튜디오 주변은 피해서 비행하는 듯했다.

스튜디오 안은 더욱더 가관이었다. 핑크색, 노란색, 하늘색이 번갈아 칠해져 있는 벽에선 새 페인트 냄새가 지독하게 풍겼다. 환기를 할 수도 없었다. 한 벽면을 차지하고 있는

나는 엄마를 바꾸기로 했다

통창은 근사한 바다 풍경을 보여줬지만, 사람의 힘으로 열수 없는 구조였다.

이곳에서 열리는 것은 오직 스튜디오의 입구밖에 없었다. 거인의 몸에 소금쟁이의 콧구멍을 붙여놓은 꼴이었다.

빠져나가지 않은 페인트 냄새 때문에 주은은 머리가 지끈거렸다. 이런 곳에서 일주일이나 촬영해야 한다니. 주은은 자신도 모르게 한숨을 쉬고 말았다.

메인 스튜디오 안쪽에서는 먼저 도착한 스태프들이 모여 무대를 세팅하고 있었다.

"우리 MC는 누가 섭외한 거야? 저 사람 쇼호스트 아니야? 홈쇼핑에서 자주 봤는데."

"너는 MKS 9시 뉴스 주은도 모르냐?"

"야. 내버려 둬. 우리 중학교 때 일이다. 초등학생 때인 것 같기도 하고."

"참가자들이랑 비교하면 MC가 너무 약하지 않아? 올림픽 금메달리스트에, 전국 모의고사 1등에, 3대 기획사 소속 연습생도 있다며? 근데 MC는……. 9시 뉴스 앵커가 언제 얘기야."

"야. 마이클 천이 꽂았다잖아. 직접 회사까지 와서 MC 후보를 주은 한 명 적어서 냈대."

"그 MC 아들도 엄빠게임 참가자라던데?"

"걔가 전국 1등이야? 그럼 인정."

"아니, 아들도 그냥 별거 없는 일반인."

주은은 그 말을 그냥 듣고 있을 수 없었다. 자신을 뒤에서 얘기하는 것은 상관없었다. 실제로 주은이 이제까지 쇼호스트로 일한 건 사실이다. 마이클 천이 자신을 꽂았으며, 주은이 욕심을 부려 나온 것도 맞았다. 의심의 시선 앞에 보여줄 건 주은 자신의 실력뿐이었다.

그러나 아들 주바름이 거론되는 것은 달랐다. 그 애는 이제 미성년자에 불과하지 않은가. 여러 가지 논리적인 이유를 다 떠나서, 주은 자신의 아들 아닌가. 결심한 주은은 메인 스튜디오의 문을 벌컥 열어젖혔다.

"다들 되게 재밌는 얘기하고 있네요. 세팅은 잘 되어가요?"

"아, 안녕하세요. ……죄송합니다."

막내 작가들은 서로 눈치를 보다 쭈뼛대며 사과했다. 주은은 당황하지 않고 그저 웃음을 띠어 보였다. 다그치는 것은 상황을 더욱 악화시킬 뿐이었다.

"아니, 준비 열심히 하는데 뭐가 죄송해. 내가 많이 부족하죠? 미안해요. 그래도 낮말은 새가 듣고, 밤말은 쥐가 들으

　　　　　　　　나는 엄마를 바꾸기로 했다

니 서로서로 조심들 합시다."

"네, 죄송합니다."

"아니에요. 수고들 해요. 내가 괜히 일찍 와서 참견했네. 미안."

주은은 작가들을 뒤로했다. 두통이 더 심해지고 있었다. 스튜디오 입구로 다가서자 숨까지 가빠질 정도였다. 평소 앓던 공황이 도지는 듯했다. 그때, 통창 안으로 흘러드는 푸른빛이 주은의 뺨을 어루만졌다. 물빛이 그녀의 눈매를 가만히 헤아렸다.

주은은 문득 통창 너머의 바다를 바라보았다.

바다가 한 방울의 눈물이라면. 출렁거리는 눈물이라면. 그것은 세차고 용기 있는 눈물이겠네. 그 노래가 지금 왜 떠올랐는지는 알 수 없는 일이다. 그 노래는 아주 옛날에 자신이 울고 있을 때 마이클 천이 불러주었던 노래다.

육중한 철문이 큰 소리를 내며 닫히고, 주은이 빠져나간 메인 스튜디오에는 어색한 침묵만 감돌았다.

3

마이클 천–주은,
그저 곁에 서로 있었다는 사실로

주은이 스튜디오를 빠져나가자마자 의외의 목소리가 들렸다.

"한마디 해줄까?"

목소리의 주인공은 마이클 천이었다. 그는 스튜디오 앞 복도에서 주은을 빤히 쳐다보고 있었다. 주은은 무표정한 얼굴로 그를 보았다.

"언제부터 와 있었어? 방송에 직접 참여한다고 듣긴 했는데."

"방금 막. 촬영 준비하려고 스튜디오 온 건데 아무래도 들어가기 좀 껄끄럽네."

마이클 천이 능글맞게 웃어 보였다. 호스트로 방송에 직접 참여하겠다는 통보는 전해 들은 바 있었다. 하지만 이미 부모도에 도착했을 줄은 몰랐다. 주은은 그가 촬영 전후 얼굴만 잠깐 비추고 나갈 거라 생각하고 있었다. 미국, 한국, 아니 전 세계를 돌며 바쁘게 일정을 소화하는 마이클 천 아닌가. 방송 하나에 다 걸었다는 말을 진심이라 믿지는 않았다.

그녀가 짐짓 차분한 목소리로 마이클에게 답했다.

"혹시라도 가서 뭐라고 하지 마. 겨우 막내 작가들한테 높은 사람이 와서 한 소리 더 보태는 거 어쩐지 좀 짜치지 않아?"

"짜친다고? 짜친다라……. 짜친다가 뭐지?"

마이클 천은 굵은 눈썹을 위로 치켜올리며 되물었다. 그 낮고, 무거운 음성 안에 담긴 '짜친다'라는 단어는 아주 고상한 패션 브랜드의 이름처럼 느껴졌다. 마이클 천은 그렇게 가끔 세상 모든 단어를 우아하게 바꿔놓는 재주가 있었다. 주은은 자신도 모르게 웃음을 터뜨리며 얘기했다.

"풉. 푸하하. 짜친다가 그렇게 고상할 일이야?"

"알아. 내가 좀 고상하지. 그래. 짜치긴 하네. 내가 직접 나서서 말까지 하는 건 말이야."

"짜친다는 말 알고 있었구나? 나 웃겨주려고 모른 척한 거야?"

"당연하지. 호스트가 되어서 메인 MC의 긴장 정도는 풀어줘야 하지 않겠어?"

마이클 천은 고개를 으쓱하며 농을 던졌다. 그리고 주은의 어깨를 가볍게 두들겼다. 마이클의 얼굴 속으로 가벼운 비웃음과 찡그림이 흘러들었다.

"은아. 가볍게 생각하자. 메인도 아니고 고작 막내 작가들이야."

주은이 마이클 천의 손길을 슬며시 밀어냈다.

"됐어. 그냥 다 아는 거야. 막내 작가들까지 다 알 정도로 당연한 사실이 된 거잖아. 갑자기 굴러들어온 내가 이 큰 쇼의 MC를 맡는다는 게 이상하다는 거."

"아홉 시 뉴스 최연소 앵커 주은 씨. 갑자기 왜 그래? 사람이 이렇게나 달라질 수도 있는 건가? 이상하군."

"웃기는 소리 하지 마. 우리가 마지막으로 만난 게 십수 년 전이야. 당신처럼 변함없는 게 더 이상한 일이야."

주은은 마이클 천의 당당한 얼굴을 쳐다봤다. 예나, 지금이나 자신감으로 가득 찬 얼굴이었다. 주은은 더 이상 그렇게 생각할 수가 없다. 자신이 꿈꾸는 것은 모두 성취될 것이라고.

주은은 최연소 메인 뉴스 앵커란 타이틀을 거머쥔 촉망받

나는 엄마를 바꾸기로 했다

는 아나운서였지만, 그녀의 전설은 시작과 동시에 막을 내렸다. 주은은 정상의 자리에 올라 그 고도를 만끽해보기도 전에 방송국에서 퇴사했고, 그 후로 오래 방송일을 쉬었다. 그게 벌써 20년 전 일이었다.

퇴사 후 주은은 싱글맘으로 주바름을 양육했다. 바름을 키우면서부턴 프리랜서로 활동하는 것조차 녹록지 않았다. 아이가 생겼다는 소문이 방송가에서 주은의 입지를 더욱 좁아지게 했기 때문이다.

스포츠, 시사, 금융 가릴 것 없이 주은을 찾던 방송사들은 하나둘씩 대체자를 찾아냈다. 그나마 마지막으로 제안이 들어왔던 육아 예능 프로그램도 바름과 함께 출연이 어렵다는 의사를 전달하자 연락이 끊겼다.

주바름을 낳기 전과 낳은 후에 주은이 크게 달라진 건 없었다. 하지만 그렇게 생각하는 것은 오직 주은밖에 없는 듯했다. 그저 잘나갔던 방송인. 그게 주은의 위치였다. 그마저도 좋은 평가였다. 혼자 아이 키우느라 방송은 뒷전이 된 아줌마. 아직도 자신이 잘나가는 줄 알고 방송을 퇴짜 놓는 여자.

이런 소문은 지금도 종종 들려오는 익숙한 종류의 뒷담화였다.

그런데 그런 그녀의 인생에 갑자기 마이클 천이 들이닥친 것이다. 20년 만의 만남은 지나친 시차를 유발했다. 자신과 헤어진 후로 세계적 OTT 회사의 대표가 된 마이클 천을 보면 주은은 머리가 어지러울 정도였다.

주은과 마이클 천은 각자의 꿈에 대해, 언젠가의 미래에 대해, 앞날에 대해, 자신들이 되고 싶은 삶에 대해 진지하게 열망하던 때가 있었다. 그렇게 서로가 서로의 삶에 빗금처럼 교차하던 날도 있었다.

아무 일 없듯 엇갈려 달리던 빗금이 이렇게 교차하게 되리라곤 그때의 주은은 알 수 없었다.

주은이 마이클 천을 처음 만난 건 20년 전의 일이다. 그때의 주은은 퇴사와 승진의 갈림길 사이에서 고민하고 있었다.

주은은 당시 아나운서국 차장 자리를 약속받은 상태였다. 이미 차장 대우의 직급으로 1년간 일을 하고 있었고, 정식 차장이 되지 못한 건 그저 나이 탓이란 소문이 파다했다. 당시 주은은 이십 대였다. 그 나이에 차장을 단다는 건 전례가 없는 최초의 일이었다.

그보다도 더 위를 겨냥하는 것도 어쩌면 가능할지 몰랐다. 최초의 여성 국장, 최초의 여성 사장까지. 그런 것들이 자신이 거머쥐게 될 것들이라고. 그때의 주은은 생각하고

나는 엄마를 바꾸기로 했다

있었다.

하지만 그렇게 계속 승진한다면 언젠가 방송의 일선에서는 물러나야 했다. 자신이 이제까지 맡았던 뉴스 앵커 자리에서 내려와, 아나운서국 전체를 총괄하고 지휘하는 자리로 옮겨야 했다.

전형적인 방송사 엘리트의 승진 코스였지만, 그때까지 주은이 맡아서 하던 업무와는 전혀 다른 일이었다. 방송의 전면에서 방송을 진행하던 역할에서, 방송의 후면에서 방송을 이끄는 역할을 맡게 되는 것이다.

방송인으로 사는 삶에 크게 만족하고 있는 주은에게 그건 중요한 고민이었다.

그때가 주은으로선 아나운서 6년 차에 접어들 무렵이었다. 가을이었고, 여러 색의 낙엽이 주은의 고민 속을 향해 뛰어들었다. 주황, 노랑, 빨강, 아직 물들지 않은 초록. 갖가지의 색깔이 주은의 눈앞에 어지럽게 번지고 있었다. 주은은 여러 고민 끝에, 아나운서로서 계속 일할 수 있는 방법으로 프리랜서 전향을 진지하게 검토했다. 때마침 여러 대형 기획사에서 영입 제안까지 날아들고 있었다.

국내에서 내로라하는 기획사들이 믿기지 않는 조건을 제시했지만, 주은은 영 내키지 않았다. 지금만큼 아나운서들이 프리랜서로 자주 활약하는 시기가 아니었으며, 다양한 방송인들이 예능에서 전쟁을 벌이던 때도 아니었다. 종편도 없었고, 방송이란 건 모름지기 메인 방송국 몇 개를 가장 으뜸으로 치던 시절이었다.

당시 주은은 뉴스 진행 외에 다른 분야에서 방송을 해본 경험도 거의 없다시피 했고, 무엇보다 자신이 방송국이 아닌 다른 곳에 몸을 담고 방송을 진행할 수 있을지 확신할 수 없었다. 그렇기 때문에 대형 기획사들이 자신에게 보여주는 기대가 주은에게는 허황된 뜬구름처럼만 느껴졌다.

마이클 천을 만난 건 주은이 엔터테인먼트 회사에서 몇 건의 영입 제의를 검토한 직후였다. 마이클 천을 만날 때에도 주은은 큰 기대를 하지 않고 나갔다. 마이클 천은 당시에도 미국에서 유명한 방송 제작사의 프로듀서였다.

다만 이해할 수 없는 건 왜 자신에게 계약 제의를 하느냐였다. 미국에서 유명한 방송 제작사라지만, 한국에서 제작한 방송은 없었다. 게다가 주은 자신도 미국과는 어떤 연도 없었다. 미국에서 인지도가 있을 리도 만무했고, 미국에 진출한다는 것도 말이 안 됐다.

미국에서 꽤 성공했다는 방송 제작자가 자신을 만나러 직

나는 엄마를 바꾸기로 했다

접 왔다니. 얼떨떨하고, 떨떠름했고, 사기가 아닐까 조금 의심스러웠다. 그런데도 불구하고 마이클 천을 만나러 가게 된 건 정중하지만, 상당히 집요한 그의 태도 때문이었다.

사실 마이클 천의 첫 메일이 온 것은 이보다 한참 전의 일이었다. 그때는 주은이 이제 막 아홉 시 뉴스의 메인 앵커로 발돋움하던 시기였다. 하지만 주은은 자신에게 미국 진출을 제안하는 유명 제작사의 메일을 진지하게 받아들이지 않았고, 짧은 몇 줄로 거절의 답변을 대신했다.

그런데 마이클 천은 주은이 프리랜서 자리를 검토할 때쯤에 또다시 몇 차례의 메일을 거듭해서 보내왔다. 자신이 정말 그 제작사의 프로듀서이며, 아시아 지역을 담당하고 있으며, 주은의 가능성을 알아봤다고 말이다.

마이클 천의 제의엔 부풀려진 칭찬이 없었고, 허무맹랑한 기대감이 없었고, 말도 안 되는 금액의 계약금도 없었다. 그저 마이클 천이 주은을 어떻게 알게 되었는지에 대한 긴 설명이 있었을 뿐이다. 그것이 주은에게 있어 마이클 천을 조금 신뢰하게 했다.

그가 적은 내용은 아래와 같다.

대학을 졸업한 주은은 얼씨구 티비의 인턴 아나운서로 처음 사회생활을 시작했다. 그 방송은 전 세계에 송출되는 방송으로 모든 프로그램이 영어로 제작되었다. 따라서 방송을 진행하는 모든 아나운서는 예외 없이 영어를 구사해야 했다.

주은은 토익, 토플 점수가 우수했다. 하지만 영어로 직접 방송을 진행하는 일은 다른 차원의 문제였다. 방송 진행도 어려운 와중에, 익숙지 않은 방송용 영어까지 구사해야 했다. 두 개의 난제가 그녀 앞에 놓여 있었다.

방송도, 영어도, 인생도, 직업도, 주은 자신도 엉망이 되는 기분이었다.

주은은 매일 퇴사하고 싶었지만, 회사는 정규직 전환을 미끼로 그녀를 유혹했다. 하지만 그 시기를 덮친 흔한 얘기가 주은에게도 벌어지고 만다.

그 시기는 외환위기를 전후로 한 세기말이었다. 대기업의 계열사 중 하나였던 얼씨구 티비는 탄탄한 재정을 바탕으로 큰 위기 없이 97년을 넘겼지만, 결국 그 여파를 견디지 못하고 99년을 전후해 갑자기 무너져버렸다.

당연히 얼씨구 티비 또한 구조조정의 대혼란을 맞게 된다. 웃긴 건 모두가 줄줄이 퇴사 당하는 와중에 주은은 정규직이 되었다는 것이다. 그런데 주은이 받는 월급은 인턴 때와 똑같았다. 자신의 처우에 대해 따질 새가 없었다. 따지고 싶어도, 누구에게 따져야 할지 모를 정도로 퇴사자가 속출

했기 때문이다.

주은은 점차 다양한 프로그램에 투입되기 시작했다. 사회 초년생인 주은마저 느낄 수 있었다. 이건 무언가 정상이 아니다. 고작 인턴에서 정직원이 된 지 한 달 만에 이렇게 다양한 프로그램에 투입되는 건 상식적이지 않다.

마이클 천이 얘기한 것은 바로 그때 주은의 모습이었다.

미국에 있을 때 우연히 얼씨구 티비에서 뉴스를 진행하는 당신의 모습을 보았다. 뉴스를 진행하던 당신이 어느 날 가요 프로그램을, 어느 날은 스포츠 중계를, 어느 날은 한글 교육 프로그램을, 어느 날은 판소리 경연의 MC를 맡는 모습을 보았노라고. 어색하던 영어, 수줍던 진행 실력이 불과 1년도 안 되어 만개하는 모습을 지켜볼 수 있었다고.

그리고 얼씨구 티비가 문을 닫고 몇 년 후, 당신이 한국에서 가장 중요한 뉴스 앵커가 된 걸 볼 수 있었다고.

주은은 마이클 천의 메일을 통해 그때까지의 자기 인생을 새삼 되돌아보게 되었다. 90년대 후반에서 2000년대에 이르기까지. 자기 인생의 험난한 굴곡을 말이다. 그러니까 마이클 천이 말한 주은의 가능성이란, 주은 인생의 가장 힘든 순간을 뜻하는 것이었다. 누군가 가장 힘든 시기의 자신을 가능성으로 들여다보고 있었다. 이미 한참 전에 지나가버린 과거이지만, 주은은 문득 그때의 자신이 위로가 필요했다는 사실을 알고 말았다.

그리고 그걸 깨달은 순간, 주은은 마이클 천을 만나지 않고선 배길 수 없단 사실도 동시에 알았다.

여기까지 생각이 번졌을 때, 주은은 자신이 부모도에 온 것이 처음이 아니라는 사실을 기억했다. 그녀는 부모도의 아주 근처까지 온 적이 있었다. 그것도 마이클 천과 함께 말이다.

첫 미팅 때 마이클 천이 만남을 제안한 장소는 서해 앞바다의 한 카페였다. 조금 뜬금없는 선택이었지만 주은이 딱히 거절할 이유는 없었다.

서울 한복판에서 마이클 천과 함께 어딘가를 돌아다닌다면 필시 누군가 알아볼 터였다. 마이클 천은 한국에서 그리 유명하지 않지만, 문제는 이미 얼굴이 다 알려진 자신이었다. 어쩌면 회사를 떠나게 될지도 모르는 상황에서, 골치 아픈 일을 만들고 싶지는 않았다.

서해의 작은 섬을 바라보는 카페였고, 황갈색 조명이 어두운 톤을 덧씌우는 게 인상적인 건물이었다. 짙은 어둠을 더 선명한 검은색으로 덧칠하고 있는 느낌이었다.

나는 엄마를 바꾸기로 했다

약속 시간에 십 분 정도 늦은 마이클은 주은 쪽을 향해 다급하게 뛰어왔다. 느긋하고 여유로운 메일을 보낸 사람치고는 정신없고 요란한 첫인상이었다.

주은은 먼저 시켜놓은 커피를 한 모금 마셨다.

"안 뛰어오셔도 돼요. 느긋하게 얘기하다 갑시다. 혹시 다른 약속 있어요?"

"아니요. 한국 최고의 앵커를 만나는데 이중 약속을 잡아서야 되겠습니까."

낮은 조도의 카페 조명이 마이클 천의 짙은 눈썹에 음영을 드리웠다.

"이중 약속이라는 단어도 아세요? 꽤 한국어가 능숙하시네요? 영어만 하실 줄 알았는데. 아, 죄송해요. 이런 말은 너무 실례죠?"

"아니요. 아니요. 전혀요. 괜찮습니다."

주은은 마이클 천을 보며 눈웃음을 지었다. 부드러운 초승달이 그녀의 눈매를 따라 미끄러졌다. 하지만 그녀의 입에서 이어진 건 단호한 거절이었다.

"여기까지 불러주셔서 죄송하지만 저는 미국에 갈 생각이 없어요."

"그래요?"

"네."

"그렇군요. 알겠습니다."

마이클 천은 주은을 바라보며 그저 고개를 끄덕거렸다.

주은은 그 모습에 심사가 뱀처럼 뒤틀리고 말았다. 이게 무엇인가. 메일을 몇 차례나 보내고, 전화까지 하더니, 막상 아니라고 하니까 그냥 '그렇군요.' '알겠습니다.' 하고 끝난 단 말인가. 이렇게 싱겁게 끝날 일을 두고 그렇게 집요하게 굴었단 말인가. 아니, 삼고초려는 못하더라도 이고초려는 해야 하지 않나.

온갖 생각이 주은의 머릿속을 스쳐 지나갔다. 거절은 자신이 했지만 도리어 마이클 천에게 거절당한 기분이었다. 그녀는 자신도 모르게 그를 노려보고 말았다. 주은의 부드러운 초승달은 보다 가늘어져 면도기의 칼날처럼 변하고 말았다.

마이클 천이 그 모습을 보고 폭소를 터뜨렸다.

"풉. 푸하하."

"웃겨요?"

"주은 씨, 그렇게 노려보는데 안 웃는 사람도 있을까요?"

"이유나 좀 들어봅시다. 이렇게 쉽게 포기하실 거면 저, 왜 미국에 오라고 했어요?"

"거절하실 거라면서요? 이유는 왜 듣습니까?"

주은은 입술을 꽉 깨물었다. 이쯤 되니 누가 누구를 설득하고 있는 건지 분간이 가지 않았다. 그녀는 시선을 돌려 창밖을 쳐다봤다. 그곳엔 점처럼 박힌 두 개의 섬이 있었다. 그 섬의 뒤로 노을빛이 주황으로 번지고 있었다. 태양이 작고 여린 구슬이 되어 물결 사이로 떨어졌다. 그때, 마이클 천이 뜬금없는 말을 뱉었다.

"바다가 한 방울의 눈물이라면. 출렁거리는 눈물이라면. 그것은 세차고 용기 있는 눈물이겠네."

주은이 어리둥절한 얼굴로 물었다.

"시인가요?"

"아니요. 한국의 전통 민요라고 합니다."

"그래요? 저는 들어본 적이 없는데요."

"주은 씨만 그런 건 아닙니다. 제가 만난 한국 사람 중 이 노래를 아는 사람이 없더라고요. 찾아봐도 안 나오고요."

"그래요? 어디서 배웠는데요."

마이클 천은 생각에 잠긴 얼굴을 하더니, 멀리 어딘가를 가리키며 말했다.

"저 두 개의 섬은 부모도와 자녀도라고 합니다. 알고 계셨나요?"

"전혀요. 서해 자체를 온 게 몇 년 만이에요. 차라리 제주
도를 많이 가죠."

"그렇군요. 그러면 당연히 저 두 섬에 얽힌 민담도 모르시
겠네요?"

"그렇죠?"

"부모도엔 각각 부(父) 바위와 모(母) 바위가 있다고 해요.
그리고 저 멀지 않은 섬은 자녀도라고 합니다. 부모도보다
조금 작은 섬인데, 그곳엔 자녀 바위가 있죠."

"마이클 천 씨는 미국인 아닌가요? 정말 별걸 다 아시네
요."

"한국은 제 출생국이니까요. 저 섬의 유래도 알고 있습니
다. 서로 끔찍이 사랑하던 부모와 자식이 영원히 떨어지고
싶지 않다는 소원을 빌었다고 해요. 그런데 부모와 자녀는
결국 이별할 수밖에 없는 운명이잖아요."

마이클 천은 애써 담담한 듯 '이별'에 대해 얘기했다. 하지
만 주은의 눈엔 그 담담함이 부단한 노력처럼 보였다. 하지
만 그때까지는 주은도 그 담담함이 어디에서 연유되었는지
미처 생각지 못하고 있었다. 마이클 천은 잠시 커피를 마시
더니 말을 이어갔다.

"부모는 대체로 자녀보다 먼저 가지요. 그 가족도 마찬가

지였어요. 부모가 한날한시에 바다에서 목숨을 잃은 거예요. 시체도 찾지 못한 채, 그들이 탔던 배의 흔적만 섬 끄트머리에서 발견되었죠. 평생 부모의 시체를 찾아 헤매던 자식도 결국 바다에서 숨을 거뒀다고 해요."

마이클 천은 잠시 말을 멈추고 주은의 얼굴을 바라보았다. 주은이 반응을 보여주기를 기대하는 사람처럼.

그러나 주은은 그저 고개를 두어 번 끄덕거릴 뿐이었다. 사실 그녀로서는 크게 감흥이 오지 않는 이야기였다. 이런 식의 민담은 한국에 너무나도 흔했고, 그녀는 이 민담의 결말이 어느 정도 예상이 갈 지경이었다. 마이클 천은 그녀의 무심한 반응을 지켜보다가 이내 말을 이어갔다.

"섬의 근처에서 자식의 시체 대신 그가 타던 배만 발견되었고요. 근데 자식이 죽고 나서 얼마 지나지 않아……."

그 대목에서 주은은 마이클 천의 말을 끊고 말았다. 너무나 흔한 전설 아닌가. 이쯤 되었을 때 마이클 천의 뒷이야기를 눈치채지 못한다면 한국인이 아니었다.

"부모도에는 두 개의 바위가, 자녀도에는 한 개의 새로운 바위가 생겼겠죠? 그게 아까 마이클 천 씨가 말씀하신 그 바위들이고."

"오, 맞습니다."

"그거랑 노래가 뭔 상관이죠?"

주은의 질문에 마이클 천의 얼굴이 수심에 잠겼다. 그늘이 한 칸씩 마이클의 낯빛에 차올랐다. 가벼운 이야기를 이어가던 마이클 천이 유일하게 침묵을 지키는 순간이었다. 한참을 어둠 속에서 자맥질하던 마이클이 입을 열었다.

"자녀도와 부모도, 저 두 섬을 오다니는 이는 자신의 잃어버린 부모나 자녀를 찾을 수 있다고 합니다. 그래서 저는 이곳에 자주 왔어요. 저 두 섬을 몇 번 오가기도 했고요."

"그래요? 미안해요. 그런 일이 있었는 줄은 몰랐어요."

그제야 주은은 알았다. 마이클 천이 자신의 친부모를 생각하고 있다는 사실을. 그리고 방금 얘기한 부모와 자식의 헤어짐에서 저 자신의 이별을 반추하고 있다는 것을.

주은은 짐작했다. 마이클 천이 담담하게 '이별'에 대해 논하는 것은 오히려 자신의 이별을 극복하지 못했기 때문에 취하는 태도일 거라고.

"아니요. 주은 씨, 당신이 미안할 건 전혀 없습니다. 아무튼, 노래는 그런 연유로 배운 것 중 하나예요. 한국 문화도 배우고, 한국에도 오고, 한국어도 배우고, 한국 섬도 오가는 중에 배운 것 중 하나요. 웃긴 건 미국에서 얼씨구 티비를 보며 배운 이 민요를 한국에선 정작 아무도 아는 사람이 없단

나는 엄마를 바꾸기로 했다

거예요."

"얼씨구 티비에서 배운 민요라고요?"

"그래요. 저도 바다가 눈물이란 생각을 많이 했거든요. 제가 어릴 적 자란 서부의 바다는 꼭 눈물처럼 정말 투명합니다. 따사로운 햇살 속에서 갑자기 그런 생각이 들죠. 눈물이 너무 거대하다고요. 근데 그 생각이 이 민요 하나로 조금 달라졌어요. '세차고 용기 있는 눈물'이라니. 그전까지 생각을 못 했거든요."

"그건 그렇네요."

"하지만 이 민요를 가르쳐준 당신조차 이 민요를 모른다고 말할 줄은 몰랐습니다."

"제가 이 민요를 가르쳤다고요?"

주은의 질문에 마이클 천은 차분히 고개를 끄덕거렸다. 그는 어떤 감정도 싣지 않은 무심한 눈으로 주은을 향해 답했다.

"네, 당신이 진행하던 프로그램에서 가르쳐준 거예요."

주은은 머릿속을 더듬어봤지만 정말 그런 노래는 한 소절도 기억나지 않았다. 민요 관련한 프로그램을 맡은 기억은 있었다. 하지만 그때 주은은 동시에 6개가 넘는 프로그램에 투입되고 있었다. 갑자기 대타를 맡은 채 달려 나간 적도 부지기수였다. 매일 반쯤 영혼이 나간 채로 방송했고, 그 반쯤 나간 영혼으로 다시 다음 날을 준비했다.

그런 정신 속에서 민요 같은 건 모두 어딘가로 새어 나가서 흩어져버렸을지도 모른다. 마이클 천은 웃으며 말을 이어나갔다.

"얼씨구 티비는 망해버렸고, 당신은 기억이 안 난다니 이 민요의 정체는 영영 미스터리로 남겠군요."

"미안해요."

"당신이 미안할 필요는 없어요. 주은 씨 당신 그때 무척 바빴잖아요. 모든 프로그램의 모든 내용을 일일이 다 기억한다고 하면 그게 더 놀라운 일이죠."

"제가 나온 프로그램을 다 봤어요?"

"다는 아니겠지만 꽤 많이 봤죠. 그때가 제가 한국을 배운다고 한창 빠져 있을 때거든요. 어릴 적 부모님이 한국 문화와 한국어를 가르쳐주신다고 노력하셨지만 정작 저는 시큰 둥했어요. 불이 붙은 건 20대 초반부터죠. 지금은 포기했지만, 한참 친부모를 찾고 싶은 마음이 강했거든요."

"그렇군요."

마이클 천의 고백에 주은은 어떤 대답을 해야 할지 알지 못했다. 입양아를 만난 것도, 처음 만난 사람과 부모에 관한

나는 엄마를 바꾸기로 했다

얘기를 나눈 것도 모두 처음 겪는 일이었다. 위로가 필요한 것인지, 적당한 무관심이 필요한 것인지, 호응이 필요한 것인지, 주은으로선 잘 알 수 없었다.

마이클 천은 주은을 말없이 보고 있었다. 침묵 속에서 둘은 한참이나 서로를 마주 보았다. 마이클 천은 그 침묵의 건반을 두드리며 주은을 시험하는 듯했다. 결심을, 대답을, 단호한 결단을 촉구하는 것 같았다.

결국 입을 연 건 주은이었다.

"미국, 안 갈 거예요. 그래도 이유는 듣고 싶어요. 왜 하필 저예요?"

"저도 한국어를 배워봐서 잘 알아요. 네이티브가 아닌 언어를 배우는 것의 어려움을요. 당신, 얼씨구 티비에서 일할 때 매일 성장하는 모습을 지켜봤어요. 그건 되게 뿌듯한 일이더군요. 서투르던 사회 초년생이 불과 1년 만에 능숙한 방송인이 되는 걸 보는 일요. 그리고 그 역경은 모두 당신의 자산이 되었죠. 지금 주은 씨는 명실상부 대한민국 최고의 앵커예요. 그러면 그 다음 페이지로 넘어가야죠."

"그게 미국이라고요? 미국에서 방송인으로서의 다음 페이지를 시작하는 것?"

"네. 심지어 당신, 영어도 꽤 잘하잖아요. 그 정도면 미국에서도 충분해요."

"저는 동양인이고, 심지어 여자예요. 동양인 여자 방송인으로서 미국에서 뭘 할 수 있다는 거예요? 백인 여자 방송인들도 쇼의 메인 진행자를 맡기 어려운데."

"그건 해봐야 아는 거 아닌가요?"

그때, 통유리 너머에서 거대한 파도가 몰려들었다. 카페 전체를 집어삼킬 것 같은 큰 파도였다. 주은은 저도 모르게 눈을 질끈 감고 말았다. 한데, 마이클 천은 웃고 있었다. 환하고, 밝게.

파도가 통창을 때리고, 둘 사이에 놓여있던 테이블이 미세하게 흔들렸다. 주은이 황당한 눈으로 그를 향해 말했다.

"지금 웃음이 나와요?"

"나오죠. 나오고 말고요. 방금 그게 무엇인지 알아요?"

"알죠. 엄청 큰 파도잖아요. 겁도 안 나요?"

"겁이 왜 나요? 방금 그건 너울성 파도예요. 너울성 파도는 동해, 남해, 서해순으로 발생하죠. 서해에서 너울성 파도를 보는 게 가장 힘들다는 얘기예요. 근데 그 파도를, 바로 여기서 당신과 함께 볼 수 있다니, 얼마나 행운이에요?"

"하, 도대체 그게 무슨 좋은 소식이에요."

주은은 마이클 천의 농담을 가벼운 웃음으로 무마했다.

나는 엄마를 바꾸기로 했다

마이클 천은 잠시 뜸을 들이다가 말했다. 확신에 찬 눈망울이 주은을 바라보았다.

"몇몇 중앙 통신사가 방송을 이끌어가는 시대는 저물 겁니다. 백인이 미국 문화의 중심을 장악하는 시절도요. 주은 씨 당신이 아니더라도 누군가는 미국에 진출해 말도 안 되는 성과를 거둘 거예요. 빌보드 1위를 할지도 모르죠. 아카데미 시상식에서 수상을 할 수도 있고요. 여러 인종의 방송인이 쇼의 진행자를 맡는 게 어색하지 않은 시대도 올 거예요."

"당신도 어쩔 수 없는 방송인이네요. 말도 안 되는 꿈에 가득 차 있잖아요."

"당신은 방송인 아닌가요? 그 얘기는 주은 씨도 야망이 넘친다는 얘기로 들리네요. 꿈이 있다면 제대로 펼쳐요. 당신의 재능을 쓰라고요. 고작 한국 방송사에 왜 그렇게 아등바등하고 있죠? 어차피 발버둥을 칠 거라면, 미국에서 최고를 노리는 게 낫지 않아요?"

"뭐라고요? 당신이 나에 대해 대체 뭘 안다고 그렇게 말해요."

주은은 마이클 천을 향해 소리쳤다. 야망은 주은에게 있어 가장 들키고 싶지 않은 역린이었다. 그녀는 방송을 시작하면서 귀가 닳도록 배웠다. 모난 돌이 정 맞는다는 표현을.

한국 방송가에선 튀는 사람을 용납하지 않는다. 특히 여성 아나운서에게 요구되는 건 과할 정도의 겸손이었다.

그런데 마이클 천은 자신의 욕망을 정확히 겨냥하고 있었다. 게다가 그는 한술 더 떠 이렇게까지 말하고 있었다. 고작 네 야망은 그 정도밖에 안 되느냐고. 겨우 작은 반도 방송사에서의 아등바등을 일생일대 목표처럼 여기고 살 거냐고. 그의 말은 다소 황당했지만, 오랫동안 생각해온 일처럼 막힘이 없었다.

그는 주은을 향해 맹렬히 말을 이어갔다.

"이 나라에 재능 있는 사람들이 이렇게 많은데, 한국에만 머무를 거란 생각을 하는 게 더 우스워요. 저는 누구보다 빨리 이 미래를 발굴하고, 개척하고 싶어요."

"그 발굴이 저라는 거예요?"

"그렇죠. 일단은 시작이 당신이라는 겁니다."

"고작해야 제작사 PD면서 말은 어디 사장이라도 된 것처럼 말하네요."

그녀의 빈정거림에 마이클 천은 오히려 진지해졌다. 그는 잠시 숨을 고르더니 자신의 사업구상에 관해 설명하기 시작했다. 벌써 20년 전의 일인데, 그는 그때부터 천페이지에 대

나는 엄마를 바꾸기로 했다

해 생각하고 있었다.

"네. 이미 미국에선 활발히 논의 중이에요. 인터넷으로 달마다 돈을 내면 영화나 방송을 무제한으로 시청하게 하는 서비스요. 아마 십수 년 내로 웬만한 방송국보다 큰 사업이 될 겁니다. 손바닥만 한 화면에서 모두가 시간과 장소의 제약을 받지 않고 텔레비전을 볼 거예요. 그런 날이 오면 정통적인 방송은 모두 끝이죠."

그때, 주은은 황당한 비웃음을 날렸다.

"그런 건 SF소설로 쓰는 게 더 좋을 거예요. 당신은 방송인보단 작가가 더 어울리네요."

그 대화가 그날 벌어진 만남의 끝이었다.

머지않은 미래에 이루어진 것은 마이클 천과 주은의 짧은 연애뿐이었다. 그 연애 또한 고작 1년이 안 되어 끝나고 말았다. 마이클 천은 사업을 계속하기 위해 미국에 있어야 했고, 주은은 결국 그를 따라가지 않았다.

서로 교차하지 않는 선로에서 두 기차는 서로를 마주 보고 잠시 달렸을 뿐이다.

헤어진 이후에도 둘은 이따금 짧은 만남을 지속했지만, 그마저도 끊긴 게 아주 오래전의 일이다.

미국에 가지 않았음에도 주은은 퇴사하고 말았다. 그건

주은이 마이클 천을 만날 당시엔 생각도 하지 못한 미래였다. 주은은 퇴사 후 1년가량 방송을 그냥 쉬었다. 대중 앞에 전혀 모습을 보이지 않았고, 그 시기에 주은이 어떻게 지냈는지는 누구에게도 알려진 바가 없다. 그 후 주은은 천천히 방송가에 복귀했지만, 전처럼 활발히 활동하지 못했다.

주은이 SF소설에나 쓰면 좋겠다던 미래는 어느덧 현실이 되었고, 마이클 천은 세계적인 대부호 반열에 올라섰다.

주은은 어머니가 되었고, 마이클 천은 아버지가 되었다. 그때, 마이클 천의 제안을 받아들여서 미국에서 데뷔했다면 지금과 완전히 달라졌을까.

하지만 그것은 이미 지나간 과거였고, 오늘의 주은이 되돌릴 수 없는 일이었다.

그때의 부모도와 지금의 부모도 사이엔 아득하게 먼 어떤 거리가 세워진 것이다.

주은은 그 아득한 긴 거리의 시차 속에서 잠시 속이 울렁거렸다. 이 울렁거림에 대해 무어라 이름을 지을 수 없었다.

그녀는 통창 너머의 바다를 바라보며 명치 아래를 계속 쓸어내렸다. 그 안에 꽉 막힌 무언가가 있다는 듯이, 손으로 쓸어내려야 비로소 밀려나는 어떤 시절이 고였다는 듯이.

그 막힘은 오래전 가지지 못한 선택에 대한 미련도 아니었고, 부모도에 오기로 한 결정에 대한 후회도 아니었고, 그저 지나가버린 아득한 '세월'이라고만 부를 수 있는 것이었다. 떠난 적도, 보낸 적도 없으나 다시 돌아갈 수 없는 옛날.

다만 한 가지 분명한 건 그녀는 지금 세계적 쇼의 진행자 자리에 서 있다는 것이다. 이 프로그램이 끝나면 삶의 페이지가 분명히 달라질 것이다.

저 멀리 포구에서 참가자들이 부모도에 도착하는 모습이 보였다. 주은은 한숨을 내쉬며 화장실에 들어갔다. 뜻 없이 수도꼭지를 올리고 물을 틀었다. 기나긴 물소리가 화장실 안팎을 넘나들며 출렁거렸다.

-4-

나 꼴등 할 거야

주바름은 눈앞의 복도를 향해 천천히 걸음을 내디뎠다. 무엇이 문제였을까. 어디서부터 잘못된 것일까.

주바름은 몹시 아랫배가 아팠다. 조금이라도 긴장이 풀어지는 순간엔 스튜디오 안에서 큰 실수를 하고 말 것이다. 과연 자신이 이 복도에 똥을 싸지른다면, 어디선가 수십 대의 카메라가 달려올까. 아니면, 이 복도 곳곳에 설치된 카메라 속에 고스란히 그 순간이 담겼다가, 방송에 여과 없이 송출될까. 자신의 살구색 엉덩이와 불순한 덩어리를 추잡한 모자이크로 간신히 가린 채로.

상상만 해도 끔찍한 일이었다. 주바름은 조금씩 속력을 올렸다.

　　　　　　　　나는 엄마를 바꾸기로 했다

유람선에서 먹은 디저트가 잘못된 것 같기도 했다. 그게 아니라면 우유 냄새가 진했던 라떼의 효과일 수도 있다. 원인 따윈 중요하지 않았다. 바름은 부모도에 도착하자마자 화장실이 있을 것 같은 건물로 냉큼 뛰어 들어왔다.

메인 스튜디오에 진동하는 페인트 냄새도 그에겐 중요하지 않았다. 주바름은 1층을 헤매다가 겨우 화장실을 발견했다. 기나긴 복도의 끝 모서리를 돌자 화장실이 나왔다.

그때, 여자 화장실 쪽에서 나오는 누군가와 바름은 눈이 마주쳤다. 파리한 안색의 여자는 연갈색 정장 차림에 하이힐을 신고 있었다. 그 여자는 바름이 익히 아는 사람이었다.

주바름의 모친 주은이 말했다.

"야, 주바름. 뭐야. 누가 함부로 대열 이탈해서 마음대로 움직이라고 했어."

"나, 나, 나 진짜 급하니까 다음에 얘기해."

"뭐야. 주바름."

주은이 주바름의 안색을 훑었다. 누가 보아도 딱 똥 마려운 사람의 얼굴이었다. 이마에서 식은땀이 흘렀다. 엉거주춤한 다리는 묘기 같았다.

주은이 한숨을 쉬며 티슈를 건넸다.

"안에 휴지 없어. 아직 공사가 다 안 끝나서 물 안 나오는 칸도 있으니까, 잘 확인해보고 들어가. 안에 휴지통 없으니까 화장지는 변기에 버리고. 변기 물은 두 번 이상 내려. 막히면 그게 무슨 망신이니. 그리고…….”

“됐어. 내 똥까지 일일이 간수하지 마.”

“네가 네 똥 잘 간수하면 엄마가 굳이 이러겠니?”

주바름과 주은은 서로에게 단 한 마디도 져주지 않았다. 바름은 주은을 잠시 노려보다가 그대로 화장실에 들어가버렸다.

주은의 말이 틀린 건 아니었다. 대부분의 칸에는 물이 나오지 않았고, 물줄기를 확인하고 앉은 칸에는 휴지가 없었다.

‘텅 빈 깡통이 요란하구나’ 바름은 그런 생각과 함께 속을 비웠다.

그가 밖으로 나왔을 때, 주은은 여전히 화장실 앞에 서 있었다. 자신을 기다리고 있는 눈치였다. 그녀는 회색 벽에 몸을 기댄 채 고개를 푹 떨구고 있었다. 발이 불편한지 하이힐은 벗어 던진 채였다.

바름은 그녀를 아는 체하지 않고 지나쳐 갔다. 보나 마나 자신에게 한 소리를 뱉기 위해 기다리고 있는 게 틀림없었다. 아무도 모르는 곳에서 맨발 차림을 한 모습처럼, 남들이 알고 있는 주은과 바름 앞에서의 주은은 아주 달랐다.

고상하고 우아한 이미지로 알려진 그녀는 사실 히스테릭하고, 예민하고, 편한 걸 가장 좋아한다. 무엇보다 바름에게 그녀는 잔소리를 많이 하는 사람이다. 모든 생활을 통제하는 사람이다.

그가 그녀를 지나치는 순간, 거친 손이 어깨를 낚아챘다.

"야, 주바름. 엄마 빤히 봐놓고 어딜 가."

"엄마? 저는 여기 엄마랑 있는 게 아니라 사회자님이랑 있는 건데요?"

"사회자? 언제부터 방송했다고 벌써 방송인 흉내를 내?"

주바름이 제 어깨 위에 올려져 있는 주은의 손을 신경질적으로 치워냈다.

"아, 왜 그러는데, 진짜!"

"주바름, 너야말로 왜 그래? 별놈의 게임을 참가한다고 그러지를 않나. 와서도 이게 뭐냐고. 사회자님이랑 여기 있어? 허 참. 웃기지도 않는다."

"엄마도 방송 하고 싶어서 온 거잖아! 천페이지 오리지널 콘텐츠라니까 좋다고 넙죽 온 거 아니야?"

"뭐? 넙죽? 엄마한테 못 하는 말이 없네."

주은이 주바름을 보며 황당한 표정을 지었다. 눈시울에 저절로 핏발이 맺히고, 그 핏발에서부터 붉은색 기운이 온

몸으로 번져나갔다.

"됐다. 말을 말자. 넌 진짜 내 배에서 나왔지만 뭔 생각하는지 하나도 모르겠어."

"그러니까 내가 엄빠게임 왔지."

"뭐?"

"그러니까 온 거라고. 엄빠게임."

"뭐, 그래. 우승해서 마이클 천 양자라도 되려고? 네가 1등 할 수 있을 것 같아? 내가 살면서 네가 뭐 1등 하는 꼴을 본 적이 없어. 네가 뭐 하나라도 진득하게 한 게 있었어?"

주바름은 입술을 꽉 깨물었다. 기분 나쁜 말은 대체로 명백한 사실이다. 바름은 주은을 바라보며 1등을 하겠다고 우기는 일을 포기했다.

그런 선언은 자신조차 믿을 수 없는 거짓이었고, 주은에게 씨도 먹히지 않을 협박이었다.

대신 주바름은 엉뚱한 소리를 뱉고 말았다.

"나 1등 안 할 건데? 꼴등 할 거야. 그래서 엄마랑 인연 끊을 거야."

"주바름, 뭐라고?"

"1등엔 재주가 없어도, 꼴등 하는 건 내 특기잖아."

"야, 주바름. 튀지 말고 적당히만 해. 우승도, 꼴등도 하지 말고, 그냥 묻혀서 가. 어차피 이 게임 참가자들 다 욕먹을 거야. 욕먹이려고 하는 방송이야. 엄마도 욕먹고, 마이클 천도 욕먹고, 참가자들도 다 욕먹어."

"욕먹을 거 알면서 여기 왜 온 건데?"

주은은 씁쓸한 얼굴로 주바름을 바라보았다.

이 게임은 누구라도 욕을 할 토너먼트였다. 한국에서 부모, 자식의 연을 끊는다는 건 인륜을 저버리는 행위였다. 하지만 욕을 한다는 건 관심이 생긴다는 뜻이었다. 자극적인 콘텐츠일수록 더 많은 시청자가 몰린다.

주은은 한때 방송인으로서 고상한 성공을 추구했다.

그러나 지금은 아니다. 새벽 시간대에 방송되는 쇼호스트의 삶에서, 세계적 쇼의 메인 진행자로 탈바꿈하려면 그만큼의 비판은 감수해야 했다. 주은은 사람들의 비난을 각오하고 들어왔다.

하지만 주바름도 마찬가지일까. 주은은 알 수 없었다. 단지 자신에 대한 반감으로 감내하기엔, 사람들의 시선이란 무서운 법이다. 주은은 방송을 은퇴하고 절실히 실감했다. 싱글맘이 된 후 그녀를 괴롭힌 건 사람들의 직접적인 손가락질이 아닌, 무수한 풍문과 비난들이었다. 실체가 없는 소문은 끝을 모르고 부풀어 올랐다. 실제의 모습보다 훨씬 과

장되고, 공포스러웠다.

주은은 주바름이 이 게임을 통해 조금의 관심도 얻지 못하길 바랐다. 그리고 그러기 위해서 주바름이 선두권도, 하위권도 아닌 어정쩡한 중위권을 맴돌기를 바랐다.

"엄마는 욕먹을 거야. 욕먹고 관심받으려고 나온 거야."

"그래. 나도 그렇게 하겠다고. 꼴등 해서 욕먹는다고."

"엄마는 방송인이니까 관심을 받으면 좋은 일이지. 근데 바름이 넌 뭐야. 넌 이 방송 꼴등 해서 고아 되면 너한테 대체 뭐가 이득인데. 네가 방송인이야? 엄마 버린 고아가 방송활동 이어갈 수 있을 것 같아?"

"이득? 그런 거 몰라. 엄마는 이득 생각하면서 나 키웠어? 나도 이득 생각하면서 여기 나온 거 아니야."

"됐어. 여기는 너랑 감정 싸움할 장소 아니야. 아마 마이클이 지금 이 장면도 다 찍고 있을지도 몰라. 리얼리티쇼니까."

주은은 복도 한편에 설치된 카메라를 고갯짓으로 가리켰다. 이곳에서 유일하게 모든 설치가 완료된 것은 카메라였다. 화장실에 휴지 하나 제대로 비치해놓지 않았지만, 건물 곳곳엔 한 치의 사각지대도 없이 카메라가 구석구석을 비췄다.

주바름은 주은에게 대꾸하지 않고 뒤돌아섰다. 복도를 내딛는 발걸음이 묵직했다.

나는 엄마를 바꾸기로 했다

그래. 1등을 하기 위해서도 각오는 필요하지만, 꼴등을 하기 위해서도 결심은 필요하다. 홧김에 내뱉은 말이지만 주바름은 결심했다.

'그래. 어디 한번 진짜 꼴찌가 된 다음에 생각해보자고.'

주바름은 또 한 번 입술을 꽉 깨물었다.

밤에만
몰래 피는 꽃

천바다는 조심스레 메인 스튜디오를 향해 걸어갔다.

스튜디오에 들어가기 전 입구에서 스태프들이 달려들어 참가자들의 손바닥에 무언가 글씨를 써줬다. 그러나 손바닥 안엔 그 어떤 글자도 남아 있지 않았다. 무언가 까끌까끌한 펜의 감촉만이 참가자들의 손에 놓여 있을 뿐이었다. 천바다는 의아한 얼굴로 제 손을 몇 번 펴고, 쥐기를 반복했다. 바쁘고, 무성의한 그 촉감이 참가자를 반기는 첫 환영이었다.

안쪽 넓은 스튜디오는 흰색을 메인으로 군데군데 베이지와 검은색을 섞은 공간이었다. 기둥은 연갈색으로 웅장하게 버티고 서 있었고, 천장엔 흑빛이 반짝거렸다.

전면의 벽에는 통창이 설치되어 있었고, 그 바깥으로는

끝 없이 펼쳐진 푸른 바다가 있었다. 천바다는 바다가 그 통창 안에 '일부러' 들어 있다는 생각이 들었다.

그건 마이클 천이 자주 하는 스타일이었다. 자연스럽게 주변 풍경과 공간을 어우러지게 하는 것. 한국 전통 건축 양식을 설명하는 마이클의 얘기를 천바다도 들은 바 있다. 한국 전통에서 집은 자연과 세상의 일부가 되어 조화를 이룬다고 말이다.

그렇지만 말이다. 적어도 마이클 천이 지은 건물 중에 그렇게 조화를 이루고 선 건물은 없었다.

로스앤젤레스 한복판에서 마이클 천의 집은 유독 눈에 띄는 규모의 한옥 스타일이었다. 미국에서 흔히 보기 힘든 곡선이 그 건물의 외관을 둘러싸고 있었다.

그건 조화가 아니었다. 조화를 연출하고 싶은 사람의 행패였다.

이 스튜디오도 마찬가지였다. 천바다는 부모도에 도착한 뒤로부터 줄곧 모든 게 불협화음을 낸다는 인상을 받았다.

스튜디오 인근에 있는 해안 절벽, 멀지 않은 곳에 모래사장, 건물을 마주 보고 있는 바다, 그 모든 걸 이 공간과 조화시키고자 한 듯 보였지만 전혀 어울리지 않았다.

천바다가 생각하기에 조화란 삶의 태도나 자세의 문제

였다.

이 스튜디오를 짓는 데엔 얼마나 시간이 걸렸을까. 새 페인트 냄새가 진동하고, 곳곳엔 비닐도 벗겨지지 않았다. 이제 막 지은 건물은 조화를 억지로 연출하느라 힘에 부치는 인상을 줬다.

얼마 지나지 않아, 통창의 정중앙에서 마이클 천이 걸어 나왔다. 그 옆에는 사회자인 주은도 함께 있었다. 마이클이 큰 목소리로 외쳤다. 투명한 통창이 단숨에 불투명하게 변하고, 스튜디오의 모든 조명이 꺼졌다. 근사한 어둠이 내려앉은 스튜디오에서 핀 조명은 마이클 천을 주인공처럼 비췄다.

그는 능숙한 포즈로 그 빛을 헤치며 연설을 시작했다.

"엄빠게임에 참여한 여러분을 환영합니다. 저는 이 쇼의 호스트인 마이클 천입니다!"

그의 등 뒤에 있는 불투명한 창 위로 글자가 적혀나갔다. 통유리는 어느새 프롬프터의 역할을 맡고 있었다. 그 글자는 참가자들에게 이런 명령을 내렸다.

[일제히 박수와 환호성, 마이클 천의 이름을 연발하며 소리친다.]

눈치 빠른 참가자 몇 명은 글자가 다 나오기도 전에 박수를 미리 치기 시작했다. 정신없는 박수 소리가 스튜디오 안을 가득 메웠다. 환호성과 마이클 천의 이름도 연달아 터져 나왔다. 마이클의 얼굴 위로 만족스러운 미소가 번졌다.

마이클 천은 그들을 지휘하듯 손을 뻗으며 말했다.

"자, 자, 여러분! 여러분들은 이미 손바닥 안에 자신의 순위를 배정받았을 것입니다."

마이클 천의 말에 참가자들이 제 손바닥을 열어 보았다.

펼쳐진 손바닥 위로 형광색의 숫자가 꽃처럼 개화해 있었다.

천바다는 자기 손바닥 위에 놓인 '12'라는 글자를 말없이 쳐다보았다. 12등. 그래. 천바다는 꼴찌인 12등이었다. 도대체 무슨 근거로 매겨진 순위일까. 꼴찌라니. 어떤 시험이나 경기에서도 천바다는 꼴찌는커녕 하위권에도 머무른 적이 없었다. 그런 자신이 마지막 등수라는 사실이 몹시 어색했다.

그리고 그때, 멀지 않은 곳에서 천바다는 자신을 염탐하는 눈길을 느꼈다. 눈에 익은 얼굴이었다. 같은 반 학생인 주바름이 거기 서 있었다.

그녀는 조금 당황하고 말았다. 이런 곳에서 같은 반 애를 만날 거라고 상상하지 못했기 때문이다. 주바름의 시선은 정확히 천바다의 손바닥 '12'에 꽂혀 있었다. 천바다의 시선도 자연스럽게 주바름의 손바닥으로 향했다.

주바름의 손바닥에서 발광하는 숫자는 '1'이었다.

이윽고 마이클 천의 뒤에서 주은이 한 발자국 걸어 나왔다.

"지금 주어진 등수는 무작위로 주어진 기초 등수입니다. 현재까지는 여러분들을 판단할 그 어떤 근거도 없기에, 추첨을 통해 등수를 선발했습니다. 앞으로 여러분 활약에 따라 얼마든지 바뀔 수 있습니다."

말을 마친 주은이 스튜디오의 모서리 쪽으로 손을 뻗었다. 그 손길에 맞춰 조명이 부산하게 움직였다. 빛의 날벌레들이 도착한 곳은 바로 거대한 원형 테이블이었다. 나뭇결이 그대로 살아있는 테이블 위로 총 12가지의 음식이 놓여 있었다.

킹크랩이 담긴 접시가 있는가 하면, 단출한 토스트나 핫도그도 있었다. 주은이 음식을 바라보며 소리쳤다.

"자, 여러분 앞에는 총 열두 가지의 음식이 있습니다. 배정된 등수에 따라 차례대로 원하는 음식을 선택할 수 있습니다. 그리고 음식을 받은 참가자들은 그 자리에서 음식을 맛있게 드시면 됩니다. 참고로, 첫 게임이 마무리될 때까지 식사의 기회는 없습니다. 고민이 좀 되시죠? 1등부터 먼저 나와주세요."

나는 엄마를 바꾸기로 했다

1등인 주바름이 가장 먼저 테이블을 향해 걸어 나갔다. 그가 걸어가는 것에 맞춰 조명도 따라 움직였다. 다른 참가자들은 테이블에서 멀지 않은 위치에서 등수에 따라 한 줄로 대기하고 있었다. 빛이 들지 않는 곳에서 그들은 숨죽인 채 선택을 지켜보았다.

바름의 선택이 게임의 본격적인 서막이었다.

사방을 에워싼 조명과 압도적인 높이의 천장, 수십 대의 카메라 속에서 몇몇 참가자는 긴장한 듯 숨을 참았다. 몇몇은 이 상황이 흥미롭다는 듯 환호성을 지르기도 했다.

한편, 주변에서 수군거리는 소리가 천바다의 귀에 들려왔다.

"이 음식 고르는 것 자체가 게임 시작 아니야?"

"그러게. 그나저나 쟤는 뭘 고르려나. 지금 든든하게 먹어야 하루 버틸 거 아니야. 이 게임이 끝날 때까지 밥도 없다잖아."

"대체 무슨 음식을 골라야 유리한 거지? 힌트가 하나도 없잖아. 비싼 음식을 골라야 하나?"

"일단 배부른 거 골라. 먹고 죽은 귀신이 때깔도 좋다고."

모두의 이목이 쏠린 가운데 주바름이 선택한 것은 의외의 음식이었다. 그의 손에 들린 것은 핫도그였다.

그는 핫도그를 맨손으로 집어 들더니 그냥 그대로 삼켰

다. 말 그대로 그냥 집어삼킨 것이다. 그는 영상에서 본 선수들처럼 빵과 소시지를 분해해서, 양 볼에 억지로 욱여넣었다.

쩝쩝거리는 소리가 고요한 스튜디오에 퍼졌다.

모두 황당한 눈으로 주바름을 지켜보았다. 그러나 바름은 혼자 비장한 각오에 젖어 있었다. 자신은 꼭 전심전력으로 최선을 다해 꼴찌를 하겠다. 어설프게 애매한 등수를 차지하지 않겠다.

주은이 인터뷰를 위해 주바름에게 다가갔다.

"자, 열두 가지의 선택지 중에서 핫도그를 골랐네요? 이 산해진미 속에서 고작 핫도그 하나를 골랐습니다. 이 음식을 고른 특별한 이유가 있을까요?"

주바름이 주은을 말없이 쳐다보았다.

"전심전력을 다 하겠다. 그게 제 핫도그의 의미입니다. 끝."

퉁명스럽고 짧은 대답이었다.

주바름은 주은을 무시한 채 남은 핫도그를 마저 우물거렸다. 그는 인터뷰를 멋대로 끝내고 대기 줄로 돌아왔다. 잠시 떨떠름해하던 주은이 참가자들을 향해 다시 말했다.

"다음 음식을 선택할 참가자는 2등입니다. 2등 나와주세요!"

주은의 말이 끝나자 한 남자가 당당히 걸어 나갔다. 2등은 키가 멀대같이 큰 남자애였다. 양궁 금메달리스트라고 모두 수군거리던 바로 그 애였다. 그는 한 치의 망설임도 없이 킹 크랩을 골랐다.

천바다는 그가 별다른 식기도 없이 그 음식을 어떻게 먹을지 궁금했다. 그런데 2등의 선택은 손으로 먹는 것이었다. 그 애는 맨손으로 킹크랩의 다리를 잡아 뜯어 입에 넣고 젤리처럼 씹었다. 입술 바깥으로 삐져나온 집게다리가 징그럽게 느껴졌다.

"우와와와! 나는 킹크랩이다! 왜냐면 내가 킹! 최고니까!"

천바다가 딱 싫어하는 스타일의 남자애였다. 관심받는 걸 좋아하는 스타일. 시끄럽고, 주목받길 원하고, 튀는 걸 두려워하지 않는.

그 뒤로도 음식 선택이 이어졌다. 삼계탕, 피자, 김치찌개, 짜장면이 차례대로 선택받았다. 그들의 인터뷰는 죄다 심심하고, 따분할 따름이었다.

"삼계탕이 속이 든든할 것 같아서요."

"피자 맛있잖아요."

"김치찌개 어릴 때부터 좋아했거든요."

"남은 것 중엔 그래도 짜장면이 제일 배부른 것 같아요."

천바다는 하품이 날 지경이었다. 재미없는 녀석들.

게다가 그들은 먹는 속도가 너무 느렸다. 촬영이 언제 끝날지 의문이었다. 3등은 삼계탕을 먹는 데 총 20분 넘게 소요했다. 덩치는 소처럼 커다랬지만 먹는 건 거북이만큼 느렸다. 급기야 주은이 촬영을 중단하기까지 했다.

7등의 차례가 되었을 때 참가자들 사이에서 작은 웅성거림이 퍼졌다. 7등은 휠체어에 탑승해 있었다. 바퀴는 조명을 파도처럼 가르며 나아갔다. 7등은 은갈치를 골랐다.

천바다는 그 애의 은빛 바퀴와 갈치가 제법 어울린다는 생각이 들었다.

'자기다운 걸 골랐네.'

모든 차례가 마침내 끝나고 천바다의 순서로 넘어왔다. 그녀는 테이블 중앙에 덩그러니 남은 초라한 음식 하나를 보았다. 식어빠진 토스트 한 장. 그것이 천바다의 음식이었다.

바다는 실소를 터뜨리고 말았다. 토스트라니. 바다는 마이클 천의 토스트를 떠올리지 않을 수가 없었다. 이것마저 마이클 천의 의도라면, 그는 세계적인 제작자라 칭송받아 마땅하다. 물론, 마이클 천과 천바다 둘만 알아보는 연출일 테지만.

모든 선택이 끝나자 주은의 목소리가 다시 스튜디오 전체에 울려 퍼졌다.

나는 엄마를 바꾸기로 했다

"자, 이제부터 참가자들은 지금 선택한 음식을 자신의 새로운 이름으로 사용하게 됩니다. 본명을 부르는 것은 금지됩니다. 여러분이 선택한 음식이, 부모도에서 여러분의 이름입니다."

주은은 시선을 돌려 주바름을 바라보았다. 그녀가 넌지시 멘트를 덧붙였다.

"조금 전 집어삼킨 게 당신의 이름입니다. 아시겠죠, 핫도그 참가자?"

주바름, 아니 핫도그는 주은을 못마땅한 눈으로 쳐다보았다. 이름이 마음에 들지 않는 것은 아니었다.

핫도그라니. 자신이 스스로 새롭게 붙여준 이름 같기도 했다. 그냥 꼴찌를 하는 게 아니라, 전심전력으로, 최선을 다해, 열심히 꼴찌를 하는 일. 그게 지금 핫도그가 목표로 하는 일이었다. 그건 핫도그의 이전 생에서는 겪어보지 못한 경험이었다.

그는 고개를 끄덕거리며 답했다.

"네."

새로운 이름에 만족스러워하는 건 핫도그만이 아니었다. 천바다는 제 손에 들린 토스트 한 장을 미소 띤 얼굴로 쳐다보고 있었다.

천바다, 아니 토스트는 그 식빵을 바로 집어삼켰다. 카메라 한 대가 토스트가 식빵을 먹어 치우는 모습을 재빠르게 촬영했다.

각 촬영자에겐 한 대씩 개인 카메라가 있었다. 자신의 카메라를 찾은 토스트는 브이 자로 손을 들어 올려 보였다. 그녀의 입가로 빵가루 부서지는 소리가 몰려들었다.

그리고, 갑자기 스튜디오 안의 모든 불이 꺼졌다.

어둠에 집어삼켜진 스튜디오는 순식간에 두려움과 불안으로 휩싸였다. 까마득한 어둠 속에서 지직대는 마이크 소리와 함께 주은의 목소리가 퍼졌다.

"자, 첫 번째 게임입니다. 이 어둠 속에 모든 이의 부모가 와 있습니다."

어둠은 주은의 목소리를 더욱 선명하게 만들었다.

눈앞에 보이지 않을 때, 실체가 분명해지는 것도 있다. 목소리, 수군거림, 웅성거림. 그리고 정말 스튜디오 안엔 몇 사람의 발소리가 더욱 뚜렷해지고 있었다.

핫도그는 생각했다. 자신을 제외한 11명의 부모라면 최대 22명, 못해도 20명 안팎의 인원이 새로 추가된 것이다.

그때, 핫도그의 양쪽에서 누군가 거칠게 팔을 붙들었다. 그 동작에 맞춰 주은이 말했다.

"이제부터 여러분은 각자 진짜 부모를 찾기 위해 이동합니다. 여러분이 도착하는 방에는 총 4명의 부모 후보가 와 있습니다. 이들 중 진짜 부모를 찾는 게 첫 번째 미션입니다. 가장 빨리 찾은 순서대로 첫 번째 게임의 순위가 정해질 것입니다."

당신의 부모는 누구인가

1. 도착하는 방에는 총 4명의 부모 후보가 있다. 순서에 따라 각각의 후보를 면담한다.
2. 모든 후보를 면담하기 전에도 부모 지목은 가능하다. 그러나 지목한 후보가 진짜 부모가 아닐 경우, 모든 후보와 다시 면담해야 한다.
3. 재면담 시엔 후보의 순서가 무작위로 변경된다.
4. 부모를 찾은 순서대로 게임의 등수가 결정된다.

주은의 말이 끝나자마자 핫도그의 팔을 붙든 사람들이 그를 잡아당겼다. 붙잡힌 건 핫도그만이 아닌 것 같았다. 곳곳에서 신경질적인 말소리가 울려 퍼졌다.

"아, 아! 잠깐요. 뭐 밟았어. 엄청 축축하다고요!"

팔을 붙든 스태프들은 참가자의 항의에 무심히 반응할 뿐이었다.

"됐어. 됐어. 신경 쓰지 말고 걸어. 빨리 끝내야 빨리 밥 먹고 숙소 배정받고 쉴 거 아니야."

스태프들 사이에선 볼멘소리가 터져 나오기도 했다.

"이런 빌어먹을. 죄다 미성년자라서 밤 10시 이후엔 찍지도 못해. 야, 다들 빨리빨리 움직입시다. 진짜 종일 찍는 거 아니잖아요. 방송입니다. 방송."

핫도그는 언짢은 기분으로 그들의 안내를 따랐다.

어둠 속에서 자신의 발걸음이 뚜렷하게 느껴졌다. 바닥이 발밑에 닿는 감촉이, 공간 전체에 울려 퍼지는 소리가, 자신의 양팔을 붙든 스태프의 체온이 전부 분명하게 느껴졌다.

조금 지나지 않아 핫도그는 새로운 스튜디오에 도착했다. 어느새 스태프들은 사라지고 그의 앞에 핫도그의 엄마라고 주장하는 자들이 등장했다. 멀지 않은 곳에선 게임 설명이 흘러나왔다.

"모든 참가자는 엄마와 아빠 중 한 명의 후보를 찾으면 됩니다. 모든 후보는 실제 여러분에 대한 정보를 미리 입수해 놓은 상태입니다. 쉽지 않은 심리전이 될 것입니다. 그럼 게임을 시작하겠습니다. 행운을 빌어요!"

잠시 후, 어둠을 헤치며 첫 번째 후보가 다가왔다. 그녀는 음성이 변조된 목소리로 핫도그에게 속삭였다.

"바름아. 엄마야, 고생 많았지? 아이고. 무슨 섬까지 데려와서 방송을 한다고……."

그는 그 다정한 말을 끝까지 듣지 않고 끊어버렸다.

"이분은 아니네요."

핫도그는 다음 말은 들을 필요도 없다는 듯 다음 후보를 향해 걸어 나갔다.

굳이 기분 나쁜 기색을 표현하고 싶진 않았다. 하지만 참을 수 없었다.

핫도그가 가장 싫어하는 건 엄마의 잔소리도, 비난도, 꾸중도 아니었다. 그가 가장 미워하는 건 엄마의 사랑이었다.

왜 이제 와서 고생을 알아준단 말인가. 갑자기 뭘 위한단 말인가.

핫도그의 엄마인 주은은 그런 사람이다. 본인이 가장 나약한 순간에나 자식을 위해주는 여자. 핫도그가 제 엄마의 사랑을 미워하는 이유는 바로 그것이었다. 차라리 꾸중할 때, 차라리 비난할 때, 차라리 잔소리할 때 주은은 주은다웠다. 주은이 사랑을 표현할 때는 그녀가 바름에게 미안할 때뿐이었다.

첫 번째 후보는 당연히 주은이 아니었다. 그런 나약한 모습을 방송에서 주은이 보여줄 리 없었다. 무엇보다 나약할 때조차 주은은 이런 식으로 바름을 사랑한 적이 없었다.

핫도그의 말이 끝나자 어둠 속에서 갑자기 붉은 사이렌이 점등되었다. 요란한 소리와 함께 기계음이 울려 퍼졌다.

〈핫도그, 첫 번째 후보와 1차 면담 종료. 부모 찾기에 실패 시, 남은 부모 후보와 다시 면담해야 합니다. 이때 순서는 무작위로 변경됩니다.〉

핫도그는 기계의 음성을 무시했다. 그저 눈을 가늘게 좁혀 뜨며, 붉은빛 사이에 남겨진 또 다른 후보를 쳐다보았다. 그러나 고작 그 불빛으로 그들의 얼굴을 알아보는 건 힘들었다. 그저 불길해 보이는 붉은 균열이 그들 얼굴에 생채기를 내고 있을 뿐이었다.

바름은 천천히 숨을 들이쉬고, 내쉬었다.

어차피 이 게임은 꼴찌 하기에 가장 쉬운 게임이다. 계속 못 알아맞히는 시늉만 하면서 시간을 끌면 되는 것 아닌가. 그렇게 생각하자 핫도그는 마음이 한결 가벼워졌다.

그는 다음 후보 앞에 다가섰다. 이번엔 핫도그가 먼저 입을 열었다.

"엄마, 여긴 도대체 왜 왔어."

"이게, 엄마 직업이니까."

"엄마랑 내가 모자 사이라는 거 이렇게 밝혀도 되는 거야? 다들 알고 있어?"

"제작진이 밝힌 채로 진행하자고 했어. 숨긴 채 진행하는 것이 더 이상하다고. 언제까지 숨길 수 있는 것도 아니고. 내가 MC라고 뭘 특별히 해줄 수 있는 것도 아니잖니."

이번 후보는 제법 주은 같았다. 핫도그는 그러나 미심쩍었다. 과연 어디까지 입을 맞춘 것일까. 자신의 정보에 대해 어디까지 후보들이 알고 있는 것일까.

그 정보를 핫도그는 알지 못한다. 핫도그는 다시 입을 뗐다. 꼴찌를 할 땐 하더라도, 무언가 열심히 하는 체는 해야 하지 않겠는가. 그래야, 최선을 다한 꼴찌 아니겠는가.

"엄마 직업이 그렇게 대단해?"

"그냥 엄마는 할 일을 할 뿐이야."

"그래. 나도 내 할 일을 하는 거야."

"너 그렇게 엄마를 떠나고 싶었어? 천륜을 끊어가면서까지? 네 맘대로 그렇게 어디 되나 보자."

핫도그는 고개를 저었다. 이번 후보도 역시 아니었다.

주은은 천륜을 운운하며 발목을 잡을 위인이 아니었다. 그녀라면 더 논리적으로, 더 이성적으로, 더 합리적으로 핫도그의 선택을 일목요연하게 비난했을 것이다.

두 번째 후보의 얘기를 들으니 그냥 머리가 아플 뿐이었다.

"두 번째 후보 보류할게요."

핫도그의 말이 끝나기 무섭게 다음 후보의 말소리가 들려왔다. 세 번째 후보가 차분한 톤으로 그를 타일렀다.

"대체 핫도그는 왜 고른 거야? 알아봤다. 네가 센스가 있니, 운동 신경이 좋니, 공부를 잘하니. 그렇다고 근성이 있어, 성실하기를 해. 이 게임에 너 안 어울려. 지금이라도 하차해."

맹렬한 비난이었다. 핫도그는 고개를 갸웃거렸다. 이 세 번째 후보가 진짜 주은처럼 느껴지기도 했다.

하지만 핫도그는 일말의 의심을 지울 수 없었다. 이 비난은 너무 원색적이고, 일률적이다. 비난 안에 악의밖에 없지 않은가.

핫도그가 생각하기에 주은의 비난 속엔 미량이지만 핫도그를 위한 어떤 마음이 있다. 사랑이라 해야 할지, 애증이라 해야 할지, 미움이라 해야 할지, 그 모든 것이라 해야 할지 모를 진심. 핫도그 또한 그 사실을 모르는 건 아니었다. 사랑의 모든 얼굴. 그런 얼굴을 주은이 가지고 있다는 사실을.

그러나 핫도그는 불쑥 신경질이 나서 이렇게 외치고 말

았다.

"세 번째 부모 후보가 제 진짜 엄마입니다."

핫도그의 말이 끝나자 방 전체에 기계 목소리가 울려 퍼졌다.

〈핫도그, 세 번째 후보를 부모로 지목했습니다. 확정하시겠습니까? 부모가 맞을 시 방을 빠져나가지만, 부모가 아닐 경우 남은 후보들의 순서를 바꿔 다시 한번 면담하게 됩니다.〉

핫도그의 미간에 주름이 몰려들었다. 부모들이 순서를 전부 바꾼다니. 핫도그는 생각했다. 어차피 부모 순서를 바꾸는 식이라면, 계속 바꿔서 시간을 더욱 지연시키는 게 낫겠다고. 그렇다면 세 번째보다 더 확실히 부모가 아닌 사람을 고르는 게 낫다는 생각도 들었다.

어느새 핫도그의 안에서 이 게임은 '부모 아닌 사람 찾기 게임'으로 변질하고 있었다.

그가 다급하게 소리쳤다.

"아니요. 취소할게요. 네 번째 후보도 면담하겠습니다."

핫도그가 마지막 후보 앞에 섰다. 차분한 숨소리가 핫도그의 귀에 들려왔다.

다시 한번 음성 변조된 목소리가 핫도그에게 전해졌다.

"나는 너를 사랑했어. 적어도 그것만큼은 사실이야."

사랑'했'어. 마지막 부모 후보의 사랑 고백은 과거형이었다. 핫도그는 잠시 명치 아래가 무거워지는 걸 느꼈다. 이 자가 과연 정말 주은일까. 핫도그는 그를 향해 물었다.

"방송 복귀하고 싶었지."

"엄마는 쭉 방송을 했어. 홈쇼핑도 방송이잖아."

이번 후보는 제법 진짜 엄마 같았다. 주은은 자신이 하는 일에 자부심을 품고 있었다. 그녀에게 있어 홈쇼핑은 그저 먹고사는 일의 일환이 아니라, 당당한 방송 활동의 연장이었다. 그건 이미 주은이 핫도그에게 종종 말한 바 있는 사실이었다.

하지만 이 한마디로 4번 후보가 엄마라고 속단할 순 없었다. 핫도그는 다시 한번 질문을 던졌다. 이번 후보가 정말 엄마라면 이 사태에 대해 조금 더 얘기하고 싶었다. 주은이 게임에 참여한 이유를, 그리고 자신이 이 게임에 참여하게 된 이유를.

"나는 방송 같은 것도, 마이클 천의 양자가 되는 것도 관심 없어."

"그러면? 그러면 도대체 왜 여기 나온 거야. 앞으로 어떤

나는 엄마를 바꾸기로 했다

게임이 기다리고 있을지 몰라."

핫도그는 입술을 꽉 깨물었다. 눈앞에 있는 이 사람이 주은인지는 알 수 없지만, 적어도 주은이 지금 제 목소리를 듣고 있는 건 확실했다. 그렇다면 그냥 주은에게 하고 싶은 말을 하면 될 일이었다.

"나는 무슨 진짜 바보, 멍청이인 줄 알아? 잘나가던 주은이 애 딸린 아줌마 되고 나서 방송도 못 나간다, 아빠는 누구인지도 모른다, 아홉 시 뉴스에 나오던 때도 있는데 불쌍하다, 이런 말 엄마만 듣고 사는 줄 아느냐고."

한번 시작된 감정의 폭풍은 쉽게 가라앉지 않았다. 말의 토사물이 핫도그의 입에서 계속 쏟아져 나왔다.

"엄마는 그래도 한때 잘나갔지. 그리고 불쌍한 사람이지. 나 키우느라 고생하는 사람이잖아. 근데 난 뭐야. 난 아무리 잘해도 아빠가 누군지 모르는 혹이잖아. 장난해? 그럴 바에 그냥 우리 인연을 끝내자고. 혹이 스스로 떨어져 나가겠다고. 주바름 떼어낸 주은은 이제 다시 세계적인 쇼 진행자로 잘나가면 되는 거라고."

핫도그는 어느새 주바름으로 돌아와 있었다. 도무지 주바름인 걸 숨길 수 없는 주바름으로. 상대편은 말이 없었다. 사과도, 비난도, 공격도, 잔소리도, 위로도 하지 않았다.

그래. 그때도 그랬다.

주바름이 초등학교에 입학하기 전까지 주은과 주바름은 서로에게 가장 다정하고, 친한 친구였다.

그때까지만 해도 주은은 간간이 들어오는 프리랜서 아나운서 일로 방송을 소화했고, 고정적인 직장이나 스케줄은 없었다.

어린이집에 가지 않는 날이면 주은은 바름을 데리고 어디든 나갔다. 바다에 가서 물장난을 쳤고, 잠수를 했고, 산을 갔고, 함께 책을 읽었고, 놀이공원에서 솜사탕을 들고 사진을 찍었고 어떤 때는 함께 공을 찼다.

그리고 그때도 주바름은 똑같이 꼴등을 겨우 면하는 어린이였다. 재능이나 소질의 문제보다 더 근본적인 문제가 있었다. 주바름은 주은이 시키는 그 어떤 활동에도 재미를 느끼지 못했다.

주바름이 당시에 재밌게 느낀 단 한 가지는 주은과 함께 무언가를 한다는 사실 그 자체였다. 엄마와 함께 오랜 시간을 같이한다는 사실, 그게 바름의 유일한 기쁨이었다.

하지만 그때 주은은 좀 다른 생각을 가졌다. 그녀에게 있어 주바름은 새로운 직업이었다. 이제까지의 삶을 내려놓고, 자신의 모든 노력을 쏟아부어 새롭게 가꿔나갈 다음 페이지의 삶. 주은은 이제까지 그러했듯 주바름의 양육에도 혼신의 힘을 다 갈아 넣었다.

주은에게 있어 그 시기가 그저 행복하기만 한 시기는 아니었다. 벌어놓은 돈은 한계를 보였고, 고정적인 방송 스케줄이 없으니 새로운 활로를 찾아야 했다. 바름을 키우면서 직장에 들어가기란 현실적으로 어려운 일이었다.

그리고 그녀는 딱 자신이 노력한 만큼 지쳐갔다. 바름은 그 어떤 일에도 주은이 생각한 만큼 흥미를 갖지 않았다. 주바름의 대답이란 늘 이런 식이었다.

"바름아, 축구 재밌어?"

"아니, 엄마랑 같이 못 뛰니까 재미없어! 엄마도 운동장으로 나와!"

그 어떤 일도 주바름에겐 재미있는 특기가 되지 못했다. 다른 부모라면 마냥 좋아했을 대답도 주은은 달갑지 않았다.

"바름아, 바름이는 요즘 가장 재밌는 게 뭐야?"

"엄마랑 있는 거!"

주은은 그런 대답을 하는 주바름을 말없이 안아주었다. 주은에게 있어 주바름은 새로운 업(業)이었지만, 정작 주바름은 그 어떤 일도 자신의 일, 기꺼이 해내야 하는 일로 여기지 않았다.

바름이 초등학교에 막 입학했을 무렵에 사건은 발생한다.

바름은 입학과 동시에 주은의 아들이라는 유명세를 떠안았다. 학교 측에서는 이 점을 최대한 활용하려고 했고, 주은을 데리고 특강을 열었다. 바름은 멋진 옷을 입고 단상 위에 오른 엄마가 한없이 자랑스럽고 뿌듯했다.

특강이 마무리된 후 화장실에 가던 바름은 우연히 학부모들이 모여 하는 얘기를 들었다.

"바름 엄마 너무 멋있지 않아? 나도 똑같이 애 키우는 엄만데 어떻게 저렇게 달라. 진짜 부럽더라. 역시 아나운서는 달라."

"그러니까, 아나운서 그만두고 요즘은 또 홈쇼핑으로 잘나가잖아. 나도 바름 엄마처럼 한번 살아보고 싶다니까."

"하여간. 바름이가 혹이야. 아버지가 누구인지도 아무도 모르잖아. 바름이만 없으면 주은 씨도 아직 앵커로 잘나가지 않았겠어?"

바름은 화장실엔 가지도 못하고 얘기를 듣고만 있었다. 자신이 있단 사실을 들키면 안 될 것 같았다.

그런데 바름의 마음에 더 깊은 생채기를 남긴 사람은 주은이었다.

하굣길, 엄마의 손을 잡고 학교 운동장을 걷던 바름이 물었다.

"엄마, 혹이 뭐야?"

주은은 퉁명스럽게 답했다.

"혹은…… 불필요한 거지. 만약 바름이에게 혹이 생기면 얼른 병원 가서 떼어내야 해."

떼어내야 한다는 그 말이 주바름의 머리에 깊게 새겨졌다. 그때 저물녘의 햇살과 바람, 그 바람 속에서 맡아지던 옅은 계절의 냄새까지 주바름은 생생히 떠올릴 수 있다.

"엄마, 그럼 내가 혹이야?"

"누가 그래?"

"다른 아줌마들이 그러던데? 엄마 진짜 그래? 엄마한테 내가 혹이야?"

주은은 답 없이 주바름을 끌어안았다.

그녀는 그저 말없이 조금 떨고 있었다. 자기 자신의 본심을 들킨 사람처럼. 가늘게 몸을 떨었다. 그리고 천천히 두 팔에 힘을 주었다. 주바름은 숨쉬기가 힘들어졌다.

주바름은 힘껏 발버둥 치고 싶었다.

'나는 혹이 아니야. 혹이 아니라고 해. 어서 하라고.'

주은은 그 뒤로도 주바름이 혹이 아니라고 얘기하지 않았다. 단 한 번도.

어둠 속에서 주바름은 천천히 핫도그로 되돌아왔다. 그때의 기억을 떠올리니 차라리 홀가분하고 마음이 편해졌다. 눈앞의 엄마 후보는 아무 대답이 없었다. 주은이 평생 그랬던 것처럼.

주바름은 그제야 확신할 수 있었다. 이 사람이 엄마구나. 이렇게까지 감정을 털어놓는데도 회피하는 사람. 그래. 그런 사람이라면 주은밖에 없었다. 핫도그는 어깨가 들썩거릴 정도로 숨을 몰아쉬었다.

감정을 추스른 그가 가만히 손을 들고 말했다.

"저 면담 종료할게요. 선택하겠습니다."

핫도그는 자신 있는 목소리로 외쳤다. 이제까지 면담한 사람 중 가장 자기 부모가 아니라고 생각되는 사람의 이름을.

"진짜 엄마는 첫 번째 후보입니다."

위로와 공감을 보내준 사람. 자신을 토닥여준 사람. 그 사람이 바로 핫도그가 생각하는 확실한 가짜 부모였다. 핫도그는 물대포 같은 벌칙을 생각하며 눈을 질끈 감았다. 하지만 바름에게 쏟아진 건 눈부신 조명 세례였다.

〈핫도그! 단 한 번의 지목으로 단번에 부모를 맞췄습니다. 축하합니다.〉

핫도그는 당황스러운 표정으로 주변을 둘러보았다. 눈앞엔 로봇 세 대와 사람 한 명이 서 있었다. 자신이 비난을 퍼부은 네 번째 후보는 다름 아닌 로봇이었다. 감쪽같이 속은 것이다. 사람의 형상을 흉내 낸 로봇들에게.

주은이 핫도그를 향해 걸어오며 말했다.

"이번 게임의 가짜 후보들은 모두 천페이지의 자회사, 천 AI에서 개발한 로봇들이었습니다! 로봇의 정체를 간파하고, 단번에 부모를 찾았는데요. 소감이 어떠신가요?"

주은은 입가에 근사한 미소를 걸고 있었다. 핫도그는 도무지 표정 관리를 할 수 없었다. 무어라 소감을 말한 것도 같은데 전혀 기억에 남지 않았다.

핫도그의 촬영은 종료되었다. 스튜디오에서 걸어 나온 핫도그는 복도에 털썩 주저앉았다. 제대로 청소가 되지 않았는지 먼지가 잔뜩 있었지만, 신경 쓰지 않았다.

바름의 옆으로 주은이 천천히 다가왔다.

"어지간히 엄마랑 헤어지고 싶은가 보다. 왜 그랬대?"

"그래. 그렇게 얘기해야 우리 엄마지."

"뭔 소리야. 주바름."

"답지 않게 무슨 위로를 하고 그래? 나한테 대체 언제 고생했다는 소리를 했다고?"

핫도그는 주은을 향해 눈을 부라렸다. 그 눈엔 울분과 황당함이 반반씩 섞여 있었다.

"야, 주바름. 엄마가 계속 말했지. 이거 방송이라고."

주은의 얼굴에도 불만스러운 표정이 번졌다.

"그래서 뭐."

"이건 쇼야. 제대로 연출해. 불쌍하게 눈물 질질 흘리는 이미지 만들고 싶어? 너 그러면 여기 방송국 사람들이 더 좋아해. 아주 박제를 해놓고, 너튜브에 풀어버릴 거다. 벌써 영상 하나 나왔네."

"뭐라고?"

"어차피 그림 만들려고 붙여놓은 거야. 엄마 얘기도, 네 얘기도 그렇게 다 할 필요 없어."

핫도그가 주은을 가만히 노려보았다. 그녀의 말을 틀린 데 없이 사실이었다. 이건 방송이고, 이건 쇼다. 하지만 핫도그의 마음도, 이 울분도, 엉망진창이 된 엄마와의 관계도, 도무지 쇼라고 웃어넘길 수가 없었다.

"엄만 진짜 프로 방송인이다. 그래. 계속 그렇게 해. 좋은 엄마 코스프레 계속하세요. 난 혹 코스프레 계속할 테니까."

핫도그가 참지 못하고 주은을 쏘아붙였다.

"그게 네가 보여주고 싶은 캐릭터라면 그렇게 해. 엄만 방송 선배로서 분명히 충고했어."

"네. 네. 알겠습니다."

주은은 뒤돌아서는 제 아들의 등을 바라보았다. 어둠 속에서조차 선명히 느낄 수 있었다. 들썩이는 어깨를, 거친 숨소리를, 자신을 원망하는 마음을. 그러나 주은은 제 아들을 쉽게 위로하고 싶지 않았다.

그렇게 하면 정말 제 아들이 불쌍해질까 봐.

스튜디오 바깥을 빠져나가던 핫도그는 문득 천장 쪽에 크게 붙은 전광판을 쳐다봤다. 거대한 검은 화면엔 핫도그의 순위가 새겨져 있었다. 등수를 확인한 핫도그가 나지막하게 혼잣말을 뱉었다.

"제기랄."

게임 현황엔 핫도그를 제외한 모든 참가자가 아직도 게임을 진행 중이라고 나와 있었다. 핫도그는 1등이었다. 그것도 압도적인 전체 1등.

-6-

주은-안병식,
오래된 악연

게임을 마친 주은이 바쁘게 스튜디오 바깥을 향했다. 다음 촬영은 유람선 위에서 진행되는 리셉션이었다.

이번 리셉션은 잘 차려진 저녁 뷔페와 함께 파티를 벌이는 시간이었다. 참가자간의 기 싸움을 유도하고, 캐릭터 케미스트리를 조명하는 중요한 촬영이었다.

육지에서 공수한 온갖 산해진미가 선상에 가득 차려져 있을 터였다. 바다를 배경으로 유람선은 폭죽을 쏘아 올릴 예정이었다. 지상까지 환히 닿을 〈엄빠게임〉의 성대한 서장이었다.

바삐 걷는 주은의 곁으로 한 남자가 다가왔다. 갈색 가죽 재킷에 치렁치렁한 장발을 자랑하는 그 사람은 〈엄빠게임〉

을 총괄하는 안병식 PD였다.

"은 씨. 그렇게 서두를 필요 없어. 게임이 좀 지연되어서 리셉션도 좀 늦어질 거야."

주은은 의아한 얼굴로 안병식 PD를 바라보았다. 벌써 아홉 시가 조금 넘은 시간이었다. 미성년자인 참가자들은 열 시 이후로는 촬영이 불가하다. 촬영 스케줄이 상당히 지체된 터라 이대로라면 리셉션 촬영이 불가능했다.

"지금 아홉 시예요. 열 시 이후면 우리 리셉션 장면 하나도 못 땁니다."

주은이 단호한 태도로 말했다.

"아이, 뭐 무인도까지 방송심의위원회 위원들이 쫓아온답니까. 뭘 그렇게 걱정을 하고 그래요."

주은은 귀를 의심할 수밖에 없었다. 안병식의 말은 열 시 이후에도 촬영을 그대로 강행하겠다는 말이었다. 열 시는 법적으로 정해진 마지막 시간이었다. 위법을 아무렇지 않게 말하는 안병식의 얼굴은 태연했다. 주은이 그를 향해 답했다.

"여기 참가자 부모님들도 다 오셨어요. 열 시 이후에 촬영을 어떻게 하시려고요."

"주은 씨. 아직도 그래?"

"네?"

"아직도 그러냐고."

안병식 PD가 주은을 향해 혀를 끌끌 찼다. 당황한 주은이 그를 노려보았다. 자신의 답변에 '아직도 그래'라는 이상한 답이 되돌아올 줄은 생각도 못 한 탓이다. 그는 넌지시 짧은 말을 툭 건넸다.

"유도리."

"안 PD님. 무슨 소리를 자꾸 하는 거예요."

"유도리 있게 가자고. 아직도 빡빡하게 굴어서 어떡하려고? 나이도 찰 만큼 찬 양반이. 내가 보니까 은 씨 방송도 이제 제법 잘하던데."

안 PD가 주은을 아래, 위로 멋대로 훑었다. 기분 나쁜 시선이 그녀의 온몸을 쓸어내렸다. 안병식은 나긋나긋한 목소리로 말을 이었다.

"주은 씨. 예능감도 있고, 진행도 매끄럽게 잘하고, 캐릭터도 딱 잘 잡아. 얼굴에 이제 나이가 좀 찬 게 느껴지긴 하는데, 진행자로선 묵직하고 괜찮지. 근데 왜 유도리는 아직도 없어?"

안병식의 발언에 주은은 기가 막힐 지경이었다.

아무리 메인 프로듀서라지만 주은과 안 PD 둘 다 방송일만 수십 년 한 베테랑들이었다. 누가 누구를 함부로 평가한

나는 엄마를 바꾸기로 했다

단 말인가.

안병식의 무례에 주은도 참지 않고 대답했다.

"제 나이랑 위법 촬영이 무슨 상관인데요?"

"왜 상관이 없어. 우리 주은 씨만 넘어가면 아무도 신경 안 쓸 일인데. 아, 적당히 하면 되잖아. 나중에 왜 열 시 넘어서 촬영했냐고 하면 촬영이 아니라 밥 먹은 거다. 애들 밥은 먹여야 하지 않냐. 이렇게 말하면 되는 거야."

"PD님 지금 장난해요?"

"장난은 주은 씨가 하고 있지. 리셉션이 뭐야. 밥 먹고 떠드는 자리 아니야? 나중에 뭐라고 하면 열 시까지 찍었고, 그 다음엔 정말 밥만 먹었다고 말하면 되는 거잖아."

"리셉션 하면서 촬영하실 거예요, 안 하실 거예요."

"아, 진짜. 카메라를 켰으니까 돌아갈 수도 있지. 근데 그건 난 잘 모르는 일이라고. 주은 씨도 제발 모르라고."

"지금 저보고 위법을 저지르라고 지시하시는 거예요?"

안 PD가 대놓고 한숨을 쉬었다. 그가 짜증을 내며 머리를 긁기 시작했다.

"아이 씨. 그렇게 꼬장꼬장하니까 일을 오래 쉰 거야. 알아?"

"안 PD님이 제 휴식기까지 걱정하고 계셨는 줄은 차마 몰랐네요."

"내가 주은 씨 생각하니까 섭외도 했잖아. 기억 안 나?"

"지금 그 일을 여기서 꺼내시는 거예요? 십수 년 전 일을? 그게 뭐 좋은 일이라고?"

안병식이 주은을 보며 또 한 번 혀를 찼다. 그가 그녀를 향해 다시 한번 충고를 건넸다.

"그러니까 안 되는 거야. 은 씨가 당시에 재고 따질 처지였어? 아니, 애 낳았다는 소식 들어서 육아 예능 섭외한 게 왜 그렇게 기분이 나빠. 그리고 그 예능이 망했어? 아니지, 초대박이었잖아. 지금도 대한민국 예능 시청률 탑 5안에 들어."

"안 PD님. 제가 그때도 분명 말씀드렸죠. 저는 제 아이랑 같이 방송에 나갈 생각이 없다고요. 그 예능이 얼마나 훌륭한지는 그때도 충분히 설명하셨어요. 저도 공감한다고 얘기드렸고요."

안 PD는 주은을 바라보며 희미하게 미소를 지었다. 주은의 말에서 그녀를 찍어누를 힌트를 발견이라도 한 것처럼 말이다.

"그래? 애랑 같이 방송 나오기 싫다면서, 아이랑 같이 여기를 와? 대단하네. 대단해. 그 사이 무슨 역경이 있었는진 몰라도 아주 긍정적인 변화야."

"안 PD님. 저는 아이가 사리분별을 못 할 때, 같이 나오기 싫다는 말씀을 드렸고요. 지금은 우리 아들이 고등학교 2학년입니다."

"아, 그래?"

"제가 이런 얘기까지 PD님한테 드릴 필요는 없을 것 같네요. 리셉션 장면 저 무조건 10시까지만 진행할 거예요. 그 뒤는 알아서 끊으시든지 하세요."

"야, 주은. 우리 그다음 촬영 바로 가야 하는 거 몰라? 넌 대본 다 알잖아."

"야, 안병식. 반말하지 마세요."

주은이 안병식 PD를 쏘아붙였다.

"아 참, PD님. 그리고 저도 알아요."

주은이 안병식을 향해 희미한 미소를 되돌려주었다. 그 미소 속엔 그녀가 오래 품고 있던 비수가 담겨 있었다.

"아이고 네, 은 씨, 뭘 아는데요?"

안 PD가 비아냥대는 투로 주은에게 물었다.

"안 PD님이 제 복귀 막았다면서요? 아나운서국 돌아가기 직전이었는데 안 PD님이 막았다면서요. 다들 그렇게 얘기하던데요?"

"주은 씨. 일개 PD인 내가 어떻게 은 씨 취직을 막아?"

"일개 PD가 아니라 예능국장이셨잖아요."

"은 씨! 그게 다 은 씨 평판이 엉망이어서 그렇지. 고작 프리 아나운서가 방송국 섭외 다 퇴짜 놓고서 평판이 좋기를 바라요?"

안병식의 말을 들은 주은이 기가 찬다는 듯 헛웃음을 켰다. 그녀가 한 자, 한 자 힘을 주어 대답했다.

"안 PD님한테 평판은 어디 멀리서 사는 동물 이름 같은 건가 봐요. 저한테 평판은 관계자 한 명, 한 명이 모여 만드는 헛소리예요."

안병식 PD가 주은을 바라보며 얼굴을 구겼다. 그가 잔뜩 주름진 얼굴로 침을 뱉듯 말했다.

"그리고 네 아들, 어차피 곧 네 아들 아니야."

"네?"

"마이클 천이 네 아들 우승시키라던데?"

"그게 무슨 소리예요?"

"아무리 유도리 없는 은 씨도 어느 정도는 알지? 이런 프로 우승자는 미리 정해놓는 거. 근데 마이클 천이 딱 골랐어요. 네 아들 주바름이를."

"하, PD님 진짜 가지가지 하시네요. 쓸데없는 사담은 여

나는 엄마를 바꾸기로 했다

기까지 하죠.”

“사담인지, 쓸데없는지, 가지가지인지는 마이클 천한테 가서 물어보시죠. 마이클 천이 추천한 사회자 주은 씨.”

그때, 복도 건너편에서 한 남자가 다가왔다. 지나치게 굵은 눈썹이 인상적인 한 남자. 마이클 천이 주은과 안병식 사이에 끼어들었다

“안 PD님. 주은 사회자님이 저한테 뭘 물어보셔야 하죠?”

질문을 건넨 마이클 천이 안병식과 주은을 번갈아 쳐다보았다. 주은이 당황한 얼굴로 마이클을 막아섰다.

“저랑 PD님이 그만 감정이 격해졌네요. 방송에 차질 없도록 빨리 준비하겠습니다.”

“아니요. 주은 씨랑 PD님 얘기 다 들었고요. 저는 그런 상황인지는 몰랐네요. 한국은 괜찮은 줄 알았는데, 미국이랑 똑같군요.”

마이클 천이 안병식 PD를 향해 차분하게 말했다.

“참가자들이 열 시 이후 촬영 불가한 상황이면 이후 스케줄 다 무리입니다. 강행하지 말고 리셉션 내일로 미루세요. 후속 촬영도요.”

“아, 아니. 그 이미 스태프들이 이미 준비하는 중이고…….
이미 정해진 일정이 다 있어서…….”

마이클 천이 한숨을 쉬며 안병식 PD의 어깨를 두드렸다.

"유도리 있게 갑시다. 유도리. 좋은 말을 가르쳐주시네. 이 스케줄 어차피 제가 다 결정합니다. 하루 늘린다고 무슨 일 벌어져요? 안 PD님이 우리 결정권자인가?"

안 PD의 얼굴이 붉으락푸르락 달아올랐다. 그러나 역시 백전노장이었다. 그는 천천히 자신의 감정을 정돈하고, 얼굴에 애써 평온함을 되돌려놓았다.

"대표님. 프로그램의 총괄 책임자와 결정권자는 다른 얘기죠. 일정 마음대로 바꾸는 거 월권입니다. 촬영 스케줄은 당연히 제 관할이죠."

"말 잘하셨네. 스케줄은 당신 담당이어도, 위법성이 있는 활동을 제지하고 전체 일정 조정하는 건 내 담당이야. 내가 총괄이니까요. 촬영 일정 늘렸을 때, 당신이 돈 더 내는 거 아니잖아?"

마이클 천의 말에 안병식 PD의 얼굴이 덜 말린 빨랫감처럼 구겨졌다. 마이클 천이 쐐기를 꽂았다.

"난 한국 방송에 대해 잘 몰라요. 촬영 일정 관리? 더 모르지. 근데 내가 당신보다 그런 걸 잘 알아서 여기 총괄로 있는 거 아니야. 내가 월권한다고? 당신은 이 촬영장의 총감독이지만, 난 이 천페이지의 총감독이야. 나랑 권리 따지고 싶어

나는 엄마를 바꾸기로 했다

요? 내 촬영장에서 위법은 안 돼. 그게 내가 아는 내 권리야. 돈 더 내고 시간 더 들어도 제대로 일 처리해요."

말을 마친 마이클 천이 안병식을 뒤로하고 자리를 옮겼다. 주은이 그런 마이클 천의 뒤를 쫓았다.

안병식은 둘의 뒷모습을 쳐다보다가 주머니에서 담배를 꺼냈다.

"에이 X발, 미국에서 건너온 고아 새끼가 사사건건 잘난 척은. 오냐. 어디 네 뜻대로 어디까지 할 수 있는지 보자."

더러운 욕설이 연기 속에서 흩어지고 있었다.

7

대체 무엇을

상위 네 명이 머물 숙소는 스튜디오에서 걸어서 10분 거리에 있는 호텔식 숙소였다. 핫도그는 간이 침대를 펼치는 팀들 곁에서 숙소로 이동할 준비를 하고 있었다. 스튜디오에서 잠들어야 하는 다른 참가자들이 핫도그를 비롯한 상위권 참가자들에게 시기의 눈빛을 보냈다.

핫도그의 마이크 점검을 끝낸 막내 작가는 그에게 신신당부했다.

"아까도 마이크 흔들려서 소리 하나도 못 들어갈 뻔했어. 조심해. 오케이?"

"네."

"그리고 이제부터 개인 카메라 하나 더 따라붙는 것도 알지? 아까 누나가 뭐라고 했어."

"여기 카메라는 없다."

"오케이. 여기 카메라는 단 한 대도 없는 거야. 알겠지? 편하게 해. 편하게. 그렇다고 너무 편하게 하진 말고. 왜 이렇게 목을 내밀고 있어. 쭉 넣어봐."

"누나. 제가 무슨 초등학생이에요?"

"몸에 긴장을 좀 풀라고. 릴렉스해야 그림이 자연스러워. 그냥 집처럼 편하게. 오케이?"

핫도그는 인상을 찌푸렸다. 막내 작가는 그의 자세를 교정했고, 카메라에 잘 나올 수 있게 머리의 각도까지 조절했다. 핫도그는 어떤 부분에서 편하게 있으라는 건지 알 수 없었다.

"근데 왜 갑자기 개인 카메라가 붙는 거예요."

"시작할 때부터 붙어 있었어. 이제부터는 숙소에 가니까 아예 따라붙는 거고. 그리고 넌 1등이라서 2대 붙는 거고. 오케이?"

"오케이."

핫도그는 불편한 자세로 고개를 끄덕거렸다.

막내 작가는 어느새 다른 참가자에게로 건너가 마이크와 카메라 각도를 다시 점검했다. 개인 카메라가 2대 붙은 참가자는 핫도그를 포함한 상위 4명이었다. 뒤이어 5등에서 8등까지는 각 1대씩 개인 카메라를 배정받았으며, 9등에서 꼴등까지는 한꺼번에 묶어서 2대의 카메라를 공동으로 배정받았다.

핫도그는 오늘 함께 숙소를 쓰게 될 참가자를 살펴봤다.

3등 토스트는 스튜디오 구석에 있었다. 인터뷰를 하고 있는 건지 카메라에 뭐라 말하고 있었는데 아무래도 카메라가 익숙해 보였다.

그 외에는 키가 큰 멀대 녀석이 마이크를 아직 점검하고 있었다. 녀석도 카메라가 제법 익숙한 눈치였는데, 그도 그럴 것이 킹크랩은 참가자들이 입을 모아 수군거리는 금메달리스트였기 때문이다. 그는 현재 2등이었다.

마지막 4등은 마이크 점검은커녕 아직 스튜디오 입구에도 진입하지 못하고 있었다. 무려 3명이나 되는 스태프가 그의 옆에 달라붙어 있었다.

"와, 완전 바퀴가 끼어버렸는데?"

그가 낑낑대는 스태프들을 향해 말했다.

"잠시만요. 제가 일어나볼게요. 이게 또 힘을 줘서 민다고 무조건 되는 게 아니라서."

"어, 어. 아니야. 아니야. 조금만 더 기다려."

나는 엄마를 바꾸기로 했다

"아니요. 한 발로도 일어날 수는 있으니까요."

은갈치가 두 팔로 휠체어를 지탱하며 일어섰다. 핫도그는 그제야 그의 헐렁한 한쪽 다리를 주목할 수 있었다. 은갈치는 다리가 하나 없었다. 그 순간, 핫도그는 자신이 지나치게 그쪽을 바라보고 있다는 생각이 들었다.

하지만 그쪽을 지켜보는 사람이 핫도그만 있는 건 아니었다. 사실 그 자리에 있는 모두가 은갈치의 일어서는 모습에 시선을 집중하고 있었다. 그가 일어서고 몇 초 지나지 않아 휠체어 바퀴가 문틈에서 빠져나왔다.

그리고 그때, 일이 터지고 말았다. 은갈치가 다시 휠체어에 앉자마자 그 밑으로 비닐 쓰레기 같은 게 딸려 들어갔다. 그는 스튜디오 정중앙을 가로지르며 달리기 시작했다. 한 번 붙은 속력은 눈덩이가 되었다.

핫도그는 저도 모르게 은갈치를 향해 점프했다.

"자, 잠깐! 멈춰!"

하지만 핫도그는 휠체어를 붙잡지 못하고 그대로 나자빠지고 말았다. 요란한 소리가 스튜디오를 울렸다. 뒤를 이어 달리기 시작한 건 킹크랩과 그의 개인 카메라맨이었다. 역시 선수였다. 그는 마치 자신이 화살이라도 된 것처럼 쏜살같이 달려 손잡이를 붙잡았다.

가까스로 멈춰선 은갈치와 킹크랩을 카메라가 에워쌌다. 벌떡 일어난 킹크랩은 요란스럽게 은갈치의 몸을 살폈다. 그는 휠체어를 여전히 놓지 않은 채였다.

"괜찮아?"

그런데 그때, 은갈치가 그의 손을 휠체어에서 거칠게 밀어냈다. 누가 보더라도 신경질적인 반응이었다.

"휠체어 함부로 만지고 있지 마. 이건 내 몸이니까."

카메라맨들이 충돌하는 둘의 모습을 끈질기게 촬영하고 있었다. 둘의 모습을 집요하게 쳐다보는 건 핫도그도 마찬가지였다. 그는 둘의 모습, 더 정확히는 은갈치를 도와주는 킹크랩의 얼굴을 계속 쳐다볼 수밖에 없었다.

사실 그는 두 사람의 모습을 그 전부터 계속 보고 있었다. 킹크랩은 어쩐지 계속 은갈치를 의식하고 있었고, 핫도그는 그 모습이 불편했기 때문이다.

그리고 은갈치의 휠체어를 킹크랩이 낚아챘을 때 핫도그는 들었다. 아니, 보았다. 킹크랩의 입에서 남몰래 번지는 한마디.

그 단어가, 아주 작은 속삭임이, 환한 미소로 변하는 모습을. 그 미소는 안도의 미소가 아니라 보람의 미소였다. 그래, 마치 무언가 업무를 처리한 사람이 짓는 얼굴이었다.

핫도그가 목격한 한 마디. 그건 바로.

'해냈다'였다.

대체 그 상황에서 킹크랩은 무엇을 해냈다고 여긴 것일까. 대체 무엇을.

8

동맹 제안

층고가 높은 천장엔 샹들리에가 매달려 있었고, 방 한편의 창문 안쪽엔 파도가 끝없이 출렁거렸다.

그 탓에 핫도그는 자신이 어느 미래에 있는 잠수 호텔 같은 곳에 와 있다는 착각까지 들었다. 심해 어딘가에 이 호텔이 있고, 자신을 포함한 네 명이 투숙객으로 묵는 것이라고.

그 환상을 깨부순 건 주변의 스태프들이었다. 그들은 객실 곳곳에 설치된 카메라를 점검하느라 정신이 없었다. 막내 작가 오케이가 참가자들에게 다가왔다.

"어때, 객실 좋지? 여기가 스튜디오보다 먼저 지어진 곳이야. 그만큼 신경 쓴 데니까 웬만한 호텔보다 나을 거고. 오케이?"

막내 작가 오케이는 답변은 듣지도 않고 객실 곳곳을 누비기 시작했다.

"혹시 카메라 없는 데서 처리해야 되는 일 있으면 여기서 처리하면 돼. 옷장 옆, 화장실 옆, 테이블 옆 오케이? 무슨 일인지는 각자 판단하고. 오케이?"

막내 작가가 박수를 치며 모두를 집중시켰다.

"이거 〈혼자 삽니다〉 아니야. 긴장감이 중요한 프로그램이니까, 더러운 용무는 다 카메라 바깥에서 하라는 거야. 알겠지? 코 파거나, 풀거나, 방귀 뀌거나, 뭐 다 같이 있으니까 그 정도 매너는 지키리라 생각하고. 오케이?"

핫도그는 황당한 목소리로 막내 작가에게 말했다.

"거참, 우리가 애도 아니고 왜 코딱지랑 방귀 얘기를 강조해요."

"너희가 다 애지. 성인이야? 여기 민증 나온 애 있어? 아, 있구나. 아무튼 그게 중요한 게 아니라……. 누나가 여기서 나가도 다 방송이란 거야. 오케이? 어차피 여기 방이 4개라서 다 따로 잘 거고, 개인 카메라 있을 때는 여기 모여서 수다라도 떨어. 그냥 아무 얘기나 하진 말고 그림이 되는 얘기. 무슨 소리인지 알지, 오케이?"

"네."

모두가 오케이를 보면서 이구동성으로 대답했다. 그런데 대답하는 와중에도 핫도그는 신경 쓰이는 게 있었다. '여기 민증이 있는 애가 있다'라는 막내 작가 오케이의 말이 허투루 들리지 않았다.

핫도그는 저절로 토스트에게 눈길이 갔다. 1년 전 그녀가 사월구에 처음 전학 왔을 때부터 파다했던 소문이 하나 있었다. 그것은 그녀가 2년이나 학교를 늦게 들어왔다는 얘기였다. 소문이 사실이라면 토스트는 지금 20살이었다.

그것이 단지 낭설로 여겨지지 않는 것은 토스트의 분위기 때문이었다. 다른 모든 동급생은 아이처럼 느껴진다는 투의 은근한 분위기가 그녀에게 있었다.

막내 작가 오케이는 갑자기 핫도그의 등을 두들겼다.

"다 방송이라니까! 정신 좀 차려! 얘는 1등 했다는 애가 왜 이렇게 눈치가 없지? 이렇게 넋 빼고 있으면 무슨 그림이 나와? 잘 좀 해. 누나 간다."

최소한의 스태프를 제외한 모두가 숙소 바깥으로 빠져나갔다. 그들이 나가자 주백색의 촬영 조명이 방 안을 한가득 메웠다. 팔이 뜨거워질 정도의 조명이었다.

그때, 킹크랩이 큰 목소리로 참가자들에게 뜻밖의 얘기를 꺼냈다.

나는 엄마를 바꾸기로 했다

"너희만 괜찮으면 내가 제안하고 싶은 게 있는데 말이야."

그 말에 카메라가 일제히 킹크랩을 주목했다. 그는 제법 만족스러운 눈치였다. 입가에 걸린 미소를 감출 노력조차 하지 않았다. 늘 성공 가도를 달린 사람의 배포가 그 웃음에 담겨 있었다.

"모두 괜찮다면 여기 있는 우리 넷, 연합하는 거 어때? 일종의 전략적 동맹이라고 해야 하나. 사실 그렇잖아. 첫 번째 게임에서 이렇게 상위권이면 앞으로 선두 유지하기에 유리한 고지를 선점한 거 아니야? 그러니 아예 못 따라오게 이렇게 네 명이 뭉치자 이 얘기지."

토스트와 은갈치는 대답 없이 킹크랩을 쳐다만 보고 있었다. 어색한 침묵이 방 안에 가득 흘러들었다. 핫도그는 자신이라도 먼저 대답해야 할 것 같다는 기분에 휩싸였다. 그가 킹크랩을 향해 나지막이 운을 띄웠다.

"앞으로 무슨 게임이 남았을 줄 알고 우리가 뭉쳐?"

"그냥 대충 이렇게 입이라도 맞춰두자는 거야. 협력 게임일지, 개인별 경쟁 게임일지는 아무도 모르지. 그래도 혹시라도 우리가 함께할 수 있는 게임이면 동맹으로서 같이 협동하자는 건데, 싫은가? 하하."

킹크랩은 별안간 웃기 시작했다. 작위적인 웃음이었고, 신경을 거스르는 웃음이었다. 킹크랩의 시선이 카메라 쪽을 의식하는 게 느껴졌다.

한참을 혼자 웃던 킹크랩이 은갈치 옆으로 다가가 어깨동무했다.

"내가 많이 도와줄게. 우리도 일단 동맹 맺으면 좋잖아? 한 명이라도 더 많은 게 나으니까."

"도와준다고?"

"그래 내가 너 도와준다고."

은갈치는 스튜디오에서와 마찬가지로 그의 손을 밀쳐냈다. 이번에는 그때보다 더 거친 움직임이어서, 킹크랩의 손은 튕겨 나가고 말았다. 손자국으로 붉게 얼얼해진 킹크랩의 손등을 카메라가 클로즈업했다.

"에이, 왜 손을 밀어!"

"너는 왜 남의 어깨에 함부로 팔을 얹어."

은갈치가 휠체어를 밀어 거실의 정중앙에 섰다. 샹들리에에서 떨어지는 불빛과 촬영 조명의 스포트라이트가 중심에서 만나는 자리.

빛나는 얼굴의 은갈치가 말했다.

"난 네 도움 받으려고 이 게임 나온 거 아니야. 동맹? 글쎄, 난 네가 나 동맹이라고 생각할 것 같지가 않아."

나는 엄마를 바꾸기로 했다

핫도그 또한 그 모습을 지켜보다가 시큰둥하게 한마디를 던졌다.

"나도 동맹 거절할게."

"뭐라고?"

핫도그는 은갈치, 킹크랩, 토스트 셋 모두를 하나씩 지목하며 또박또박 말했다.

"나에게 있어선 은갈치, 토스트, 킹크랩 너희 셋 모두 동등하게 다 경쟁자야. 1등 하려고 참가한 게임인데 동맹을 맺는 게 무슨 의미인가 싶어."

핫도그는 킹크랩처럼 무언가 구린 녀석이랑 동맹을 맺고 싶지는 않았다. 무엇보다 자신이 목표로 하는 건 우승이 아니라 꼴등이었다.

킹크랩의 얼굴에 당황한 기색이 역력해졌다. 그 황당함에 쐐기를 꽂은 것은 토스트였다.

"나도 거절."

"뭐라고?"

"들어간다."

킹크랩이 방으로 들어가는 토스트의 어깨를 거칠게 붙들었다. 토스트가 그 손을 밀쳐냈다. 그녀가 킹크랩을 보며 말했다.

"야, 너. 텔레비전에서 자주 봤어. 그동안 이미지 좋던데? 근데 손버릇은 안 좋네. 남 몸 함부로 건드는 거 아니야. 그게 누가 됐든."

킹크랩은 화끈 낯이 달아올랐다. 화가 났는지 급기야 토스트를 빈정거리기 시작했다.

"하, 마이클 천 딸. 너야말로 내가 자주 봤어. 여기 있는 애들은 아직 모르나 봐? 네가 마이클 천 친딸인 거. 근데 난 알거든. 너튜브에 영상 줄줄이 뜨잖아. 마이클 천 외동딸의 사생활. 근데 네가 왜 여기 있냐?"

킹크랩이 던진 한마디가 숙소의 분위기를 변화시켰다. 핫도그는 토스트의 얼굴을 물끄러미 쳐다보았다. 그녀가 마이클 천의 친딸이라니. 생각지도 못한 정체였다. 토스트는 무표정한 얼굴로 킹크랩에게 응수했다.

"그 말에 내가 대답 해야 해?"

"너무 욕심 많은 거 아니야? 이미 천페이지 주식도 상속받았다며. 여기서 뭘 얻겠다고 나온 거야?"

"난 그 주식 본 적도 없어."

"주식은 원래 볼 수 없는 거야."

"말장난하고 싶지 않다. 난 들어갈게."

"야, 마이클 천 딸. 난 너 같은 애들이 제일 싫어. 만 개를

나는 엄마를 바꾸기로 했다

다 가지고도 남이 하나 가지겠다는 거 막겠다는 애들. 그래 동맹? 나도 생각 없었어. 단체전은 올림픽이면 족하다. 그냥 나 혼자 1등 하고, 넌 꼴찌로 처박아줄게. 동맹 안 한 거 그때 가서 후회하지 마."

"야, 대왕 가재. 1등은 원래 혼자 하는 거야."

토스트는 킹크랩을 쏘아붙였다. 할 말이 없어진 킹크랩은 그냥 자신의 방으로 들어가버렸다. 신경질적인 문소리가 뒤를 이었다.

어색한 공기 속에서 남은 세 명이 서로의 얼굴을 멀뚱멀뚱 쳐다보았다. 그때, 카메라맨들이 일제히 자리에서 일어났다.

"자, 10시 됐네. 우린 가본다. 여기 카메라 있어도 그냥 알아서 행동해. 방송 잘하네."

카메라맨들은 객실 바깥으로 금세 사라졌다. 핫도그는 그들의 등을 보며 생각했다.

'그래, 얼마나 퇴근하고 싶었을까.'

카메라맨이 모두 방을 빠져나가자 킹크랩이 거실로 다시 나왔다. 밝은 얼굴이 핫도그와 토스트를 보고 있었다.

"아이고, 아이고. 방송도 못 해먹겠네. 아까 진짜 화낸 거라고 생각한 거 아니지?"

그는 거실 가죽 소파에 그대로 몸을 묻었다. 쿠션감 좋은 소파가 기분 좋게 내려앉는 소리를 냈다. 그 애는 소파에 팔을 걸친 채 다리까지 편하게 꼬았다.

핫도그와 토스트는 어처구니없는 표정으로 그를 보고만 있었다. 방금까지 성질을 내며 악을 쓰던 킹크랩이었다. 둘의 황당한 침묵 속으로 킹크랩이 말을 이었다.

"나는 이 게임 우승할 생각이 없어요. 그냥 방송 분량 많이 잡히는 게 내 목표야. 악역이든, 선역이든 다 환영. 마이클 천 딸인 거 밝혀서 미안. 근데 어차피 방송 공개되면 사람들이 다 알게 될걸? 그리고 내가 알 정도면 이미 다른 애들도 많이 알 거야."

토스트가 킹크랩을 보며 헛웃음을 켰다.

"너는 방송 스위치 온오프가 그렇게 잘 되나 보지? 남의 사생활을 마음대로 휘저어놓고?"

"아, 미안, 미안. 방송이니까 깊게 생각하지 말라고. 너도 그림 많이 잡혀서 좋잖아? 아닌가?"

"너는 방송 분량 확보가 목표인가 본데, 나는 우승이 목표야. 너는 우승도 안 할 거면서 대체 왜 나온 거야?"

토스트와 킹크랩이 서로를 노려보았다. 한참 동안 눈싸움을 벌이던 킹크랩이 갑자기 박장대소하기 시작했다.

나는 엄마를 바꾸기로 했다

"흐흐흐. 그래. 그래. 미안. 난 은퇴하면 방송인으로 살 예정이거든. 그래서 얼굴을 많이 알리는 게 중요해."

킹크랩은 토스트의 대답은 듣지도 않고 거실 한편에 있는 미니바를 뒤졌다. 그가 모두를 향해 음료수를 흔들었다.

"아, 열은 그만 내고 이거나 마시자고. 우리 다 저녁도 제대로 못 먹었잖아. 갑자기 리셉션 취소하는 바람에 말이야. 은갈치! 너도 와서 먹어!"

"됐어. 킹크랩을 혼자 다 먹어놓고 아직도 뭐가 들어가나 봐. 난 갈치구이면 충분해서."

말을 마친 은갈치는 그대로 방에 들어가버렸다. 뒤이어 토스트도 킹크랩을 무시하고 객실을 향했다.

"그래. 너 혼자 실컷 먹어. 난 들어갈게. 거기 뭐 오늘 핫도그 하나 먹은 녀석이나 같이 남아서 먹든지."

말을 마친 토스트는 자신의 방으로 들어갔다. 핫도그는 그 애의 둥근 뒤통수를 들여다보았다. 핫도그 하나 먹은 녀석이라는 호칭이 그의 마음을 불편하게 했다. 그녀는 자신이 같은 반 동급생이라는 사실을 아예 모르고 있는 것일까. 그녀는 동급생에 대한 일말의 친밀감도 없어 보였다.

그런데 핫도그는 그녀가 궁금했다. 토스트는 왜 한국에 온 것일까. 이 게임엔 어떻게 참여하게 된 것일까. 억만장자의 외동딸이 한국의 미스터리한 전학생이 되기까지 무슨 사연이 있었던 것일까. 하지만 그녀의 방문은 굳게 닫혀버렸다.

9

신뢰의 바다

오전 다섯 시, 해도 뜨지 않았을 시각에 알람이 울렸다. 기상을 알리는 노래가 빠른 리듬으로 아침을 깨웠다.

핫도그는 검지로 제 귀를 틀어막으며 자리에서 일어났다. 그는 한숨도 제대로 자지 못한 상태였다. 오리털이 가득 채워진 베개는 높았고, 그 높은 베개가 침대에 여섯 개가 있었다.

침실 곳곳에 설치된 카메라도 문제였다. 누군가 자신을 밤새도록 지켜보는 기분이었다. 침실의 모든 환경이 핫도그에게 편하지 않았다.

핫도그는 하품하며 거실로 빠져나왔다. 어느새 도착한 스태프들은 촬영 준비를 다 마친 상태였다. 핫도그의 부은 얼굴이 카메라에 클로즈업되고, 오케이 작가는 기쁜 표정으로 그를 반겼다.

"역시 우리 일등이네. 제일 그림 좋아. 그렇게 가자고."

핫도그는 거실 한편에 설치된 전면 거울을 바라보았다. 말라붙은 침 자국이 제 입가에 끈질기게 달라붙어 있었다. 헝클어진 머리는 꼭 폭탄 맞은 과학자 같았다.

토스트는 어제와 별반 다를 것 없는 차림으로 거실 테이블에 앉아 커피에 식빵을 먹고 있었다. 토스트가 토스트를 먹는 장면은 콩트 같았다. 아침인데도 완벽하게 세팅된 머리와 옷차림이 그녀의 성격을 말해주고 있었다.

그 곁에서 물을 마시는 킹크랩도 핫도그에 비하면 멀끔한 신사에 가까웠다. 운동복 차림이었지만 이제 막 세수를 마쳤는지 얼굴엔 산뜻한 물기가 맺혀 있었다.

핫도그는 막내 작가가 말한 '그림 좋다'의 뜻을 그제야 알았다. 그건 핫도그 혼자 몰골이 엉망진창이라는 얘기였다.

아침 단장을 마친 핫도그는 숙소를 빠져나가 해변을 향했다. 포구엔 참가자들이 타고 온 호화 유람선이 정박 중이었다. 아침 햇볕이 유람선 표면에 반사되어 눈부시게 번쩍거렸다. 배 위에서 진행되는 아침 리셉션이 오늘 첫 번째 촬영 일정이었다.

나는 엄마를 바꾸기로 했다

해변에 오합지졸로 모인 참가자들은 모두 똑같은 모양의 쫄쫄이 의상을 입고 있었다. 스태프에 따르면 이 복장이 오늘 리셉션에 참여하는 공식 복장이라고 했다. 핫도그는 민망해서 몸을 가리고 싶었으나, 아침부터 스텝들은 웬 기상 체조를 시켰다.

한데, 몸을 가리지 않는 녀석이 딱 하나 있었다. 킹크랩이었다. 몸에 밀착된 검은색 스판은 킹크랩의 좋은 몸을 자랑하기에 딱 적당했다. 그는 으스대며 자꾸 여기저기에 안부를 물었다.

"어이, 다들 왜 이렇게 죽을상이야? 편하게 걷자고, 편하게. 이거 전신 수영복 아닌가? 아무리 봐도 딱 그 디자인인데? 하하하. 열심히 체조하자고. 체조."

킹크랩의 유난에 핫도그는 죽을 맛이었다. 토스트, 은갈치는 킹크랩에게 계속 적대적인 긴장감을 흘리고 있었다.

사실 킹크랩이 아침부터 무슨 생각을 하는지는 뻔했다. 아무 말도 하지 않으면, 아무 장면도 나오지 않는다. 무시당해서라도 그림을 만들고 싶은 것이리라.

핫도그의 머릿속엔 이 아침 장면이 방송에 어떻게 송출될지 저절로 그려졌다. '아침부터 불편한 기운이 감도는 선두권. 밤새 그들은 무슨 생각을 했을까요.' 이따위 자막과 함께 어색한 넷의 아침 풍경이 송출되지 않을까.

핫도그는 자꾸 주변의 셋을 쳐다보게 되었다. 킹크랩은 징글징글했고, 그 수작에 전혀 답하지 않는 토스트도 대단했고, 무슨 생각을 하는지 은갈치는 자꾸 딴 곳만 봤다.

핫도그는 리셉션 장소에 도착하자마자 그들에게서 멀리 도망쳐버렸다.

선상엔 호화로운 식사가 준비되어 있었다. 중앙엔 초콜릿 분수가 흐르고 있었고, 뷔페식으로 차려진 온갖 음식이 좌우로 쭉 늘어져 있었다. 동틀녘의 햇살이 음식들 위로 아낌없이 쏟아졌다.

핫도그 또한 먹음직스러운 음식들 앞에서 기분이 조금 나아지고 말았다. 이곳에 도착한 후로 제대로 된 식사를 한 적이 없었다. 미니바에서 간단한 간식과 음료수를 먹긴 했지만, 코로 들어갔는지, 입으로 들어갔는지 알 수 없는 야식이었다.

핫도그는 국 냄새가 나는 쪽으로 이끌리듯 발을 옮겼다. 한식 코너엔 세 가지 국이 준비되어 있었고, 흰죽과 거기에 올려 먹을 토핑도 준비되어 있었다. 밥도 잡곡과 흰 밥으로 두 개가 나란히 놓여있었다.

그때, 멀지 않은 곳에서 다른 참가자 무리의 말소리가 들

나는 엄마를 바꾸기로 했다

렸다.

"진짜 이제야 겨우 밥 먹네. 너무한 거 아니야. 어제 진짜 도시락 하나 줬잖아."

"상위권 애들은 호텔에서 이런 거 먹고 있던 거야?"

"차별 X나 심하네."

"도시락에서 돌 나왔어. 이 새끼들 일부러 넣은 거 아니야?"

"아, X발. 먹는 거로 이러는 거 진짜 너무하지 않냐. 리셉션도 이게 마지막이라며? 그러면 앞으로 계속 돌 나오는 도시락만 먹으라고?"

"아, 게임 하나로 이러는 거 X나 너무하네. 초반부터 상위권만 몰아주기 너무 심해. 카메라도 거기로 다 몰려가고."

어느새 험담을 멈춘 그들은 핫도그 옆으로 바짝 붙어서서 핫도그가 뜨려고 했던 국을 먼저 뜨고 있었다.

"뭐야?"

"아, 미안, 미안. 돌 넣은 도시락만 먹다 보니 배가 고파서 그만."

그들은 이제 아예 대놓고 핫도그를 조롱하고 있었다. 그때, 킹크랩이 다가와서 그들의 말에 웃으며 대꾸했다. 웃는 얼굴이었지만, 내용은 험상궂었다.

"하하. 도시락에 돌 넣은 게 핫도그야? 불만 있으면 마이클 천한테 가서 따지든가."

킹크랩이 머리 하나 정도는 차이 나는 높이에서 그들을 내려다보았다. 가뜩이나 큰 키가 더 부각되었다.

"상위권만 대우해주는 게 억울하면 다음 게임에서 잘해서 호텔 밥 맛있게 드세요. 니들이 그따위로 게임 해서 얻은 등수로 남 탓하지 말고."

킹크랩은 화난 표정을 지어 보였다. 그 얼굴에 핫도그는 조금 당황하고 말았다. 어제 방에서 낸 화랑은 무언가 달랐다. 킹크랩의 표정엔 그들에 대한 경멸과 혐오가 담겨 있었다.

그들은 킹크랩을 무시하고 자리를 피하려고 했다. 그때, 그들을 토스트와 은갈치가 막아섰다. 토스트가 그들을 향해 말했다.

"한심한 새끼들, 셋이 우르르 몰려와서 한 명 탓하고 앉아 있냐?"

"뭐, 뭐라고? 한심해? 우르르 몰려와?"

킹크랩에겐 한마디도 못 하던 그들이 토스트에겐 목청을 높이고 있었다. 참 속이 뻔히 보이는 녀석들이었다. 뒤이어 바퀴 구르는 소리와 함께 은갈치가 배 가운데를 미끄러져 왔다.

"뒤에 팔짱 꼬고 선 게 삼계탕, 그 앞이 김치찌개, 맨 앞의 똑 단발이 피자지? 못 먹고 죽은 귀신이 붙었어? 그렇게 배부른 음식들을 처먹어 놓고, 왜 가만히 있는 애한테 돌 타령을 하고 자빠져 있어."

마무리 펀치를 꽂는 한 방이었다. 은갈치의 쏘아붙임이 끝나자 배 곳곳에서 폭소가 터져 나왔다. 삼계탕 무리의 낯이 화끈 달아올랐다. 그들이 접시를 들고 일제히 자리를 피했다. 킹크랩이 그들 뒤로 한마디를 덧붙였다.

"그렇게 배가 고프면 말해. 미니바에서 음식 좀 챙겼으니까 나눠줄게!"

삼계탕 무리는 불쾌한 표정이었지만 뭐라 대꾸하지 않았다. 킹크랩은 몸을 돌려서 핫도그, 은갈치, 토스트에게 말했다.

"어제 다들 거부하더니 뭐야? 우리 동맹 성사된 거야?"

토스트는 킹크랩을 지나쳐 미역국 쪽을 향해 걸어갔다.

"헛소리하지 마. 국 푸는 데 방해되어서 도운 것뿐이야."

그녀가 킹크랩을 무시하며 국을 푸는 그 순간, 유람선의 선미에서 주은의 목소리가 들렸다. 그와 동시에 바다에서 흰색 물줄기가 솟구쳐 올랐다. 구름까지 닿을 것 같은 거대한 물줄기였다.

"자, 여러분! 리셉션은 다들 잘 즐기고 계신가요?"

참가자들을 둘러보던 주은이 자신의 오른편으로 힘껏 손을 뻗었다.

"여러분께 반가운 소식이 도착했습니다. 곧 두 번째 게임이 시작됩니다. 마이클 천의 목소리로 들어보시죠!"

그녀의 말이 끝나자마자 뱃머리에 거대한 홀로그램이 떠오르고 마이클 천의 모습이 드러났다.

"자, 여러분 날이 밝았으니 할 일을 해야죠. 두 번째 날, 두 번째 게임입니다. 한국에서 아주 흔한 장난이죠? 물에 빠지면 엄마랑, 아빠 중에 누구 먼저 구할래?"

마이클 천의 말이 끝나자마자 바다 저편에 거대한 조명이 켜졌다. 핫도그가 하늘을 쳐다보았다. 그곳엔 방송용 헬리콥터와 드론이 여러 대 띄워져 있었다. 유람선에서 멀지 않은 곳엔 보트가 떠다니고 있었고 각 보트에 스태프들이 장비를 안고 탑승해 있었다. 자세히 보니 주은도 가벼운 차림에 구명조끼를 입고 있었다.

핫도그는 불길한 기운을 느꼈다. 그때, 마이클 천이 말을 이어갔다.

"자, 이번 게임은 〈선택의 바다〉입니다! 바다 한가운데에 두 가지 선택지가 있습니다. 오른쪽엔 당신의 부모. 왼쪽엔

나는 엄마를 바꾸기로 했다

추가 점수를 얻을 수 있는 카드가 6개 있습니다. 둘 중 무엇을 고르겠습니까."

선택의 바다

1. 어느 쪽 부표에 도착하든 도착 순서에 따라 등수가 1~12등으로 나눠진다.

2. 그러나 추가 점수가 있는 부표엔 추가 점수 카드가 총 6개만 존재하며, 6등 안에 들지 못한 참가자는 부표에 올라설 수 없다. 대신, 부모를 구하러 다시 가야 한다.

3. 추가 점수는 10~50점 사이에서 랜덤으로 부여한다.

4. 제한 시간 20분 안에 어떤 부표에도 도착하지 못한 참가자는 탈락한다.

마이클 천의 설명을 들은 참가자들이 난처한 얼굴을 지어 보였다. 자칫 추가 점수에 욕심을 냈다간 6명 안에 들지 못하여 등수가 폭락할 수도 있었다. 최악의 경우는 탈락하여 0점이었다. 반면에, 추가 점수를 잘 획득한다면 무려 50점을 얻을 가능성도 있었다. 이름 그대로 선택의 바다였다. 바다에서 발을 동동 구르는 부모들이 참가자들의 시야에 들어왔다.

그의 설명이 끝나자 유람선의 가장 꼭대기에서 구명조끼

가 날아왔다. 주은이 그들을 향해 다시 안내했다.

"1분 후 이 유람선은 폭파됩니다. 그 전에 모두 구명조끼를 입고 게임에 참여하십시오. 저도 여러분을 기다리고 있겠습니다."

안내를 마친 그녀는 그대로 바다에 뛰어들었다. 첨벙 하는 소리와 함께 주은의 모습은 사라져버렸다. 어안이 벙벙해진 참가자들이 슬금슬금 제 발치의 구명조끼를 주워들었다. 유람선이 폭파된다는 말도, 누군가를 구하라는 말도, 지금 당장은 와닿지 않았다.

가장 먼저 움직인 것은 킹크랩이었다.

"이번 게임 진짜 재밌겠는데."

킹크랩은 구명조끼를 입더니 그대로 바다에 입수해버렸다. 유(U) 자 형 근사한 궤적을 그리며 파도를 향해 뛰어들었다. 핫도그는 아직 상황을 제대로 파악하지 못한 채 주변을 살피고만 있었다. 멀리서 스태프들이 프롬프터를 꺼내 들었다. 그 프롬프터엔 이런 글자가 쓰여 있었다.

[1분 후에 유람선 폭파. 당장 입수!!!]

너무 멀리 있어서 간신히 보이는 문장이었다. 노란색 무미건조한 문장은 지금 이 상황이 사실이라는 것만 알리고 있었다. 참가자들이 하나둘씩 바다로 뛰어들기 시작했다.

나는 엄마를 바꾸기로 했다

"아이 진짜, 아침도 제대로 못 먹었는데!"

핫도그는 구명조끼를 입으며 다른 참가자들을 살폈다. 검은색 스판 쫄쫄이들은 이제 대부분 바다에 뛰어든 상태였다. 그래. 그 스판은 정말로 전신 수영복이었다. 그 순간, 핫도그의 눈에 은갈치의 모습이 들어왔다. 그는 한쪽 팔로 휠체어를 붙잡고, 구명조끼를 들어 올렸다. 조끼를 주섬주섬 챙겨입은 그가 휠체어를 끌고 배 너머를 향해 내달리기 시작했다. 덜컹거리는 바퀴의 소음이 핫도그의 귓전에 닿았다. 핫도그가 불안한 모습으로 그 모습을 지켜보았다. 그는 은갈치의 뒤를 쫓아 함께 달리기 시작했다.

이윽고 모든 참가자가 바다에 입수한 그 순간.

거대한 폭음과 함께 유람선이 폭발했다. 매캐한 연기가 바닷바람 속에서 번졌다. 근사한 물빛 햇살이 잿빛 연기를 집요하게 들여다보았다. 유람선에서 시작된 파도가 참가자들을 덮쳤다.

* * *

핫도그는 수영을 배운 적이 있다. 그리고 어느 정도 수영을 할 수도 있다. 핫도그가 하는 모든 일이 그러하듯이, 아주 잘하지는 못하지만 말이다.

핫도그는 수영을 배웠을 때의 기억을 떠올렸다.

몸에 힘을 빼면 물속에서 조금씩 상체가 떠오른다. 마치 자잘한 물속의 작은 손아귀들이 자기 몸을 조금씩 밀어 올려주는 것 같다. 물 안의 더 작은 물. 그 작은 물 안의 더 작은 손. 생각하다 보면 상체는 저절로 떠올라 있고 가라앉은 두 다리를 휘저으면 천천히 나아가게 된다.

수영은 온전히 나의 힘만으로는 할 수 없고, 그렇다고 부력만 가지고도 할 수가 없다. 내 힘과 부력이 맞닿아, 서로 협력하는 것. 그때 핫도그는 수영이 서로 돕는 일이라고 생각했지만, 거기까지가 핫도그가 배운 전부다. 수영이 서로 돕는 일이라는 생각을 하다가 그대로 가라앉은 적도 많다.

그런데 그런 핫도그에게 갑자기 바다에서 누구를 구하라니. 선택하라니.

핫도그는 이번 무대의 메인인 부표들을 살펴보았다. 선택의 장소는 그렇게 멀리 있지 않았다. 멀리 있지 않은 왼편 부표에 부모들이 죄다 모여 있었다. 가점을 주는 곳은 오른편 부표였고 그 역시 거리가 아주 멀지는 않았다. 그리고 그 부표 사이에 홀로그램 마이클 천이 기분 나쁜 미소를 짓고 있었다.

나는 엄마를 바꾸기로 했다

핫도그는 자신이 있는 곳과 그곳과의 거리를 대략 가늠해 보았다. 어느 정도인지 정확히 파악되지 않았지만, 힘차게 수영하면 못 도착할 것은 없어 보였다. 하지만 핫도그는 그곳을 향해 나아가는 대신 주변의 다른 참가자를 살피는 일을 먼저 선택했다.

그가 찾아 나선 것은 바로 은갈치였다. 휠체어를 끌고 배 너머로 날아오른 은갈치의 위태로운 모습이 아직도 눈에 선했다.

메인 무대에선 여전히 큰 소리가 울려 퍼지고 있었다. 오른편, 왼편에서 동시에 소리가 들렸다.

"어떤 선택을 하느냐도 중요하지만, 먼저 들어오는 순서도 중요합니다! 또한, 제한 시간 안에 부표에 들어오지 않으면 탈락입니다! 참가자 여러분 모두 서둘러주세요!"

얄미우리만큼 야속한 재촉이었다.

그때, 핫도그의 눈에 은갈치의 뒤통수가 들어왔다. 그는 핫도그보다 한참 앞선 채로 바다 한가운데를 질주하고 있었다. '질주'라는 말이 어울리는 쾌속의 수영이었다.

이렇게 정신을 놓고 있을 여유는 없었다. 핫도그 또한 은갈치와 경쟁하는 엄연한 참가자였다. 핫도그는 어설픈 동작으로 은갈치의 뒤를 쫓기 시작했다. 핫도그는 이미 부모와 추가 점수 중 어떤 것을 고를지 선택한 상태였다.

'당연히 엄마한테 가야지. 미쳤다고 점수를 택하냐. 난 6명 안에 절대 못 들어. 게다가 꼴찌를 해야 한다고!'

핫도그는 조금씩이지만 분명하게 나아가고 있었다. 물살을 휘젓고 나아가는 자신의 동작이 마음에 들었다. 전심전력으로 꼴등을 향해 나아가고 있다는 생각까지 들었다.

주변의 다른 모든 참가자는 핫도그를 제치고 먼저 헤엄쳐 나아갔다. 보아하니 토스트와 킹크랩은 이미 추가 점수를 목전에 둔 상태였다. 그 외의 다른 참가자들도 곧 있으면 도착할 기세였다. 핫도그는 입술을 질끈 깨물며 다시 두 팔을 휘저었다.

'잘 됐어. 수영 못 한다는 핑계로 꼴찌 하면 억지로 꼴등한 티도 안 나고 좋지.'

곧이어 토스트와 킹크랩이 추가 점수가 주어지는 부표 위로 순식간에 올라섰다. 누가 먼저라고 하기 힘든 박빙의 대결이었다. 은갈치도 연이어 도착해 부표를 짚고 올라가기 시작했다. 수영 실력은 압도적이었으나 다른 참가자에 비해 올라서는 것에 있어 불리한 은갈치이었다. 부표에 올라가는 속도가 비슷했다면, 1등은 아마 은갈치의 차지였을 것이다.

결국 첫 번째 게임의 상위권 4명 중 3명이 두 번째 게임에서도 선두권을 차지한 것이다. 그리고 첫 번째 게임의 1등 핫도그는 전체 꼴등을 눈앞에 두고 있었다.

그런데 은갈치가 부표에 막 올라서려던 그 순간, 바다에서 거대한 파도가 몰려들었다. 그 파도는 참가자들을 단번에 덮쳤다. 그냥 파도가 아니라 너울성 파도였다. 격랑이 몰아치고 곳곳에서 비명이 들렸다. 거꾸로 흘러가는 파도 속에서 참가자들이 물살에 속수무책으로 휩쓸려 떠내려갔다.

그렇게 떠내려가는 참가자 중에선 은갈치도 있었다. 하필이면 부표에 올라서던 중 파도에 휩쓸린 까닭에 구명조끼마저 벗겨진 상태였다.

핫도그는 두 팔을 휘적거리며 그 모습을 지켜보았다.

은갈치는 자신이 있는 방향으로 거세게 떠내려오고 있었다. 마구 소용돌이치는 물살 속에서 핫도그는 은갈치 쪽을 향해 손을 뻗었다. 무언가를 계산하고 한 행동은 아니었다. 눈앞에 은갈치가 있었고, 구명복도 입지 않은 그 애가 물살에 떠밀려 떠내려가고 있었다. 핫도그로선 최선을 다해 두 팔을 뻗을 수밖에 없었다.

물속에서 의지할 수 있는 건 자신의 몸뚱어리밖에 없었다. 물결 속에서 핫도그는 은갈치를 붙잡기 위해 필사적으로 발을 굴렀고, 전신의 근육에 바짝 긴장을 세웠다.

남들이 보기엔 형편없는 속력이었지만, 생애 가장 빠른 속력으로 핫도그는 수영을 해냈다. 마침내 그의 손이 은갈치를 붙들었다. 흠뻑 물에 젖은 은갈치의 얼굴이 핫도그의 정면에 맞붙어 섰다. 물살이 점점 잔잔해지고, 투명한 햇살이 둘의 얼굴에 고루 떨어졌다. 핫도그가 은갈치를 향해 소리쳤다.

"괜찮아?"

그런데 괜찮지 않은 건 은갈치가 아니라 핫도그였다. 은갈치를 붙잡기 위해 너무 무리한 탓인지 온몸에 경련이 일었다. 전신 근육에 동시에 쥐가 나는 것 같았다. 핫도그의 몸이 파르르 떨려왔고, 입에선 비명이 터져 나왔다.

"흐, 흐아아악!"

은갈치가 핫도그의 팔을 주무르며 상태를 살폈다. 핫도그는 급기야 안색까지 시퍼레지고 있었다. 바다빛보다 더 푸른 낯빛이었다.

은갈치는 조심스럽게 핫도그의 뒤로 옮겨가 그의 몸을 붙들었다.

"야, 핫도그. 몸에 힘을 빼. 나는 시체다. 나는 죽었다. 그렇게 생각하면서."

"으, 으아아악! 죽, 죽을 것 같지만 죽은 게 아니라고! 아파

　　　　　　　나는 엄마를 바꾸기로 했다

죽겠는데 어떻게 몸에 힘을 빼!"

"경동맥 졸라서 기절시켜버리기 전에 힘 빼."

은갈치는 강한 힘으로 핫도그의 몸을 움켜잡았다. 은갈치가 그를 이끌고 부표가 있는 쪽으로 헤엄쳐 나아갔다. 그가 핫도그를 진정시키며 말했다.

"봐. 아직 게임 안 끝났어. 너 어디로 갈 거야."

"뭐, 뭐, 뭔 놈의 게임이야! 이러다 다 죽게 생겼는데!"

"쥐가 난 게 근육이지 안구는 아닐 거 아니야. 앞에 안 보여?"

은갈치의 말이 맞았다. 주변을 둘러싼 보트에서 스태프들은 여전히 촬영 중이었다. 당황한 듯 보이긴 했으나 두 번째 게임을 계속 진행하고 있었다.

부표 사이에 떠있는 마이클 천의 홀로그램도 여전했으며, 그 부표를 비추고 있는 강력한 조명도 변함없었다. 무엇보다 한 보트에 있는 대형 프롬프터에 이런 글자가 나오고 있었다.

[촬영 계속됨. 게임 중단 없이 이어갈 것.]

핫도그는 고통스러운 신음을 뱉으며 은갈치에게 대답했다. 고민할 필요도 없었다. 추가 점수를 받는다면 등수가 올라갈 것 아닌가. 엄마에게 가서 등수를 떨어뜨려야 했다.

"흐, 흐으으윽……. 나, 나는 엄마한테 갈게."

"그래? 다른 애들 다 떠내려가서 추가 점수 가는 게 낫겠는데? 굳이 그래야겠어?"

"응. 제발."

은갈치가 잠시 곤란하다는 표정을 지었다. 잠시 망설이던 그가 결심을 마치고 핫도그를 이끌었다. 그는 먼저 부모들이 있는 방향으로 헤엄쳐갔다. 그의 수영 실력은 감탄이 나올 지경이었다. 온몸이 뻣뻣하게 굳은 핫도그를 이끌고도 그는 막힘없이 바다를 헤쳐 나갔다. 시원하게 물살을 가르는 소리를 들으며 핫도그는 점차 온몸이 편안해졌다. 핫도그는 은갈치에게 질문까지 할 정도로 상태가 괜찮아졌다.

"너 뭐야. 왜 이렇게 수영을 잘해?"

"이제 살만한가 보다. 그럼 올라가는 건 너 혼자 해. 올라가는 건 나도 힘들어."

어느새 부모들이 있는 부표에 도착한 두 사람이었다. 은갈치가 핫도그를 그 옆에 바짝 붙여놓은 채 반대 방향의 부표로 헤엄쳐 달아났다. 핫도그는 순식간에 멀어지는 은갈치를 바라봤다. 그의 뒷모습은 사람이 아니라 인어 같았다.

그때, 넋 나간 채 은갈치를 바라보는 그의 머리 위로 익숙한 목소리가 들렸다. 그 목소리의 주인공이 손을 쑥하고 내밀었다. 손의 주인은 주은이었다.

"엄마 손 잡아, 주바름."

핫도그가 주은의 손을 가볍게 쳐냈다. 혼자의 힘으로 부표에 올라선 그가 온몸의 물기를 털어댔다.

"엄마, 내가 어제도 얘기했지. 안 하던 짓 안 해도 된다고."

"엄마가 물에 빠진 너한테 손 뻗은 건 종종 하던 일이야. 어릴 때 수영장에서 맨날 꺼내줬잖니. 넌 결국 제대로 배우지도 않고 그만뒀지만."

주은의 말은 모두 사실이었다. 어릴 적 수영장에 같이 간 것은 주은이었다. 정확히 핫도그가 여덟 살 때까지 주은은 거의 핫도그와 붙어살다시피 했으니까. 그가 어디에 가든 항상 함께했고, 무엇이든 가르쳐주려 노력했으니까. 그러나 그 기억이 핫도그에게 꼭 유쾌한 추억은 아니었다. 핫도그가 주은을 향해 답했다.

"그래. 미안하게 됐네. 물공포증이 있는 유치원생을 무작정 수영장에 데려간 게 문제라곤 아직도 생각 안 하나 봐."

"엄마 덕분에 고쳤잖아. 물공포증."

"살려고 고친 거지! 무작정 수영장에 빠뜨리는데 안 고치고 어떻게 배겨!"

"됐어. 너랑 입씨름할 시간 없어. 다시 촬영 재개할 거야. 애들 전부 다 올라왔네."

"촬영 재개? 촬영 재개를 한다고? 장난해? 파도가 덮쳐서 애들 다 죽을 뻔했는데 촬영 재개를 지금 논해?"

주은은 조용히 입을 다물었다. 그녀라고 해서 촬영을 바로 이어가고 싶은 생각은 없었다. 사실 촬영을 재촉하는 사람은 따로 있었다. 그리고 그 사람이 핫도그를 향해 천천히 걸어왔다.

촬영 재개를 명령한 최종 결정권자. 그 사람은 마이클 천이었다.

핫도그는 제 눈앞의 마이클 천을 바라보았다. 기이한 풍경이었다. 홀로그램 마이클 천이 좌·우측 부표 사이에 서 있었고, 진짜 마이클 천은 자신의 눈앞에 있었다. 두 명의 마이클 천이 거의 동일한 표정으로 웃고 있었다.

다소 차이가 있다면 출렁거림 속에서 잠깐씩 사라지는 홀로그램과 달리, 진짜 마이클 천은 굳건하게 눈앞에서 버티고 서있었단 점이다.

그 선명한 진짜 마이클 천이 핫도그를 향해 조심스럽게 다가왔다.

"핫도그 참가자 다쳤나요?"

"뭐라고요?"

"다친 데는 없는 것 같은데?"

나는 엄마를 바꾸기로 했다

"지금 그걸 말이라고 하는 거예요?"

진짜 마이클 천이 핫도그의 몸을 위에서 아래로 살펴보았다. 그는 심지어 핫도그의 몸 이곳저곳을 두들기기까지 했다. 핫도그가 황당한 눈으로 마이클 천을 쳐다보았다.

"뭐 하는 거예요!"

"아까 경련이 있었던 것 같아서 상태를 좀 살펴봤습니다. 이래 봬도 응급구조사 자격증이 있거든요."

"장난해요? 도대체 여긴 왜 있는 거예요?"

"나도 부모 중 한 명이라서 이 부표에서 가만히 기다리고 있었어야 했거든요. 뭐, 핫도그 참가자는 이미 알고 있지 않나요?"

마이클 천이 무심한 표정으로 핫도그를 쳐다보았다. 둘 사이에 불편한 긴장감이 감돌았다. 그러던 중 마이클 천은 갑자기 오른손을 뻗었다. 그러자 스태프 중 한 명이 잽싸게 달려와 마이크를 건넸다. 회색빛의 마이크가 그의 손에 차갑게 쥐여졌다. 목을 가다듬은 마이클 천이 모두를 향해 말했다.

"너울성 파도가 들이닥친 건 유감입니다. 그러나 덕분에 여러분의 가능성을 더욱 확인할 수 있었습니다. 고맙습니다. 우리는 총 15명의 구조사를 배치했고, 마찬가지로 15명의 안전 요원을 배치했습니다. 동시에, 특별히 공급받은 전신 수영복을 여러분께 입혀드렸습니다. 구명조끼를 입지 않았더라도 여러분이 물에 가라앉을 일은 없었을 겁니다."

핫도그가 마이클 천의 말을 끊었다.

"지금 뭐 안전 조치 다 해놨으니까 여기 있는 애들 다 쓰나미에 쓸려가도 괜찮다는 얘기예요?"

"쓰나미가 아니라 너울성 파도였습니다. 지금은 격랑이 치는 계절이 아니고, 서해는 너울성 파도가 가장 적게 발생하는 지역입니다. 안전사고에 유의하였으나 이런 일이 생겨서 유감스럽게 생각합니다. 그러나 이번 이벤트로 확실하게 알 수 있는 게 있죠."

마이클 천이 잠시 뜸을 들이더니 말을 이어갔다.

"다소 과하다 싶던 우리의 안전 조치가 얼마나 필요했는지를 이번 일을 통해 알 수 있었습니다. 한 명의 부상자도 없이 게임 종료되어 고맙게 생각합니다. 앞으로도 안전에 유의하는 〈엄빠게임〉 되도록 하겠습니다. 사회자 주은 씨, 게임의 진행을 계속해주시죠."

핫도그는 황당한 눈으로 그를 쳐다보았다. 이건 완전히 책임을 회피하겠다는 것 아닌가. 교묘했다. 이 모든 돌발 사태의 근본적 원인은 무리한 게임 진행이었다. 하지만 마이클 천의 발언 속에서 〈엄빠게임〉과 천페이지는 안전에 신경 쓰는 책임감 있는 제작사로 변해 있었다.

말을 마친 마이클 천이 주은에게 마이크를 건넸다. 그녀는 옷매무새를 정돈하며 진행을 속행했다.

"너울성 파도라는 돌발 사태로 인해 탈락자가 속출한 게임이었습니다. 고작 5명의 참가자만이 제한 시간 내에 부표에 도착했는데요. 순서는 다음과 같습니다."

1등 토스트
2등 킹크랩
3등 삼계탕
4등 핫도그
5등 은갈치

"등수에 따라 각각 120점, 110점, 100점, 90점, 80점을 획득합니다."

점수를 발표한 주은이 품에서 카드 4장을 꺼냈다. 추가 점수를 선택한 참가자들의 랜덤 카드였다. 주은이 결과를 발표했다.

"토스트는 추가 점수 30점을 부여받습니다. 킹크랩 또한 추가 점수 30점입니다. 삼계탕 추가 점수 15점입니다. 은갈치 추가 점수 10점입니다."

선택의 바다 최종 등수가 그렇게 결정되었다.

1등 토스트 150점
2등 킹크랩 140점
3등 삼계탕 115점
공동 4등 은갈치, 핫도그 90점

핫도그와 은갈치의 등수가 같아진 그때, 마이클 천이 갑자기 주은의 마이크를 뺏어 들었다. 그가 모두를 향해 차분한 목소리로 말했다.

"잠시만요. 이번 게임에서부턴 특별한 제안을 하고 싶습니다. 이번 게임에서 놀라운 선택을 한 두 사람이 있었죠? 너울성 파도라는 돌발 사태 속에서 다른 참가자를 구하겠다는 결심을 한 핫도그, 그리고 그 핫도그를 다시 구해서 부표까지 인도한 은갈치가 있습니다."

마이클 천의 말이 끝나자 핫도그와 은갈치에게 조명이 집중되었다. 핫도그가 눈부신 조명 속에서 주변을 살펴보았다. 게임이 도대체 어떻게 돌아가는지 알 수 없었다. 마이클 천

나는 엄마를 바꾸기로 했다

이 말을 이었다.

"이번 게임에서 핫도그에게 특별 희생 점수를 부여하고 싶습니다. 또한, 은갈치를 이번 게임의 MVP로 선정하고 싶습니다. 살펴보니 은갈치는 본래 가장 먼저 부표에 도착했더군요."

마이클 천의 말이 끝나기 무섭게 스태프들이 그의 옆으로 몰려들었다. 특히 안병식 PD는 거의 내달리는 수준이었다. 그가 주변을 향해 거칠게 말했다.

"모두 촬영 끊어! 끊어! 끊고 다시 갑니다!"

안병식의 미간에 굵은 핏줄 하나가 올라와 있었다. 그가 마이클 천을 향해 말했다.

"마이클 천 대표 무슨 소리예요. 아니, 전 세계 욕 혼자 다 먹고 싶어 작정했어요?"

"이대로 게임이 끝나면 더 욕먹을 겁니다. 서로 희생한 두 사람이 형편없는 점수를 얻는 꼴을 시청자가 그냥 두고 볼 것 같아요?"

"하, 그래서 대체 몇 점을 더 주려고요?"

"글쎄요. 두 사람 점수에 차등을 줄 수는 없을 것 같고, 서로 공평하게 30점씩 더 얹어주는 건 어떨까요."

"그러면 삼계탕이 5등이에요!"

"그 친구는 원래 8등 아니었나요? 많이 올랐네요. 분발하라고 합시다."

능청스러운 마이클 천의 대답에 안병식은 황당한 표정을 지었다. 그의 부리부리한 눈에 핏발이 올라서 있었다.

"천 대표, 지금 나랑 장난합니까!"

"장난은 무슨. 내가 안 PD랑 장난이나 칠 정도로 한가해 보여요? 보아하니 그 삼계탕이란 친구는 도시락에 돌만 빼주면 좋아할 것 같은데?"

의미심장한 한 마디였다. 잠시 침묵하던 마이클 천이 목소리를 낮게 내리깔았다. 그가 안병식 PD를 향해 말했다.

"안 PD. 도대체 도시락에서 왜 돌이 나옵니까. 제작의 디테일한 총괄은 당신이 다 맡는다면서요? 나 마이클 천이고, 이거 천페이지 오리지날입니다. 그것도 한국에서 처음 하는 오리지날."

"그거랑 지금 점수랑 무슨 상관입니까?"

마이클 천이 안병식 PD의 곁으로 천천히 다가왔다. 그가 안병식 PD의 숨소리가 들릴 정도로 가까운 거리에서 얼굴을 바짝 붙어섰다.

"왜 상관이 없습니까. 내 체면을 생각해요. 체면. 지금 나 마이클 천의 체면이 말이 아니잖아."

마이클 천이 안병식 PD의 어깨를 무겁게 두들겼다. 그가 전 스태프들을 향해 지시했다.

"촬영 다시 속행하고 아까 말한 대로 점수 수정해서 진행해요."

마이클 천의 한마디에 모든 촬영이 분주하게 재개되었다. 안병식 PD가 그 모습을 지켜보며 부표를 발로 거칠게 내려찼다. 그 발길질에 맞춰 부표는 출렁거렸다. 안병식은 씩씩거리며 근처 보트에 옮겨탔다.

마침내 두 번째 게임이 끝이 났다.

2부

균열

–1–

균열

두 번째 게임이 종료된 후 주은은 스태프와 함께 메인 스튜디오를 향했다.

적어도 하루에 두 번 이상의 촬영을 진행해야 했다. 전체 촬영 일정은 일주일이었고, 하루를 늘린다 해도 8일에 지나지 않았다. 안병식 PD와 마이클 천의 기 싸움은 계속되는 중이고, 일정이 정말 하루 더 늘어날지도 장담할 수 없는 상황이었다.

안 PD는 촬영 막바지에 가서는 제멋대로인 감독으로 유명했다. 제대로 촬영을 마치지도 않고 현장을 이탈해 원성을 산 적도 많았다. 주은으로선 촬영 스케줄을 제대로 마무리하고 싶었다. 마이클 천과 다투던 안 PD가 모든 일을 떠

맡긴 채 도망가기 전에.

그녀는 부두에 도착해 천천히 걷기 시작했다. 짠 내 섞인 햇볕이 그녀의 얼굴에 닿았고, 높은 구두 굽이 백사장에 푹푹 꽂혔다. 주은은 그대로 신발을 벗어 던지고, 맨발로 백사장을 밟고 섰다. 수분을 한껏 머금은 모래가 그녀의 발가락 사이를 파고들었다. 오랫동안 사람이 드나들지 않은 해변은 곱고, 미세한 흙으로 가득했다. 이 백사장을 쭉 돌아나가면 메인 스튜디오가 있었다.

바쁘게 걸어 나가는 주은의 뒤로 스태프들이 따라붙었다. 스태프들에게는 메인 스튜디오에서 곧바로 촬영을 이어가기로 정리해둔 상황이었다. 흐름이 끊겨 촬영이 늘어지지 않도록 하는 게 중요했다.

주은은 멀지 않은 바다를 바라보았다. 하늘은 구름 한 점 없이 맑았지만, 바다엔 격랑이 몰아치고 있었다. 바람도 불지 않는 날에 이렇게 파도가 친다는 것이 이상했다. 태풍이나 지진이 오기 전 닥치는 전조 같았다. 부모도에 있는 모든 갈매기가 육지를 향해 날아가고 있었다. 끼룩거리는 소리가 섬을 등지고 어딘가로 분주하게 사라지고 있었다. 눈부신 햇살 속에서 수십 마리 새의 날개가 번쩍거렸다.

주은은 모든 게 불길하게 느껴졌다. 그리고 그때, 그녀의 발밑이 정말로 흔들리기 시작했다. 먼바다에서 새들이 더욱 빠른 속력으로 날갯짓했다. 반면에 파도는 부모도를 향해 밀려들고 있었다. 백사장에서 모래가 힘없이 무너지고, 해안 절벽에서 돌들이 굴러떨어졌다. 다행히 큰 지진은 아니었다. 얼마 지나지 않아 흔들림은 잦아들었고, 포복하고 있던 주은은 천천히 몸을 일으켰다. 그런데 그때, 스튜디오 쪽에서 거대한 소음이 들렸다.

그 소리는 큰 돌이 굴러떨어지는 소리 같기도 했고, 벼랑 일부가 무너지는 소리 같기도 했다. 큰 소리에 이어 자욱한 흙먼지까지 일었다. 파도가 그 먼지 속에서 불안하게 출렁거렸다.

주은 뒤를 따라오던 스태프들이 동시에 소리를 질렀다.

"어, 어…… 메인 스튜디오 기둥이……!"

주은이 곧바로 고개를 돌려 스튜디오를 바라보았다. 메인 스튜디오를 떠받치고 있던 아래의 큰 기둥 여섯 개 중 하나가 완전히 주저앉아 있었다. 불행 중 다행으로 바다 절벽에 잇닿아 있던 큰 기둥과 건물의 사면을 떠받치는 네 개의 기둥은 무사했다.

주은이 주변 스태프를 향해 다급하게 소리쳤다.

"안 PD님 어디 계세요! 마이클 천 대표님은?"

"천 대표님은 두 번째 게임 끝나고 부모도 바깥으로 떠나셨고요. 안 PD님은 어디 계신 줄 모르겠습니다. 아까 그냥 혼자 좀 놔두라고 하셔서……."

주은은 황당한 표정으로 주변을 살폈다. 현장을 지휘해야 할 총결정권자가 아무도 없었다. 주변의 스태프들은 우왕좌왕하고만 있었고, 여기서 가장 베테랑은 주은이었다. 그녀가 상황을 정리해야 했다. 주은이 그들을 향해 소리쳤다.

"대표님과 PD님한테 바로 연락 취해보세요. 전부 움직이면 위험하니까 나랑 스태프 몇 명만 일단 스튜디오에 가봅시다. 남은 인력은 참가자 인솔해서 부두에 대기 시키고요."

"네, 알겠습니다!"

주은은 스태프 몇 명을 대동하고 스튜디오 쪽으로 걸어갔다. 오케이 막내 작가가 주은의 발 앞에 운동화를 내밀었다.

"선배님, 여기 운동화 신으세요. 스튜디오 가까워질수록 위험할 것 같아요."

주은은 그녀를 향해 빙그레 미소 지었다.

오케이 작가의 말처럼 스튜디오는 가까이 다가갈수록 더 위험해졌다. 바닥엔 돌가루가 무수했고, 안전해 보이던 나머지 기둥에도 큰 균열이 남아 있었다. 또한, 그 균열은 건물 곳곳으로 이어져 있었다. 주은이 어처구니없다는 얼굴로 혀

나는 엄마를 바꾸기로 했다

를 찼다.

"지은 지 얼마 안 된 건물이라고 하지 않았나? 도저히 말이 안 되는 꼴인데."

주은의 얼굴 위로 건물의 균열이 그대로 옮겨붙었다. 이 상태라면 정상적인 촬영이 불가능했다. 촬영의 가능과 불가능을 논할 단계도 이미 지났다. 스튜디오 근처에 있는 것 자체가 무모한 일이었다.

"아니, 누가 건물을 이따위로 지은 거야……."

"누구긴 누구겠어. 마이클 천 대표지."

그녀의 혼잣말에 끼어든 건 안병식 PD였다

"체면이 가장 중요한 천 대표잖아요. 천페이지 메인 스튜디오는 본인이 직접 다 지었습니다."

주은은 안병식 PD를 노려보았다. 스튜디오가 무너지느니 마느니 하는 상황에서도 이 사람은 마이클 천의 뒷얘기를 꺼내고 있다. 지긋지긋한 기싸움이었다.

"천 대표가 직접 공사를 한 건 아닐 거 아니에요."

"하, 이렇게 스태프들 다 있는 데서 할 얘기는 아닌 것 같으니까 저기로 자리 좀 옮길까요?"

다들 관심 없는 척하고 있었지만 둘의 대화에 귀를 기울이고 있었다. 주은이 이번만큼은 안 PD의 말에 동의했다.

안 PD가 스튜디오의 외곽에서 천천히 담배를 꺼내 물었다.

"이거 금연초야. 스튜디오 근처에서 왜 담배 피우냐고 뭐라고 하지 마요."

"PD님 흡연 사정엔 관심도 없어요. 마이클 천이 이거 공사했다고요?"

"뭐, 주은 씨 말대로 당연히 직접 지은 건 아니죠. 근데 처음엔 천페이지 한국 지사에서 스튜디오 공사 다 맡아서 하라더니, 언젠가부터는 직접 와서 진두지휘를 다 했어요. 그때 우리도 좀 유별나다고 생각은 했지."

"이게 진두지휘한 결과물이에요?"

주은이 볼품없게 무너져 내린 중앙 기둥을 가리켰다. 안병식 PD가 고개를 끄덕거렸다.

"그래. 원래는 공개 입찰 전에 이미 다 말 맞춰둔 업체가 있었다고요. 근데 천 대표가 와서 갑자기 가장 저렴한 데로 하자고 일방적으로 다 바꾼 거예요. 그게 공개 입찰의 취지 아니냐고 하면서."

"공개 입찰이니까 그게 맞는 거 아니에요?"

"맞는 말 같은 소리 하네. 그때 막무가내로 들이민 그 업체는 이런 어마어마한 규모의 시공은 해본 적도 없는 작은 데였어요. 경험도 없는 곳에 터무니없는 금액을 적어서 냈

나는 엄마를 바꾸기로 했다

다고. 공개 입찰의 목적이 무조건 싼 업체를 구하는 건 줄 아나, 주은 씨는?"

"그러는 안 PD님은 뭐 하셨어요. 이렇게 잘 아시는 분이 왜 이제 와서 뒤에서 소문이나 내세요? 천페이지 코리아 설립될 때부터 영입되셨잖아요. 총괄 프로듀서로요."

"그 양반이 완전 이거잖아. 내가 뭐 어떻게 뭘 막겠어요?"

그의 검지가 머리 옆에서 기분 나쁘게 회전했다.

"소문으로만 들었었는데 진짜 이거더라고. 회사 사정도 완전 안 좋아요. 있는 놈이 더한 건 줄 알았는데, 그 양반 지금 돈이 없어요."

"마이클 천이 돈이 없다고요?"

"당연히 없지. 천페이지 회사 사정 지금 엄청 안 좋아요. 사업을 너무 여기저기 벌였어요. AI니, 우주개발이니, 뜬구름 얘기 같은 거……. 미국 내 점유율 3위 OTT인데 돈 쓰는 건 1위보다 더 쓰고 있잖아. 한국 진출도 너무 늦었어요. 다른 업체들은 이미 몇 년 전에 진출해서 오리지널 콘텐츠를 쏟아내고 있는데……."

"거기까진 안 PD님이 걱정할 건 아닌 것 같은데요?"

그녀로선 웃기는 일이었다. 일개 PD가 억만장자를 걱정하다니. 하지만 안 PD의 궤변은 끝이 없었다. 마치 주은을 설득하는 사람처럼.

안병식 PD는 부드럽지만 단호한 어조로 말을 이어갔다.

"그래. 내가 걱정할 건 아니죠. 근데 기행이 도가 지나쳐요. 그렇게 돈을 써놓고 이제는 뭐라는 줄 압니까? 건강이 안 좋다고 은퇴하시겠대요."

"은퇴요? 마이클 천 대표 이제 겨우 마흔아홉인데요?"

"그래. 그러니까 말이야. 일은 이렇게 잔뜩 벌여놓고 미친 거 아니냐고요. 이 게임도 도대체 왜 하는지 모르겠어요. 소문으로는 이 게임 참가자 중에 진짜 아들이 있다는데, 그러면 그냥 집으로 데려오면 되는 거 아닌가. 참 속 모를 사람이야."

말을 마친 안병식 PD가 주은을 물끄러미 쳐다보았다. 아무 의미 없는 시선이 아니었다. 그의 눈빛은 어쩐지 주은을 떠보는 눈치였다. 주은은 마치 취조라도 당하고 있는 듯한 기분이 들었다.

"천 대표가 대체 왜 주바름이를 콕 찍었는지 모르겠어. 내가 진짜 열심히 머리를 굴려봤거든요. 그 친구 매력이 전혀 없어요. 아, 물론 은 씨 아들이니까 이런 말 하는 게 좀 미안하긴 하네."

안 PD가 담배꽁초를 땅에 던지며 말했다. 주은은 말없이

나는 엄마를 바꾸기로 했다

안 PD를 째려봤다. 그러나 안병식은 멈추지 않고 말을 이어 갔다. 애초에 그녀의 답변을 기대하는 말은 아니지 싶었다.

"이런 거 할 때 우승자를 찍어놓고 하는 이유는 방송 잘 뽑자고 하는 거잖아. 메인 플롯으로 만들기 좋은 참가자를 밀어줘서 그림 좋게 만들자고. 근데 말이야……."

안병식 PD가 주은 쪽으로 천천히 고개를 돌렸다. 그가 낮은 목소리로 분명하게 얘기했다.

"주바름은 재미가 없잖아. 여기에 온갖 천재들이 다 모였다고요. 근데 왜 아무 능력도 없는 평범한 주바름이를 천 대표가 찍었을까? 도통 모르겠다고."

안병식 PD가 의심스럽다는 듯 가늘게 눈을 떴다. 무엇을 의심하는진 주은도 분명히 알 수 있었다.

'마이클 천과 너 사이에 뭐가 있지? 혹시 둘이 연인 사이야? 그러면 주바름의 아버지가 설마 마이클 천이야?'

하지만 그녀는 모른 척 능청을 떨었다. 이런 빤히 보이는 수작에 그녀가 반응할 필요는 없었다.

"제 아들의 부족함을 지적해주셔서 감사하네요. 저도 동감하는 바입니다. 그런데 지금 이 상황에 한가하게 대표 뒷담화나 할 시간이 있으신 거예요?"

안병식 PD가 기가 찬다는 듯 한숨을 쉬었다.

"허 참. 주은 씨랑 마이클 천 대표가 무슨 사이인지 몰라도 조심해요. 그 사람 정상 아니야."

"여기 있는 유일한 결정권자로서 지금 촬영을 어떻게 해야 할지나 정해주셔야 할 것 같아요. 참가자들 해변에 대기 중이고, 이 위험한 스튜디오 옆에서 우리 스태프들 다 목이 빠져라 기다리는 중입니다."

"그래. 옳은 말만 하시네. 난 알려줬으니까 나중에 딴말하지 마. 일단 최종 순위에 맞춰서 참가자들 다 각자 숙소로 대기시켜요."

주은은 황당하다는 얼굴로 따져 물었다.

"스튜디오에서 자는 참가자들은요?"

"뭘 어떻게 해. 그대로 들어가서 자라고 해야지. 등수 다 배정해놓고 상위권 숙소 가서 재울까요? 그게 공평한 처사라고 생각해요?"

"지금 그런 걸 운운할 상황이 아니잖아요. 여기 스튜디오 상태 안 보이세요? 당장에 무너져도 할 말 없어요."

주은이 스튜디오 곳곳의 균열을 가리켰다. 완전히 주저앉은 중앙 기둥과 균열이 번져 있는 다섯 개의 다른 기둥, 그리고 실금이 달라붙은 건물 곳곳의 벽면까지. 스튜디오 안에서 자는 참가자들은 바로 이 균열 안에서 대기해야 했다.

안병식 PD가 귀찮다는 투로 손사래를 치며 답했다.

"아, 진짜. 알았어. 그러면 스튜디오 안에 자는 하위권들은 전부 해안가 텐트 가서 자는 걸로 해요. 그러면 됐지? 텐트야 몇 개 더 치면 되니까."

안 PD는 그 말을 끝으로 자리를 떴다. 지시를 다른 스태프에게 전하지도 않고 말이다.

주은이 안병식의 뒤통수를 황당한 표정으로 쳐다보았다. 멀지 않은 곳에서 둘의 대화를 몰래 듣고 있는 한 사람이 있다는 사실도 모르고.

해변을 따라 단단한 발자국이 천천히 이어졌다.

2

비밀

"이게 말이 안 되잖아요.? 5등이 왜 우리랑 같은 숙소를 써요? 이럴 거면 왜 죽어라 헤엄쳤는데요? 물에 빠진 생쥐 꼴로 열심히 게임했더니!"

킹크랩의 거센 목소리가 오케이 작가를 향했다. 오케이가 머리가 아프다는 듯 고개를 저었다.

"자, 킹크랩. 똑바로 다시 들어. 지금 스튜디오에서 취침이 어려운 상황이야. 그래서 스튜디오 인원 모두 해안 텐트로 이동했어. 근데 문제는 텐트가 모자란다고."

"그건 걔네 사정이고요. 누가 파도에 휩쓸려서 도착도 못 하라고 시켰어요?"

삼계탕이 눈썹을 움찔거리며 킹크랩을 쳐다보았다. 그의

시선이 곧장 핫도그와 은갈치를 향해 옮겨갔다.

"나는 분명히 부표에 잘 도착했어. 원래 3등이었다고. 추가 점수니, 뭐니, 이상한 룰만 추가되지 않았어도 여기가 원래 내 숙소였어."

쉿소리 나는 성대에서 분명한 불쾌감이 느껴졌다. 그는 할 수만 있다면 킹크랩을 곧 때리기라도 할 기세였다. 오케이 막내 작가가 중재에 나섰다.

"야, 야, 눈알들 빠지겠다. 게임은 끝났고 삼계탕 너도 어차피 이 숙소에서 자는 거니까 괜히 시비 걸지 마. 특별히 배려해서 여기 오게 한 거잖아."

"괜한 시비가 아니라 사실이잖아요."

투덜대는 삼계탕의 말을 킹크랩이 끊었다.

"아, 좋알좋알 말 많네. 네가 애초에 1등으로 들어왔으면 됐잖아? 아니면 은갈치를 삼계탕 네가 구하던가? 이것도 저것도 아니면서 왜 이렇게 입을 털어?"

발끈한 삼계탕이 천천히 킹크랩 곁에 다가섰다. 덩치 큰 두 사람이 서로 마주 보고 서니 묵직한 긴장이 흘렀다.

"이 X발 가재 새끼가 아까부터 뭐라는 거야. 앞으로 활 못 잡게 해줄까?"

분위기가 순식간에 험상궂어졌다.

"야 이 자식들아! 방송에 못 나올 대사는 치지 마! 그리고 룰 똑바로 확인해. 서로한테 상해를 입히면 둘 다 게임 아웃이야. 누나 갈 테니까 대기하고 있어. 촬영 어떻게 할지 의논해야 하니까."

킹크랩이 오케이 작가를 향해 소리쳤다.

"방 배정은 해주고 가야죠. 방은 네 개인데 사람은 다섯이잖아요."

킹크랩이 투덜거리던 그때, 방문을 열고 한 사람이 나왔다. 모두의 이목이 한쪽으로 집중됐다. 방문을 열고 멀뚱하게 서 있는 사람은 토스트였다.

"아, 죄송합니다. 찾을 물건이 있어서 아까 먼저 숙소 돌아와 있었습니다."

오케이 막내 작가가 골치 아프다는 듯이 이마에 손을 짚었다.

"해변에 대기하란 얘기 못 들었어? 위험하게 혼자 다니면 안 돼. 토스트, 오케이?"

"네, 오케이입니다."

"그래. 어차피 방 하나는 주인이 이미 들어가 있었네. 토스트는 여자애니까 혼자 써. 그러면 남는 방은 세 개지. 네 명이 알아서 잘 의논해. 끝."

킹크랩이 오케이 작가에게 항의했지만, 그녀는 대꾸 없이 사라져버렸다. 숙소에 남은 건 참가자들과 개인 카메라 몇 대뿐이었다. 점심의 느린 햇살이 그들의 어색함을 가로질렀다. 토스트가 느리게 말했다.

"삼계탕 입장에선 사실 억울할 수 있지."

토스트의 말을 킹크랩이 받아서 빈정거렸다. 그의 얼굴에 조롱 섞인 웃음이 번져나갔다.

"그래. 억울도 하겠지. 지라고 첫 번째 게임에서 8등 하고 싶어서 했겠어? 지라고 두 번째 게임에서 3등으로 들어오고 싶었겠어? 자신의 모자람이 얼마나 억울하겠어."

"아, 새끼가 진짜 뒤지고 싶냐?"

"별것도 아닌 게 떡대만 믿고 까부네. 덩어리 새끼야. 진짜로 한번 해볼까?"

둘 사이를 중재한 것은 토스트였다. 작지만 단단한 체구 속에서 폭탄 같은 윽박이 터져 나왔다.

"야, 머저리들아! 둘 다 좀 앉아! 싸우고 싶으면 게임에서나 싸우고! 뭐, 둘 다 탈락해준다면 나야 감사할 따름이지만."

토스트의 일침에 킹크랩과 삼계탕이 천천히 흥분을 가라앉혔다.

"그래. 어차피 너야 강 건너 불구경이지. 여자라서 혼자 방도 쓰고 좋겠다."

소파에 앉은 삼계탕이 괜스레 비아냥댔다.

"불똥이 왜 나한테 튀지? 괜히 비꼬지 마. 내가 정한 것도 아닌데. 아니면 뭐 나랑 같이 방 쓸래? 난 상관없어."

토스트가 삼계탕을 물끄러미 쳐다보았다. 그녀의 뻔뻔한 얼굴에 삼계탕이 도리어 화끈 낯이 붉어지고 말았다.

"됐, 됐어! 그럴 거면 차라리 내가 거실에서 잔다. 상황 끝났으니까 다 방으로 꺼져."

삼계탕은 급기야 소파에 드러누워버렸다. 그대로 잠들 기세였다. 킹크랩이 헛웃음을 켰다.

"방 하나 가지고 난리를 치더니 이젠 거실에서 잔다고? 뭐 알아서 해라. 거실은 난방 안 되니까 입 돌아가는 거 조심하고."

"내 입이 돌아가기 전에 네 턱주가리가 먼저 돌아가는 수가 있어."

"능력 있으면 잘 돌려보시지."

말싸움이 다시 시작되었다. 토스트는 골치 아픈 표정으로 상황을 중재했다. 그녀가 대뜸 은갈치와 핫도그를 가리켰다.

"너랑 너. 둘이 같은 방 쓰는 거 어때. 그게 베스트 아니야? 기왕에 희생 점수로 등수 오른 거 좀 더 희생해. 특히 핫도그 너는 추가 점수 아니었으면 이 방에 못 오는 거잖아."

핫도그가 토스트의 얼굴을 쳐다보았다. 그녀의 얼굴은 완전히 진심이었다. 그런데 그때 삼계탕이 갑자기 토스트를 막아섰다

"내가 거실에서 잔다니까? 누가 희생하고 어쩌고 하는 거 딱 질색이야."

"왜 중재안을 내놔도 난리야?"

"귀찮으니까. 너야말로 제작진도 아니면서 왜 난리지. 내가 거실에서 잔다는데?"

말을 마친 삼계탕은 그대로 다시 돌아서서 소파로 돌아갔다. 토스트가 기가 막힌다는 얼굴을 했다.

"누가 너 좋으라고 이러는 줄 알아? 여기 공용 공간인 거 잊었어? 여기에 네가 퍼질러져 있으면 다들 불편하다고."

토스트의 윽박에 삼계탕은 다른 참가자들을 쳐다보았다. 모두 그녀의 제안이 설득력 있다는 표정이었다. 핫도그도, 킹크랩도 이 제안에 아무런 반대가 없었다. 핫도그가 둘 사이에 끼어들었다..

"그래. 그래. 보아하니 삼계탕 빼고는 다 같은 생각인 거 같으니 어쩔 수가 없네. 근데 나도 누구랑 한방 쓰는 건 싫어서. 내가 거실에서 잘게. 어차피 희생하는 거."

그 대답을 들은 토스트가 한심하다는 투로 핫도그를 쏘아붙였다.

"아, 내가 말한 거 벌써 까먹었어? 난 공용 공간에서 누가 자는 거 보기 싫다고. 각자 방 들어가서 자라고."

"아니, 이불 얼굴까지 덮고 자면 되는 거 아니야. 너 거실에 잘 나오지도 않잖아? 어제 보니까 한 번도 안 나오더구만."

그때, 갑자기 삼계탕이 손을 번쩍 들었다.

"아, 생각 바뀌었다. 난 방 쓸래. 거실은 아무래도 불편할 것 같네. 핫도그 네가 먼저 제안한 거니까 나 방 혼자 쓴다."

그때, 모든 상황을 가만히 보고 있던 은갈치가 무심한 투로 대화에 참여했다. 그의 말은 의외의 것이었다.

"난 핫도그 너랑 같은 방 써도 괜찮아. 뭐, 정 거실에서 자고 싶다면 그렇게 하던가."

은갈치의 말에 핫도그는 망설여졌다. 그와 같은 방을 쓰는 게 싫은 건 아니었다. 각 방엔 침대와 소파가 있었고, 소파는 웬만한 싱글 침대보다 컸다. 은갈치가 침대에서 잠들고 핫도그는 소파에서 잠들면 그만이었다. 하지만 은갈치의 제안을 덥석 받기엔 어쩐지 미안했다.

핫도그에게 결론을 내려준 건 킹크랩이었다.

"아, 피곤해. 피곤해. 끝. 대기하라니까 대기 좀 하고. 같이 방 쓴다니까 방 쓰고 끝내. 아침 댓바람부터 수영하느라 지쳤어. 난 내 방 들어간다. 모두 바이바이!"

킹크랩은 늘어지게 하품을 하더니 방에 들어가버렸다. 은갈치도 자신이 배정받았던 방으로 먼저 가버렸고, 그건 토스트도 마찬가지였다.

삼계탕이 혼자 남은 핫도그를 향해 말했다.

"저기 남은 방 하나가 네가 쓰던 방이냐? 가서 짐 챙겨. 이제 내 방이니까."

"허 참. 내가 양보해준 거란 걸 잊지 말지?"

삼계탕은 핫도그의 말에 코웃음을 쳤다.

핫도그는 방으로 들어가 침대 옆에 밀어 넣은 자신의 짐 가방을 챙겼다. 검은색 단출한 스포츠 가방에 간단한 옷가지가 짐의 전부였다.

그가 어깨에 가방을 둘러메는 순간, 삼계탕이 갑자기 방문을 걸어 잠갔다. 큰 문이 닫히는 육중한 소리가 방 안에 울려 퍼졌다.

핫도그가 의아한 눈으로 삼계탕을 쳐다보았다.

"나 아직 안 나갔다?"

"알아."

"알면 문 열지? 아니면 비키든가."

삼계탕은 문을 열지도 비키지도 않았다. 대신에 그는 입술에 검지를 갖다 대더니 제 허리춤에 매달려 있는 마이크를 풀어버렸다. 그가 고갯짓으로 핫도그의 마이크를 가리켰다. 함께 마이크를 풀자는 것이었다.

"야. 내가 왜 네 말을 들어야 해."

삼계탕이 핫도그 귓전까지 다가와 고개를 숙였다. 머리 하나 정도의 차이가 순식간에 좁혀지고, 그의 귀에 귓속말이 들려왔다.

"핫도그, 네 엄마랑 너에 관한 얘기 먼저 들려줄게. 안 궁금해?"

핫도그가 그 말에 삼계탕을 다시 보았다. 그가 방 한편의 가장 깊은 구석을 가리켰다. 그곳은 카메라가 촬영할 수 없는 사각지대였다.

3

각자 다른 생각

침대 옆에 작은 공간을 사이에 두고 둥근 협탁이 있었다. 바로 그 좁은 사이 공간이 사각지대였다. 핫도그와 삼계탕이 침대 옆으로 엉거주춤 자리를 이동했다.

잠깐 망설이던 삼계탕이 말을 꺼냈다.

"날 도와줘. 아니, 정확히는 애들을 좀 도와줘."

"무슨 소리야 알아듣게 말해."

"도와준다고 약속만 하면 네 엄마랑 너에 관한 얘기 들려줄게. 안 궁금해? 무슨 말이 지금 여기서 돌고 있는지"

삼계탕의 눈은 진지했다. 부리부리한 눈매에 주황 불빛이 찬찬히 들어앉았다. 그가 조용한 목소리로 말을 이었다.

"여기 제작진은 미쳤어. 그냥 다 또라이들이라고."

"제작진이 또라이인 것까지 내가 알아야 해?"

"너 내가 아까 유람선에서 괜히 도시락 돌멩이 타령하고 앉아 있던 것 같아?"

삼계탕이 진저리난다는 듯 고개를 몇 번 저었다. 그가 아까보다 좀 더 낮춘 목소리로 해안가 상황을 늘어놓기 시작했다.

"받은 도시락엔 돌멩이만 있는 게 아니야. 완전 팍 쉬었다고. 먹을 수가 없어. 반찬도 고작 비엔나소시지 3~4개에, 볶음김치가 다인데 그마저도 다 상했어."

"진짜로?"

"내가 뭣 하러 너한테 거짓말을 해. 게다가 스튜디오도 비슷해. 단무지랑 햄이랑 오이 들어간 김밥 한 줄 받았다더라. 그마저도 단무지는 썩었고. 아, 거기 밥에서도 돌 나온대."

핫도그가 믿을 수 없다는 표정으로 삼계탕을 쳐다보았다. 밥에 차등을 주는 것은 이미 동의한 사항이므로 이해할 수 있었다. 그러나 최소한 먹을 수 있는 상태의 음식을 제공하고 있다고 생각했다. 그렇지 않고서 어떻게 제대로 촬영한단 말인가.

"밥만 문제가 아니야. 스튜디오 화장실은 태반이 막혀 있고, 해안가는 더 심각해. 간이 화장실이라고 딸랑 2개 놔뒀

나는 엄마를 바꾸기로 했다

는데 재래식이야. 그리고 이미 꽉 찼어. 넘칠 것 같다고. 남자애들은 바닷가에 가서 소변을 본다니까?"

핫도그의 머릿속으로 어처구니없는 장면이 펼쳐졌다.

다 큰 고등학생 몇 놈이 바닷가에 나가서 일렬종대로 오줌을 누고 있는 장면. 파도 속에 노란 물줄기가 섞여들고, 달빛이 그 포물선을 굽어다 본다. 그러니까 그 장면은 21세기 방송에서 연출되어선 안 되는 끔찍한 장면이었다. 핫도그가 삼계탕에게 물었다.

"제작진한테 항의 안 해봤어?"

"당연히 했지."

"뭐래?"

"그게 룰이니까 따르기 싫으면 탈락이래. 안병식 PD가 직접 와서 말하더라. 카메라에 쓸데없는 잡음 안 섞이게 불평 좀 그만하라고."

삼계탕이 자세를 고쳐 잡고 본격적인 이야기를 꺼냈다.

"아까 킹크랩이랑 싸우면서 좀 봤어. 거실엔 카메라 사각지대가 많더라. 그리고 미니바에 가장 가까운 방이 너랑 은갈치가 자는 방이고."

"그래서?"

"애들한테 연락해서 숙소 근처로 오라고 할 거야. 그러면 네가 미니바에서 음식을 챙겨서 애들한테 줘. 네가 음식 챙기는 동안 난 숙소 문을 따는 역할을 맡을게."

"허, 그래서 아까 갑자기 거실에서 자겠다고 고집을 피운 거야? 이러려고? 그럴 거면 지금이라도 나가서 자."

"처음엔 그랬는데, 잠깐 살펴보니 거실에서 자는 게 더 위험하겠어. 특히 소파는 모든 카메라에 비치는 곳이기도 하고. 갑자기 화면에서 사라지면 이상하게 볼 거 아니야."

핫도그는 삼계탕을 물끄러미 바라보았다. 이제까지 자신이 삼계탕을 잘못 본 게 아닌가 싶어질 정도였다. 단순무식하다고 생각했던 인상과 다르게 그는 주변을 꼼꼼히 관찰하고 있었다.

비로소 핫도그는 삼계탕이 수상하게 느껴졌다. 그의 제안은 언뜻 들었을 땐 수긍할 만한 안건이었다. 밥도 제대로 못먹고 촬영하는 다른 참가자를 돕자. 그런데 문제는 바로 그것이었다. 그의 제안이 너무 착한 까닭에 핫도그는 순순히 그의 말을 믿을 수가 없었다.

"내가 왜 그걸 따라야 하는데? 무엇보다 난 너를 믿을 수가 없어. 애들이 굶는 건 안타깝지. 근데 우리 다 경쟁자잖아? 네가 날 이 사태의 주동자로 몰면 어떡할 건데? 이걸 빌미로 탈락시키면? 애초에 이게 다 너랑 네 친구 계획이면?"

그의 뜻 좋은 제안은 불안 요소가 많았다. 무엇보다 핫도그는 자신을 앞에서 대놓고 험담하던 삼계탕을 신뢰할 수 없었다. 그는 차분한 목소리로 핫도그에게 물었다.

"네가 이 제안을 수락해도 좋을 이유를 물어보는 거냐? 아니면, 내가 이 제안을 하게 된 이유를 물어보는 거냐?"

핫도그가 그의 눈을 마주 보았다. 선이 굵은 눈매, 하루도 안 되어 벌써 제법 자라 있는 수염, 관리를 하지 않는지 엉망인 머릿결. 그 사이에서 검은자가 유난히 큰 눈이 흔들림 없이 핫도그를 바라보고 있었다.

핫도그는 입술을 가볍게 물며 답했다.

"둘 다 말해. 둘 다 설득되지 않으면 네 제안을 수락할 수 없어."

"첫째는 간단해. 네가 제안을 수락해야 아까 말했던 네 엄마랑 너에 관한 얘기를 들려줄 거야. 둘째는 뭐였지. 그 내가 제안하게 된 이유? 그것도 네가 제안 수락한다고 해야 얘기할 수 있어."

"삼계탕 네 말은 일단 나보고 제안을 수락하라는 거네?"

"그렇지."

"내가 만약 수락한다고 하고 네가 이런 계획을 짰다고 제작진한테 일러바치면?"

"핫도그, 증거 있어?"

"증거는 없어. 하지만 돕겠다고 하고 널 함정에 빠뜨릴 수도 있잖아. 다른 애들 들어오기로 한 시간에 제작진도 같이 대기시키면 그만인 거니까."

"그 정도는 감안하고 하는 제안이야."

잠시 망설이던 핫도그가 결심을 마쳤다. 그는 고개를 끄덕거리며 말을 이었다.

"그래. 수락할게. 그래서 그 얘기라는 게 뭐야. 우선 우리 엄마 얘기부터 해봐."

핫도그의 말에 삼계탕이 잠시 숨을 멈췄다. 그의 유난히 깊은 인중 속으로 숨소리가 물처럼 잠겨들었다.

"기분 나쁘게 생각하지 말고 들어. 내가 들은 건데 너희 엄마랑 마이클 천이 옛날에 사귀던 사이였대. 그리고 네가 마이클 천의 숨겨진 아들이래."

핫도그는 가늘게 눈을 추켜 떴다. 누가 듣기엔 황당한 소리겠지만, 사실 핫도그에겐 전혀 그렇지 않았다.

사실 그는 이미 진작부터 주은과 마이클 천의 사이를 의심하고 있었다. 친구나, 동료였다고 하기엔 너무 친근했으니까.

무엇보다 주은은 마이클 천과 자신이 친구였다는 얘기를

나는 엄마를 바꾸기로 했다

한 적이 없다. 마치 일부러 숨기는 것처럼 살면서 단 한 번도 말하지 않았다. 그 정도 유명 인사가 친구라면 어디서든 한 번이라도 떠들었을 텐데 말이다. 핫도그는 주은이 숨기는 것이 있지 않을까 의심하고 있었다. 삼계탕의 말은 핫도그가 품고 있던 의심의 불씨에 불쏘시개를 조금 더 넣은 것뿐이었다.

"핫도그, 그렇게 무서운 눈 뜨지마. 소문이야. 소문. 나도 들은 얘기고."

"누구한테 들은 소문인데?"

"아까 나랑 있던 애, 피자가 말해준 거야. 왜 그 똑 단발 여자애 있지?"

핫도그는 리셉션 장소에서 삼계탕 옆에 있던 여자애를 떠올렸다. 어쩐지 수다스러울 것 같은 인상이었는데 제대로 본 모양이었다.

"걔는 누구한테 들은 건데?"

"제작진 말하는 걸 들었대. 이미 스태프들 사이에서는 다 퍼진 얘기라던데?"

"이 헛소문이?"

핫도그는 부러 '헛소문'이라는 단어에 힘을 주어 말했다. 자신도 그 소문을 진실이라고 생각하고 있다는 사실을 들키고 싶지 않았다. 삼계탕이 핫도그의 표정을 살피며 목소리를 낮췄다.

"마이클 천이 메인 플롯으로 너를 찍었대. 그리고 사회자도 본인이 직접 데리고 왔다고 하지."

"메인 플롯으로 날 찍었다는 건 무슨 소리야?"

"이 게임 우승자를 너로 내정했다고."

핫도그가 저도 모르게 입을 쫙 벌리고 말았다. 이제까지 삼계탕이 들려준 이야기 중 가장 어처구니없는 이야기였다.

핫도그의 목표는 압도적으로 꼴찌를 차지하는 것이었다. 근데 왜 이렇게 일이 꼬인단 말인가. 자신이 우승자로 내정되었다니. 핫도그는 삼계탕을 채근했다.

"그게 무슨 소리인지 자세히 얘기해봐."

"마이클 천이 방송 시작 전부터 찍었대. 너로 메인 플롯 잡으라고. 그 말이 뭐야. 우승시키라는 얘기잖아? 그래서 스텝들 사이에서 소문이 난 거지. 네 엄마 주은이랑 마이클 천이 아직도 연인이고, 네가 숨겨진 아들이라서 이런 쇼를 하고 있는 거라고."

"이 소문 누가 알아?"

"상위권 숙소에 있는 애들 빼고는 다 알걸?"

핫도그가 긴 한숨을 내쉬었다. 다른 참가자들의 적대적인 태도가 그제서야 납득이 갔다.

"나도 처음에는 기분이 나쁘긴 했지만 이젠 별 상관없어. 아니, 생각해보니까 오히려 더 좋더라."

"내 헛소문이 너한테 뭐가 좋은데."

"난 말이지. 우승을 할 생각이 없어요. 그렇다고 꼴등을 할 생각도 없지. 적당히 상금 챙겨서 게임 마무리하는 게 내 목표야."

핫도그가 웃음을 터뜨렸다. 삼계탕과 똑같은 말을 한 사람이 떠올랐기 때문이다.

"너 은근히 킹크랩이랑 비슷한 거 알아?"

"기분 나쁜 소리 하지 마."

삼계탕의 표정은 어쩐지 복잡해 보였다. 잠시 말을 멈췄던 그가 시키지도 않은 자기 얘기를 늘어놨다.

"사실 나도 선출이야. 투포환 선수였어."

핫도그가 그 말에 삼계탕을 다시 쳐다보았다. 그 덩치가 비로소 이해되었다.

"킹크랩이랑도 같은 선수촌에 있었어. 물론 걔는 날 기억도 못 하겠지만."

"근데 지금은 선수 아니야? 왜 과거형으로 말해."

"지금은 아니야 부상을 당했어. 십자인대가 끊어졌거든.

덕분에 군대는 안 가게 됐으니까 다행이라고 해야 하나."

삼계탕은 자신의 바지를 걷어 올렸다. 종아리에 수술 자국이 선명하게 새겨져 있었다.

"선수촌까지 들어간 거면 꽤 잘한 거 아니야? 아예 그만둔 거야?"

"우리 집 가난해. 운동하는 데 돈이 얼마나 많이 드는 줄 아냐? 재활 끝나고 나니까 2년이나 지나 있더라. 후배들은 국가대표가 되어 있는데……. 난 갓 들어온 신입생보다 못 던지더라. 그만두고 공부나 다시 해볼까 했는데, 머리가 멍청해서 대학도 못 갈 것 같고."

울상을 짓던 삼계탕은 갑자기 빙그레 웃어 보였다.

"그래서 여기 참가한 거야. 삥끼치고 몇억 버는데 왜 못 오겠냐? 적당히 중간 등수 해서 고생한 부모님이랑 편하게 좀 살아보려고."

핫도그는 잠시 침묵을 지켰다. 이런 말을 털어놓는 사람에게 어떤 대꾸를 해줘야 할지 알지 못했다. 삼계탕이 핫도그를 보며 제 목표를 다시 털어놓았다.

"메인 플롯 정해져 있다고 했을 때 실망도 했지만, 안도도 했어. 알아. 난 천재가 아니고, 엄청 평범한 사람이야. 어떤 일에서도 선택받은 적이 없어. 우승 못 할 거란 거 알았고,

　　　　　　　나는 엄마를 바꾸기로 했다

우승을 한다면 킹크랩 같은 놈들이 할 거라고 생각했지. 와, 근데 재능보다 더 높은 선택의 영역이 있다고?"

삼계탕이 핫도그를 물끄러미 쳐다보았다. 그가 잠시 목을 가다듬고 말을 이었다.

"그 소문이 사실인진 아무도 모르지. 근데 아무튼 난 우승 포기하려고. 어쨌든 다른 건 다 그렇다 쳐도 애들이 이렇게 굶고 있는 건 아니잖아. 여기, 숙소에 먹을 게 넘쳐나는데."

녀석의 말은 진지했고, 진심이 담긴 듯 진중했다. 하지만 그렇다고 해서 그의 말을 있는 그대로 다 믿을 수는 없었다. 상금이 그렇게 중요한데 대회에서 중도 탈락할 수 있는 짓을 벌인다는 것이 여전히 의아했다.

"돈 벌고 싶다며. 왜 남 굶는 걸 그렇게 신경을 쓰는데? 잘 못 걸리면 너 여기서 쫓겨나. 상금 한 푼도 못 받고 그냥 여길 나가야 한다고."

"내가 운동을 그만둔 가장 결정적인 이유가 뭐였는 줄 알아?"

"다쳤다며."

"응. 맞아. 근데 운동 자체를 때려치운 건 배가 고파서야. 성적 잘 나올 때는 몰랐는데, 부상 당하니까 갑자기 학교에서 저녁을 안 주더라?"

"그게 말이 돼? 밥을 왜 안 주는데?"

"이제까지 학부모들이 월에 100씩 걷어서 내던 운동부 회비가 있는데 이제 나보고도 내라는 거야. 이제 메달도 못 따오고 들어올 상금도 없으니까."

"진짜 더럽고 치사하다. 근데 무슨 회비가 100이나 돼?"

"그러게 말이다. 어휴. 아무튼 말이야. 나는 내 사정이 이래서 그런지 애들 밥 굶는 꼴은 못 보겠더라."

옛 기억을 떠올리는 삼계탕의 얼굴에 착잡함이 번졌다.

"사실 나 혼자 몰래 음식 빼가도 돼. 근데 왜 널 설득하는지 궁금해?"

"내 방이 미니바에서 제일 가까우니까?"

"물론 그것도 있지, 근데 더 중요한 게 있잖아."

삼계탕이 핫도그의 어깨에 손을 걸쳤다. 마치 전장에서 만난 전우처럼.

"우승 후보로 딱 찍어놓은 애랑 일을 벌이면 들켜도 쫓아내진 않을 거 아니야. 널 우승 시켜야 하는데 설마 쫓아내겠어?"

"지금 나를 방패로 쓰는 거야? 그게 그냥 다 헛소문이면 어떡할 건데?"

"헛소문은 아닐걸."

나는 엄마를 바꾸기로 했다

"어떻게 확신하는데."

"아까 안병식이랑 너희 엄마가 대판 싸우고 있던데? 네가 누구 아들인지에 대해 안병식이 엄청 궁금해하는 것 같더라."

"싸웠다고? 어디서?"

"스튜디오 근처."

"넌 거기 왜 있었는데?"

삼계탕이 검지와 중지를 나란히 올려붙였다. 담배를 무는 손동작이었다. 핫도그가 인상을 찌푸리며 그를 쳐다봤다.

"너 담배도 피우냐?"

"넌 담배도 안 피우냐?"

핫도그를 되려 쏘아붙인 삼계탕이 설명을 덧붙였다.

"안병식이 너랑 네 엄마 엄청 싫어하는 것 같더라. 그 사람 네가 마이클 천 아들이라고 확신하는 것 같아."

말을 마친 삼계탕이 핫도그의 어깨를 툭툭 건드렸다. 그가 속삭이듯 낮게 중얼거렸다.

"그냥 걱정 말고 도와. 이거 걸리면 인원의 대다수가 탈락하는 거야. 적어도 10명 정도? 제작진이 설마 그렇게 하겠어? 최대한 많은 인원을 끌어들이는 게 내 진짜 보험이야. 넌 그다음이고."

핫도그가 마지못해 고개를 끄덕거렸다.

"보험용으로 날 끌어들인 거면 은갈치랑 토스트랑 킹크랩한테도 제안해보는 게 맞는 거 아니야? 최대한 많은 사람을 끌어들이는 게 좋잖아."

"안 그래도 이미 했어. 토스트는 돕기로 했고, 킹크랩은 관심 없으니 알아서 하란다. 방해만 안 하는 걸로 협상 봤어. 은갈치는 아직도 고민 중. 하여간 신중한 녀석이야."

핫도그는 아까 거실에서의 다툼을 떠올렸다. 지나치게 격양된 분위기가 수상쩍단 생각은 했다.

"너희 설마 아까 거실에서 쇼한 거야?"

"카메라가 돌아가는 곳에서 하는 모든 건 다 쇼지. 오케이 누나도 혼이 빠져서 신경을 안 쓰던데? 나랑 토스트가 아까 거실 카메라 다 체크했어. 사각지대가 좀 많더라?"

삼계탕이 방긋방긋 웃었다. 해맑은 웃음이 어쩐지 무섭게 느껴졌다. 그가 천천히 몸을 일으켰다.

"자, 쇼를 다시 시작해보자고. 이따 3시에 테이프 교체하러 카메라맨들이 다 빠진대. 그때 내가 신호를 줄게."

다시 카메라 앞으로 돌아온 삼계탕이 부산한 몸놀림으로 마이크를 집어 들었다.

나는 엄마를 바꾸기로 했다

4

균열 Ⅱ

너는 도울 거야?

핫도그가 스마트폰을 은갈치 쪽으로 들었다. 은갈치가 한심한 눈으로 핫도그를 쳐다봤다. 카메라가 비치지 않는 각도로 핸드폰을 들어 올리느라 그의 두 팔이 바들바들 떨리고 있었다.

은갈치는 무슨 생각을 하는지 알 수 없는 표정을 지어 보였다. 그는 대답 대신 휠체어를 이끌고 침대로 갔다. 그리고 대자로 누워버렸다. 세상 편한 표정이었다.

핫도그가 은갈치를 향해 재차 핸드폰을 들어 보였다.

야, 너는 도울 거냐고.

은갈치가 주섬주섬 품에서 핸드폰을 꺼내 들었다. 그는

메모를 써서 보여주는 대신에 문자 메시지를 전송했다.

　—야, 핫도그, 나는 내가 그걸 왜 도와야 하는지 잘 모르겠어. 그리고 솔직히 말하면 내가 가만히 있는 게 돕는 거아니야?

　은갈치가 핫도그에게 빙긋 웃어 보였다. 그가 재빠르게문자를 한 통 더 전송했다.

　—멍청아. 문자 놔두고 왜 삽질하냐. 아까 번호는 폼으로주고받았어? 여기 인터넷이랑 전화는 금지여도 문자는 해도 된다잖아. 제작진이 인터넷이랑 전화는 차단해놨어도, 문자는 자유로워.

　핫도그는 약이 오른 표정으로 핸드폰에 고개를 처박았다.그가 은갈치에게 재빠르게 문자를 보냈다.

　—가만히 있는 게 돕는 거라는 건 또 뭔 소리야.

　—내가 음식을 운반하면 너희가 드는 것보다는 많이 들수 있겠지. 내 다리에 올려놓으면 그만이니까. 팔로 드는 것보단 더 들 수 있어.

　핫도그가 당황해하며 은갈치의 얼굴을 쳐다보았다. 그만이 던질 수 있는 농담인 것일까. 정작 은갈치는 아무런 생각이 없어 보였다. 농담이라 치부하기엔 그는 조금도 웃고 있지않았고, 묵묵히 또 하나의 문자를 작성하고 있을 뿐이었다.

―아무튼 난 도움을 안 주고 싶은 게 아니야. 그냥 이런 계획은 내가 끼기가 어렵다니까. 바퀴 소리가 얼마나 시끄러운 줄 알아? 이건 살금살금 모드가 없어.

―그러면 왜 돕는 걸 고민해보겠다고 했어

―야, 핫도그. 난 돕는 걸 고민한다고 말한 적 없어. 그냥 너한테 말한 생각을 속으로 하고 있을 뿐이었어. '내가 몰래 음식을 운반한다고 아, X나 시끄럽겠는데?' 이런 생각하는데 삼계탕이 멋대로 고민해보라고 한 거야.

―그래?

―그래. 작전에 참여하기가 까다롭다니까. 뭐, 이 방 카메라 앞에서 시선 끄는 정도는 해줄 수 있지만.

핫도그는 은갈치를 잠시 노려보았다. 결국 별 도움은 주지 않을 거라는 얘기였다. 어차피 은갈치가 시선을 끌어줘야 할 이유는 없었다. 핫도그가 은갈치에게 다시 문자를 보냈다.

―어차피 토스트가 여기 숙소 전체 소등한댔어. 은갈치 네가 카메라 시선 끌어줄 필요 없음.

―토스트? 걔가 뭔 수로?

―걔가 마이클 천 딸이잖아. 여기 숙소 전력을 차단하는 법을 안대. 여기가 마이클 천 별장이었다니까 뭐 언질 들은 게 있나 보지. 아니면 옛날에 같이 와본 적이 있거나.

은갈치가 핫도그의 문자를 받고 고개를 갸웃거렸다. 슬쩍 본 게 다였지만, 토스트와 마이클 천이 무슨 대화를 나누는 모습을 본 적이 없었다. 두 사람은 마치 모르는 사이인 것처럼 서로에게 데면데면했다.

다른 가족과는 또 다른 불화였다. 이 섬에 도착한 대부분 가족은 서로 대화라는 걸 했다. 부딪히면 반 할 이상이 짜증이나 불평으로 변화하는 불씨였지만 그것도 대화라면 대화였다. 그러나 토스트와 마이클 천은 아니었다.

두 사람은 단 한마디도 나누지 않았다. 그리고 그 침묵은 우연의 결과가 아니라 의도된 불화처럼 느껴졌다.

은갈치의 머릿속엔 그런 둘이 서로 어떤 비밀스러운 정보를 주고받는 모습이 쉽게 상상이 가지 않았다. 두 부녀가 이곳에서 다정한 휴가를 보냈을 거라는 생각은 더욱 들지 않았다. 은갈치가 그런 생각에 빠져들던 중.

방의 불이 전체 소등되었다. 핫도그의 메시지가 사실이었다.

불만 소등된 것이 아니었다. 충전기에 연결된 두 사람의 핸드폰에서 충전되고 있다는 표시가 사라졌다. 전력이 모두 차단된 것이다. 마치 정해진 순서처럼 이번엔 방문 쪽에서 세 번의 노크 소리가 들려왔다.

나는 엄마를 바꾸기로 했다

똑.

똑.

똑.

가문 우물에 작은 물방울이 떨어지는 것 같은 소리. 핫도그와 은갈치의 방의 어둠을 낮게 두드리는 소리. 그 소리는 삼계탕이 핫도그에게 약속한 신호였다. 핫도그가 천천히 몸을 일으켰다. 그가 누운 소파는 방문의 바로 옆에 맞붙어 있었다. 핫도그는 삼계탕의 신호를 그 소파에서 한 시간 전부터 기다리고 있었다.

삼계탕과 핫도그의 계획은 이러했다.

1. 삼계탕의 신호를 들은 핫도그는 미니바로 나가 음식을 챙긴다.
2. 핫도그가 음식을 챙기는 동안 삼계탕은 참가자들에게 음식을 바로 건넬 수 있도록 숙소 문을 열어둔다.
3. 핫도그가 빠르게 그들에게 음식을 전달한다.

간단하고 명료한 계획이었다.

핫도그는 카메라 플래시를 켜고 천천히 거실을 향했다. 어차피 숙소 전체 전력이 차단된 상태였다. 어둠과 사각지

대를 활용한다면 지나치게 몸을 숨길 필요가 없었다. 핫도
그는 나지막이 혼잣말을 속으로 했다.

'괜찮아. 괜찮다. 주바름, 들킬 염려는 없어.'

속엣말과 다르게 그의 자세는 거북이처럼 납작 엎드려 있
었다. 용기를 내서 켠 카메라 플래시도 가장 저조도의 어두
운 불빛이었다. 멀리서 보면 어둠과 구별되지 않을 정도로
밝기가 낮았다.

다행히 미니바를 찾는 건 쉬운 일이었다.

미니바는 말이 미니바지 웬만한 팬트리에 가까웠다. 은갈
치와 핫도그 방문을 열면 그 바로 옆에 있는 선반에서부터
가 미니바의 시작이었다. 선반 아래엔 세 칸으로 구분된 작
은 냉장고가 있었고, 그 안은 케이크와 과일과 푸딩으로 꽉
차 있었다. 냉장고 옆 큰 수납함엔 칸마다 과자가 채워져 있
었다. 뿐만이 아니었다. 우측 선반엔 디저트 트레이가 있었
고, 그곳엔 다 먹지도 못한 타르트와 미니 케이크가 가득 올
려져 있었다.

핫도그 입장에선 도대체 무엇부터 챙겨야 할지 알 수 없
을 정도였다.

그는 우선 봉투에 쓸어 담기 좋은 과자 종류를 집중적으
로 골랐다. 크게 생각할 필요도 없었다. 선반에 가지런히 정

리된 걸 그냥 그대로 담아버렸다. 문제는 그다음이었다.

'케이크는 뭉개지니 곤란하고, 그나마 푸딩 정도는 병에 담겨 있으니 괜찮겠지? 과일도 같이 챙기면 좋을 것 같고.'

생각을 정리한 핫도그가 재빠르게 자루를 채웠다. 그리고 조심스레 숨을 들이마셨다. 이제부터가 본격적인 난코스였다. 숙소는 제작진 측이 호언장담한 것처럼 넓다 못해 광활했다. 거실에서 현관까지도 몇 미터가 넘게 걸어가야 했다.

핫도그는 조심스럽게 첫발을 내디뎠다. 한 걸음, 두 걸음. 숫자가 늘어날수록 핫도그는 간이 쪼그라드는 기분이었다.

핫도그가 현관 쪽으로 자신의 미약한 카메라 플래시를 들이밀자 천천히 한 사람의 등이 드러났다. 그것은 삼계탕이었다. 미세한 빛 사이에서 삼계탕의 입 모양이 보였다.

'문 열었으니까 빨리 와! 멍청아!'

다급해진 핫도그가 조금씩 속력을 올렸다. 최대한 줄인 자신의 발소리는 이제 해머로 바닥을 내려찍는 소리처럼 크게 들렸다. 숙소가 통째로 흔들린다는 착각까지 들 지경이었다. 핫도그가 간신히 삼계탕에게 도착한 그 순간.

모든 전등이 갑자기 환하게 켜졌다.

불만 다시 켜진 것이 아니었다. 삼계탕이 잡고 선 문 너머에서 촬영용 조명이 밀려 들어왔다. 어둠 속에서 갑자기 조명을 맞닥뜨린 탓에 둘은 눈을 제대로 뜰 수조차 없었다.

핫도그는 도대체 이게 무슨 사태인지 전혀 파악하지 못했다. 그가 억지로 조금씩 눈을 떠보았다. 열 몇 대의 카메라가 복도를 가득 메웠고, 그 중심에서 주은이 걸어 나왔다.

그녀가 마이크를 꺼냈다.

"참가자 삼계탕. 그리고 참가자 핫도그. 상위권 숙소에 배정된 간식을 빼돌리다가 이렇게 걸리고 말았는데요. 참 안타깝습니다."

핫도그가 눈을 비비며 주은을 째려보았다. 그가 주변을 살폈다. 이건 계획된 촬영이었다. 핫도그와 삼계탕의 개인 카메라가 그들을 조준하고 있었다. 핫도그는 이게 누구의 짓인지 단박에 알 수 있었다. 개인 카메라는 총 3대였다. 하나는 삼계탕의 것. 하나는 핫도그의 것. 마지막 하나는 토스트의 것이었다. 두 명의 참가자가 간식을 훔쳤다고 하니, 나머지 한 명은 이 비밀을 누설한 사람의 것이어야 하지 않는가.

토스트는 주은 곁에 붙어서 있었다. 주은이 토스트를 바라보며 진행을 이어갔다.

"토스트 참가자가 두 사람의 부정행위를 저희 제작진에게 알려주었습니다. 또한, 두 참가자와 협력한 해안가의 다른 참가자들도 모두 적발된 상태입니다."

주은이 핫도그와 삼계탕을 바라보며 천천히 마무리 멘트를 진행했다.

"이번 부정행위에 가담한 모든 참가자에게 마이너스 점수를 부여합니다. 그리고 이 부정행위를 고발한 참가자 토스트에게는 플러스 점수가 돌아갈 것입니다."

촬영은 그것으로 끝이었다. 제작진들 사이에서 안병식 PD가 천천히 걸어 나왔다. 그는 흡족한 미소를 띠며 큰 목소리로 모두를 격려했다.

"아, 이거 참. 갑자기 촬영이 중지되어서 어떻게 그림 뽑아야 하나 고민이 많았는데. 아주 고맙습니다. 이걸로 또 하나 뽑겠네요."

박장대소를 터뜨리는 그에게 핫도그가 천천히 걸어갔다. 그는 더 이상 참을 수 없었다. 방송이고, 촬영이고, 그림이고 하나도 중요하게 느껴지지 않았다.

"그림이고 나발이고 밥 굶기면서 촬영하는 게 말이 돼요?"

"나는 그 애들 굶긴 적 없으니까 헛소리하지 마. 간식 빼돌리려고 작당이나 꾸민 건 너희들이야."

"뭐라고요?"

"점수 더 깎기 전에 들어가. 핫도그 너는 희생 점수까지 받아놓고 이렇게 사고를 쳐? 촬영 재밌게 안 나왔으면 아예 바닷가로 쫓아낼 뻔했어. 그만 따지고 잡다한 건 저기 쟤랑 의논해."

안병식 PD는 작가들 쪽을 가리켰다. 그가 손으로 짚은 건 메인 작가도, 중간급 작가도 아닌, 또다시 오케이 막내 작가였다.

그제야 모든 것들이 이해가 갔다. 왜 메인 작가는 참가자들에게 잘 오지 않는지. 막내 작가만 분주하게 참가자들을 상대하고 있는지. 그건 총괄 프로듀서인 안병식이 참가자들을 딱 그 정도로 생각하고 있기 때문이었다.

그저 밥투정이나 부리는 어린애들.

안병식 PD는 대화를 마치지도 않고 저 멀리 사라져버렸다. 다른 제작진들은 촬영을 정리하고 있었지만, 신경도 쓰지 않았다.

핫도그가 몸에 힘이 쭉 빠지는 기분이었다. 그리고 가만히 서 있는 토스트가 그제야 눈에 들어왔다. 그가 입술을 꽉 깨물며 그녀에게 물었다.

"왜 그랬어?"

"뭘?"

"돕는다더니 왜 쪼르르 가서 일러바쳤냐고."

토스트가 핫도그를 보며 한숨을 쉬었다. 그녀의 표정 또한 다소 지쳐 보였다.

"이거 쇼야. 그만해. 카메라 다 꺼졌으니까 촬영 더 할 필요 없어."

"야, 토스트. 장난해? 너 진짜 사이코패스야? 애들이 밥을 굶고 있다는데 고자질을 해?"

핫도그의 말을 들은 토스트가 헛웃음을 날렸다.

"네가 더 이상해. 당연한 거 아니야? 여기 우승하자고 모인 거 아니야? 이거 경쟁이잖아. 나 우승할 거야. 수단과 방법 안 가릴 거야. 너처럼 한가하게 남 도울 생각 없어."

핫도그가 질린다는 표정으로 토스트를 쏘아붙였다.

"진짜 이기적이다. 있는 놈이 더하다더니. 여기서 우승해 봤자 네가 뭘 얻는다고 이렇게까지 해?"

핫도그는 머리가 지끈거렸다. 토스트. 아니, 천바다.

공부 잘하는 전학생인 줄 알았는데 억만장자의 딸이라고 한다. 마이클 천 딸이 마이클 천 자식이 되는 기회를 왜 노린단 말인가. 도대체 이 게임이 그녀에게 뭐라고 다른 아이들이 굶는 꼴을 놔둔단 말인가. 핫도그는 발밑이 흔들리는 것처럼 어지러웠다. 이 흔들림은 도대체 언제까지 계속되는 것일까. 그런데 그때.

주변에서 비명이 터져 나왔다. 건물 곳곳은 정말로 흔들리고 있었다.

"어, 어어! 뭐, 뭐야! 왜 이래!"

"지, 지진이다!"

당황한 스태프들을 향해 주은이 다급하게 소리쳤다.

"일단 모두 바깥으로 대피합시다! 해안에 있는 스태프들에게 연락 취해요! 참가자들 인솔해서 안전한 곳으로 인도하라고!"

"네, 네! 알겠습니다!"

스태프들이 분주하게 촬영 장비를 챙겨 밖으로 나가기 시작했다. 킹크랩도 방 안에서 재빠르게 달려 나왔다.

"갑자기 뭐야!"

킹크랩은 뒤도 돌아보지 않고 대피행렬에 끼어들었다. 반면에 핫도그는 그 자리에서 한 발자국도 움직이지 못하고 있었다.

'아직 은갈치가 숙소 안에 있는데?'

망설이던 핫도그가 그대로 숙소 안으로 뛰어 들어갔다. 천장에 매달린 샹들리에가 사방으로 흔들리고, 주황 빛이 어지럽게 퍼졌다. 핫도그가 큰 목소리로 외쳤다.

"은갈치! 뭐 해! 나와!"

나는 엄마를 바꾸기로 했다

핫도그의 예상과 달리 은갈치는 이미 거실에 나와 있었다. 휠체어의 은빛 바퀴가 거실 한복판을 전속력으로 내달렸다. 그가 핫도그를 향해 말했다.

"뭐 해, 멍청아!"

"야! 너 구해주러 온 거잖아!"

"뛰기나 해! 내가 너보다 빨라!"

은갈치의 말은 거짓이 아니었다. 그는 바람 같은 속도로 숙소 문을 향해 내달렸다. 핫도그는 오히려 은갈치의 뒤를 쫓아야 했다.

그의 뒤를 숨 가쁘게 쫓아 복도에 나왔을 때, 아직 대피하지 못한 사람이 보였다. 토스트가 바닥에 주저앉은 채 움직이지 않고 있었다. 핫도그가 그녀에게 소리쳤다.

"야, 토스트! 여기서 뭐 해! 빨리 도망가!"

"놔, 놔두고 가. 어차피 여긴 내진 설계되어 있어……."

핫도그가 어처구니없다는 표정으로 토스트를 내려다봤다. 내진 설계가 문제가 아니었다. 건물이 무너지지 않더라도 사방의 구조물들이 떨어질 수도 있는 상황이었다. 조명이 흔들렸고, 벽면 타일이 위태롭게 흔들리고 있었다. 몸을 피할 곳도 없는 복도에 가만히 앉아 있는 건 위험했다.

핫도그가 다시 한번 토스트를 설득했다.

"야, 여기서 이러고 있는 게 더 위험해! 빨리 움직이라고!"

"네가 무슨 상관이야! 가, 가라고!"

핫도그가 토스트를 노려보았다. 그런데 그녀의 상태가 이상했다. 토스트는 눈에 띌 만큼 식은땀을 흘리고 있었다. 얼굴이 흠뻑 젖을 정도였다. 몸을 마구 떨고 있었다. 그녀는 시선을 제대로 고정하지 못하고 똑같은 말만 반복하고 있었다.

"가, 빨리 가라고!"

그 사이에 건물의 흔들림은 더욱 거세졌고, 토스트는 여전히 꼼짝도 못 하고 있었다. 결국, 핫도그는 토스트를 어깨에 메고 달리기 시작했다.

핫도그의 행동에 소리를 지른 건 토스트가 아니라 은갈치였다.

"뭐 하는 거야! 그러고 뛰어간다고?"

"다른 방법이 없잖아."

토스트는 완전히 기진맥진하여 대꾸할 기운조차 없었다. 들리지도 않는 목소리로 같은 소리만 중얼거릴 뿐이었다.

"놔, 놔두고…… 가라고, 좀…….

토스트의 입김이 핫도그의 귀에 바로 붙어섰지만, 신경 쓸 겨를 같은 건 없었다. 핫도그는 한 걸음씩 전진하기 시작했다. 그런 둘의 모습을 보고 은갈치가 소리쳤다.

나는 엄마를 바꾸기로 했다

"내 휠체어 위에 올라타!"

핫도그가 은갈치의 말에 눈을 휘둥그레 떴다. 대체 휠체어 어디에 올라타라는 것일까. 하지만 은갈치의 표정은 농담이 아닌 것 같았다. 그는 자기 무릎 위를 가리켰다.

"핫도그 네가 내 무릎 위에 올라오고, 토스트를 안으면 되잖아!"

"뭐라는 거야! 대체!"

핫도그의 당황스러움과 달리 은갈치의 눈은 진지했다. 그는 단호한 목소리로 핫도그를 채근했다.

"나라고 너 앉히고 싶어서 그러는 줄 알아? 일단 여긴 나가야 할 거 아니야. 이럴 시간 있어? 빨리 타라고!"

그의 기세에 눌린 핫도그가 천천히 은갈치의 무릎 위에 올라탔다. 셋을 탑승시킨 이 휠체어가 제대로 갈 수 있을지 의문이었다. 그러나 그의 오른쪽 다리는 마치 무쇠와 같았다. 엉덩이 밑으로 잘 단련된 하체 근육이 느껴졌다. 은갈치가 자신만만하게 말했다.

"수영 선수 팔근육을 얕보지 마라."

"은갈치 너 선수야? 수영 선수?"

"그런 얘기 할 정신이 있냐? 꽉 잡기나 해."

은갈치는 대답 없이 휠체어 바퀴를 잡았다. 세 명을 태운

휠체어가 마치 자동차처럼 복도를 질주하기 시작했다. 핫도
그는 토스트의 몸을 꽉 붙들었다. 그녀는 이제 눈을 감은 채
입술만 꽉 깨물고 있었다. 어찌나 꽉 깨물었는지 피가 조금
비칠 정도였다. 은갈치가 핫도그를 향해 외쳤다.

"아씨, 지진 났을 때 엘리베이터 타면 안 되는 거지?"

"당연한 소리를 하고 있냐!"

"계단까지만 일단 간다!"

"아, 아니야. 저기 앞으로 해서 나가자!"

핫도그가 가리킨 복도 끝에 비상구라고 적힌 문이 있었다.
그 문은 밀면 바로 열릴 것처럼 보였다. 은갈치가 고개를 끄
덕거렸다. 지금으로선 저곳으로 나가는 게 가장 최선이었다.
결정을 내린 은갈치는 전력을 다해 휠체어를 밀어붙였다.

"나는 달릴 테니까 핫도그 네가 문 밀어!"

"알았어!"

둘은 마치 한 몸이 된 듯이 협력했다.

휠체어가 더 빠른 속력을 냈다. 바퀴가 바닥에 마찰하는
소리가 복도에 울려 퍼지고, 휠체어는 고장 날 것처럼 요동
을 쳤다. 곧이어 은갈치가 온 힘을 다해 소리를 질렀다.

"야, 야! 핫도그! 곧이야! 곧! 문 열어!"

"그래!"

핫도그는 한 손으로 토스트를 꽉 붙들었고, 나머지 한 손으론 문을 밀어젖혔다. 세 사람이 순식간에 문 바깥으로 빠져나갔다.

그런데.

문 바깥은 아득한 낭떠러지였다.

숙소와 잇닿은 바다가 그 아래에 있었다. 핫도그가 찾은 그곳은 분명 비상구가 맞았지만, 완강기를 설치해서 대피해야 하는 곳이었다. 은갈치가 핫도그를 향해 소리쳤다.

"야, 야, 이 멍청한 자식아!"

은갈치의 일갈을 마지막으로 세 명은 바다를 향해 함께 날아올랐다. 푸른빛 속에서 셋의 실루엣이 아스라이 잠겨갔다.

5

바다의 기억

토스트, 그러니까 천바다는 흔들린다는 사실을 무서워한다.

정확히는 흔들리는 공간을, 흔들리는 모든 장소와 물건을 무서워한다.

그녀는 놀이동산을 싫어하고, 배를 타는 것도 썩 내켜 하지 않는다. 심지어 놀이터의 시소나 그네 따위도 그녀에겐 은근한 두려움의 대상이다. 천바다에게 그건 단지 물리적인 '흔들림'이 아니다. 그녀가 두 다리로 딛고 선 땅이 흔들리는 일이고, 결단코 흔들리지 않아야 할 어떤 뿌리도 흔들릴 수 있음을 자각하는 일이다.

자라면서 그녀는 그녀 자신을 납득시키려 애를 썼다. 전

지구적인 관점에서 모든 대륙은 지금, 이 순간에도 끊임없이 움직이고 있다. 전 우주적인 관점에서 지구는 태양계의 일원으로 맹렬히 자전과 공전을 반복하고 있다. 굳건히 디디고 설 땅 같은 건 착각이며, 지금, 이 순간에도 땅은 흔들리고 있다. 그저 진화의 산물로 그 사실을 망각하고 있을 뿐이라고.

이런 생각 끝의 끝의 끝장에서 천바다가 떠올리는 건 결국 자신의 아버지 마이클 천과의 기억이다. 그녀도 사실 안다. 자신이 흔들리는 걸 무서워하는 건 다름 아닌 마이클 천 때문이라는 걸.

천바다가 15살 때의 일이다.

바쁜 일정으로 몇 달 만에 집에 온 마이클 천이 갑자기 천바다에게 홈스쿨링을 권했다. 자신과 함께 세계 여행을 다니면서 공부를 하자. 학교에서 배울 수 없는 것을 배우자. 그러면서 권유한 첫 번째 여행 장소는 뜬금없는 곳이었다.

하지만 어린 천바다 또한 돌아가는 상황을 모르는 게 아니었다. 마이클 천은 당시 천페이지 창립을 주도하며 전 세계를 돌아다니고 있었다. 자연스레 천바다에게는 소홀해졌고, 그녀의 상황을 파악한 학교에선 '자녀의 교육에 신경 쓰지 않는다면 우리로서도 조처할 수밖에 없다'라는 협박 아닌 협박을 취한 터였다.

그때까지만 해도 천바다는 마이클 천에 대한 최소한의 애정과 기대를 가지고 있었다. 천바다는 마이클 천을 신뢰하지 않았지만, 그를 아직 사랑하는 까닭에 기꺼이 홈스쿨링 제안을 수락했다.

그러나 둘이 처음으로 도착한 곳은 정말이지 아무것도 없는 그냥 섬이었다. 몇 년 전 주민들이 다 빠져나갔다는 섬엔 이제 막 지은 숙소만 덩그러니 있을 뿐이었다. 게다가 마이클 천은 천바다와 시간을 보내지도 않았다. 그는 걸핏하면 주변의 섬을 돌아다녔고, 육지로 나가 비즈니스 미팅을 하고 돌아왔다.

그리고 문제의 사건이 일어났다.

어느 날 아침, 갑자기 섬 전체에 지진이 일어났다. 침대가 흔들렸고, 가구에서 작은 램프 등이 굴러떨어졌다. 화장대가 넘어져 유리가 깨졌고, 천장의 조명이 위태롭게 흔들렸다.

이제 막 잠에서 깬 천바다는 놀라서 방문을 열고 뛰어나왔다. 마이클 천은 어디에 갔는지 코빼기도 보이지 않았다. 그녀는 다급하게 아버지를 찾았다. '아빠, 아빠! 어딨어!' 그녀는 가쁜 숨을 내쉬며 계속 마이클 천을 찾았다.

지진 속에서 혹여나 그가 잘못될까 봐 걱정하면서.

계단을 다급하게 내려온 그녀가 아버지를 발견한 곳은 부엌이었다. 모든 것이 소란스럽게 흔들리는 아래층 부엌에서 그는 태연하게 토스트를 굽고, 커피를 내려 마셨다.

천바다는 놀란 마음에 소리를 지르고 말았다.

"지금 대체 뭐 하는 거야!"

"아침 일정."

천바다는 황당했다. 미이클 천은 정확히 자신이 정해둔 기상 시간에 일어나 토스트를 굽고 커피를 내려 마시는 의식을 치르는 중이었다. 그가 아침 루틴을 지진 속에서도 반복할 것이라곤 꿈에도 생각지 못한 그녀였다. 천바다는 참지 못하고 소리쳤다.

"지금 지진이 났는데 제정신이야?"

"이 집은 완벽한 내진 설계가 되어 있어. 진도 7.0까지는 괜찮아. 그리고 그 이상의 지진이면 어차피 도망가도 소용없어. 여긴 섬이라서 쓰나미가 몰려오겠지. 대피하는 것보다 숙소에 머무는 게 안전해."

마이클 천은 놀란 천바다를 달래줄 생각이 없어 보였다.

"그걸 말이라고 해?"

"그만 말 걸어. 아빠 아침 방해하지 마. 내가 누누이 얘기했지? 성공의 첫 번째 스텝은 자신만의 루틴을 확실히 만들고 정하는 것이다."

"성공? 성공 같은 소리 하네."

두 사람이 말다툼하는 와중에도 지진은 여전히 계속되고 있었다. 바닥은 아슬아슬하게 흔들렸고, 부엌의 모든 그릇이 종처럼 소리를 내고 있었다.

천바다는 악을 쓰면서도, 부친을 향해 내딛는 걸음을 멈추지 않았다.

"대체 그게 뭘 위한 성공인데? 미쳤어. 갑자기 떼돈 버니까 눈에 보이는 게 없어? 딸이 위에 있는데, 와볼 생각도 안 해? 난 아빠를 계속 찾고 있었는데!"

"아빠 아침 일정 몰라? 부엌 와보면 되는 거 뭘 찾아."

마이클 천의 표정은 단호하고 무심했다.

천바다의 마음 안에서 자신의 아버지와 대화하겠다는 일말의 의지가 사라졌다.

"성공이 그렇게 중요해?"

"바다야."

마이클 천은 토스트를 입에 물며 천천히 목소리를 내리깔았다. 흔들리는 통유리가 그의 등 뒤에서 위태롭게 서 있었다.

"백인들은 망해도 재기할 수 있어. 하지만 말이야. 나는 아니다. 나 같은 유색인종, 특히 입양아 출신의 코리안은 한번 망하면 다시는 일어설 수 없어. 온갖 구설수가 다 따라붙는다. 그래도 넌 다행인 줄 알아."

"내가 뭘 다행으로 여겨야 하는데?"

"바다 네가 내 딸이라는 사실. 넌 실패를 걱정할 필요도 없어. 태어날 때부터 성공했으니까."

마이클 천은 그런 말을 아무렇지 않게 했다. 그가 잠시 커피를 들이마시더니 차분한 목소리로 말을 이어갔다.

"지진 났다고 그렇게 뛰어다니지 마. 천바다, 넌 이 마이클 천의 하나뿐인 딸이야. 넌 어디에서도 그렇게 다급할 필요가 없어."

"그게 아빠가 말하는 다행이라면 난 전혀 다행이라고 생각하지 않아."

그날 이후부터다. 천바다가 흔들리는 것을 무서워하게 된 것은. 자신의 두 발로 딛고서야 할 단단한 땅, 버티고 설 수 있는 버팀목이라 믿었던 그것이 이토록 흔들릴 수도 있다는 것을 배운 그날부터.

–6–
자녀도

천바다, 그러니까 토스트는 옛 기억에서 벗어나 천천히
눈을 떴다. 그녀가 있는 곳은 지나치게 뜨끈한 바닥이었다.
3월인데도 난방을 최대로 올렸는지 누런색 바닥에 열기가
후끈했다. 자신의 옆에는 핫도그와 은갈치가 잠들어 있었다.
둘을 보니 그제야 셋이 바다로 추락했단 사실이 떠올랐다.

그 기억을 증명하는 건 그녀 몸의 욱신거리는 통증이었
다. 뼈가 부러진 정도는 아닌 것 같았지만, 온몸이 뻐근하고
저릿했다.

팔다리의 소매를 걷어보니 잔뜩 멍이 들어 있었다.

핫도그와 은갈치도 비슷한 상태일 텐데, 둘은 세상모르
고 푹 잠든 상태였다. 새근거리는 모습이 조금 기가 찰 정

나는 엄마를 바꾸기로 했다

도였다.

토스트는 천천히 몸을 일으켜 문밖으로 빠져나갔다.

전형적인 한국의 시골집이었다. 양철 지붕으로 달빛이 흘러내렸고, 낮게 지은 돌담 너머로 섬마을이 드러났다. 야트막한 평야에 적당히 거리를 두고 선 주황, 파랑, 회색 지붕이 서 있었다. 그리 크지 않은 섬이어서 바다로 잇닿는 항구가 어디인지 한눈에 알 수 있었다. 완만한 골목길이 민가를 가로지르고, 그 길이 등대에 이어져 있었다. 그곳에서 불빛을 흘리는 작은 등대가 그만큼 더 작은 포구를 지키고 서 있었다. 그때, 담장 너머에서 누군가가 걸어왔다. 머리가 새하얗고, 허리가 조금 굽었으나 눈빛만큼은 형형한 노인이었다. 그 눈빛 앞에서는 밤하늘에 떠 있는 달빛도 초라해질 것 같았다.

"이제 일어났냐? 반나절을 자고 있어서 걱정했더니."

"여긴 어딘가요? 부모도는 무인도라고 들었는데."

"누가 그래? 거기도 원래 사람이 살던 섬이었어."

천천히 다가온 그가 마당의 백열등을 켰다. 백색의 형광등 불빛 아래 드러난 그의 옷차림은 다소 의외의 것이었다. 화려한 꽃무늬 몸빼 바지에 잘 다려놓은 흰색 와이셔츠를 입고 있었다. 서로 다른 코디가 오히려 시너지를 일으키는 패션이었다. '힙하다'를 눈으로 보여주는 패션이라고 해야 할까. 노인이 토스트를 보며 웃었다.

"껄껄껄. 이 할애비 패션이 웃기냐?"

듣는 사람까지 기분이 좋아지는 호탕한 웃음이었다.

"이 할애비 이름은 천종환이다. 안에 있는 한 놈은 핫도 그, 그 옆에 놈은 은갈치라던데. 너는 뭐냐? 고등어? 스파게 티?"

토스트가 방에서 잠들어 있는 두 사람을 떠올렸다. 언제 이 할아버지와 통성명까지 했을까. 그녀가 노인에게 제 이름을 밝혔다.

"토스트요."

"맛있는 음식을 골랐구먼 그래. 이 섬에선 구하기가 어렵 지만 그래도 육지 나갈 때 한가득 사서 돌아오는 게 그 식빵 이야."

"여긴 부모도가 아니에요?"

"여긴 부모도가 아니라 자녀도다. 부모도의 바로 옆에 있 는 섬이지. 물에 빠진 너희를 내가 건져왔다. 용맹하게 바다 에 뛰어들더구나. 너무 높이 날아서 나는 갈매기인 줄 알았 다."

농담이라면 별로 웃기지 않은 농담이었다. 몸을 날린 비

234

행 탓에 토스트는 온몸이 저렸기 때문이다. 토스트의 구겨진 얼굴을 봤는지 천종환이 넌지시 사과를 건넸다.

"껄껄. 갈매기라고 해서 기분 상했니? 미안하구나."

"아니에요. 구해주셔서 감사합니다."

토스트가 꾸벅 고개를 숙였다. 두 사람 사이에서 잠시 어색한 침묵이 감돌았다. 그 침묵을 깬 건 천종환이었다.

"갈매기가 육지 쪽으로 날고, 물고기들이 바다 깊숙이 숨어버리더구나. 이런 건 몇십 년 전 지진이 났을 때 본 풍경이어서 걱정했다. 부모도에서 뭔 촬영을 한다는 소문을 들었거든. 큰 지진은 아니어서 다행이야. 옛날엔 거기서 정말 큰 지진이 났었거든."

"오래전부터 여기 자녀도에 사셨나 봐요?"

"아니, 원래 나는 부모도에 살았어. 내 아버지도, 할아버지도 부모도에 살았지."

천종환은 잠시 먼 기억을 떠올리는 듯 아득한 표정을 지었다. 토스트는 노인의 표정을 살피며 물었다.

"근데 지금은 왜 자녀도에 사세요?"

토스트가 노인의 표정을 살피며 물었다.

"나라에서 우리를 내쫓았다. 어느 날 갑자기 자연경관을 보전해야 한다느니 하면서 우리보고 이주하라고 하더구나.

뜬금없었지. 부모도에 비하면 자녀도는 형편없어. 더 좁은데다가 먹을 물 구하기도 힘들지. 처음 이주했을 때 얼마나 힘들었는지……. 그런데 지금은 저렇게 번지르르한 건물을 지어놨더구나. 기가 막힐 노릇이지."

천종환은 답답하다는 표정으로 자기 가슴을 몇 번 두들기기까지 했다. 억울해하는 노인을 어떻게 달래야 하는지 토스트는 아직 배운 적이 없었다. 그녀는 그를 달랠 수 없어서 그저 질문 하나를 더 던졌다.

"그러면 그때 이주하실 때 왜 자녀도로 오셨어요? 서울이나 아니면 근처 육지 대도시로 갈 생각은 안 해보셨어요?"

토스트의 질문에 천종환은 생각에 잠겨들었다. 그가 너털웃음을 지으며 답했다.

"애를 잃어버렸어. 부모도 살 때 말이야. 하나뿐인 아들을 잃어버렸어. 혹시라도 그 애가 다시 섬에 찾아올까 봐 떠날 수가 있어야지. 그 애가 왔을 때 엇갈리지 않으려면 부모도 가까운 곳에라도 살아야 하지 않겠니."

예상하지 못했던 이야기에 토스트가 할 말을 잃었다.

"그렇게 울상 짓지 말어. 결국 아들은 찾았어. 이제 다시는 얼굴을 보지 않지만."

그 말을 들은 토스트가 의아한 표정을 지어 보였다.

"찾으셨는데 왜 얼굴을 안 봐요?"

"그 애를 잃어버린 게 부모도에 큰 지진이 났을 때였어. 지진이 나서 막 도망가는데 애가 없는 거야. 바다에 빠졌나, 산으로 갔나 하고 사방을 뒤졌는데도 없었어. 근데 이십몇 년이 지나고 나서 그 애가 불쑥 나타나더니 딱 한마디 하더라고. '나 왜 버렸어요?'"

토스트가 황당한 얼굴로 천종환에게 질문을 했다.

"버린 게 아니잖아요? 잃어버리셨다면서요?"

"그때는 그런 일이 많았어. 실종된 애를 나라가 멋대로 입양 보내고 하는 일. 그 애도 그랬던 거야. 바다에 빠졌다가 겨우 육지에 올라왔는데, 부모가 버렸다고 멋대로 서류를 조작한 거지. 그 뒤엔 미국에 입양가서 산 거야. 평생 자신이 버려졌다고 생각하면서."

"버리지 않았다고 말씀하시면 되잖아요. 사실대로 말하고 같이 살면 되는 거 아니에요?"

"그 애가 '나 왜 버렸어요' 해서 내가 그때 그랬어. 돈이 없어서 버렸다. 이제 우릴 찾지 마라. 네 인생을 살아라. 그게 끝이었어."

토스트가 이해가 가지 않는다는 얼굴로 천종환에게 물었다. 아니, 기껏 다시 만났는데 왜 헤어진단 말인가. 토스트는 천종환에게 목소리를 높였다. 안타까운 마음에 자신도 모르게 따져 묻고 말았다.

"왜 그런 거짓말을 하셨어요?"

"그 애가 너무 잘살고 있더라고. 미국에서 유명한 PD가 되었대. 그래서 생각했지. 아, 이 애는 앞으로 더 성공하겠구나. 우리랑 있었으면 절대 얻지 못할 그런 삶을 살겠구나. 그래서 포기했다."

고개를 푹 숙인 천종환이 나지막한 한마디를 읊조렸다. 누군가에게 들려주는 말이라기보단, 자기 자신을 설득하는 듯한 한마디였다.

"난 섬사람이야."

천종환이 혼잣말처럼 읊조리고는 잠시 침묵을 지켰다. 방 안이 고요로 하얗게 물들었다. 회색빛 그의 머리카락에 천 바다의 시선이 머물렀다.

"섬사람의 생활이란 건 척박하기 그지없지. 여긴 배편도 일주일에 한 대가 온다. 그때 들어오는 물건들로 또 일주일을 사는 거야. 관광객이 많은 섬도 아니라서, 고기 잡는 것 외엔 돈벌이도 시원찮고."

"그거랑 아드님을 다시 보지 않기로 한 게 무슨 상관이에요?"

"난 곧 있으면 요양원 신세나 질 섬 늙은이지. 반면에 그 애는 성공한 사람이야. 내가 키웠으면 그렇게 훌륭하게 키우진 못했을 거야. 나랑 계속 살아봤자 그 애가 뭘 하겠니? 그 좋은 돈과 능력으로 내 수발이나 들게 할 순 없지."

천종환은 오래전 결심을 마친 사람처럼 단호한 표정이었다. 잠시 헛기침하던 그가 말을 이었다.

"그 애는 진짜 그 뒤로 어마어마하게 성공했어. 너희가 참가한 게임 있지? 그 게임을 만든 곳의 대표가 바로 그 애다. 아 참, 그 섬에 연락이 닿았으니 걱정은 마라. 해경에 전화해서 내일 너희를 보낸다고 하니 안심하더구나. 경찰이 그쪽에 연락도 해주기로 했다."

생각지도 못한 한마디가 토스트의 머리를 울렸다. 갑작스러운 발언에 토스트는 머리가 복잡해졌다. 경찰 같은 소리는 머리에 들어오지도 않았다.

천종환의 말이 맞다면 그는 자신의 할아버지였다. 그녀는 짐짓 태연한 표정을 지어 보이며 물었다.

"할아버지 아들이 대표라고요? 대표라면…… 마이클 천이요?"

"그래. 뭐, 그런 이름이었던 것 같구나."

토스트는 천종환의 얼굴을 새삼스럽게 다시 보게 되었다.

굵은 눈썹과 그 안에 자리 잡은 섬광 같은 눈빛. 그것은 그녀의 아버지인 마이클 천과 판박이나 다름없었다.

토스트는 생각했다.

자신의 아버지는 평생을 버림받았다고 생각하며 살았구나. 아버지에게 버림받은 아이로 그렇게 평생을 살았겠구나. 그렇게 생각하자 가슴 한구석이 꽉 조여들어 왔다. 그녀는 자신과 천종환이 혈연이란 사실을 밝히는 게 맞을지 잠시 고민했다. 그 노인은 이미 아들과의 관계를 단념한 사람이었다.

지금 와서 모든 얘기를 손녀에게 스스로 털어놓았다는 게 그에게 어떤 의미가 되는 것일까. 토스트의 생각을 알지 못하는 천종환이 다시 말을 꺼냈다.

"내가 괜히 재미없는 이야기를 주절거렸구나. 지진 때문에 물에 빠진 너희들을 보니 옛 생각이 났어. 게다가 내 아들이 만드는 방송의 주인공들 아니니?"

천종환은 쓸쓸한 표정이었다. 문 틈새로 들어오는 옅은 달빛이 그의 주름살 사이를 파고들었다. 그가 토스트를 바라보며 다시 말했다.

"더 자두거라. 자녀도와 부모도는 서로 연결된 자연 동굴이 있어. 해가 뜨고 물이 빠질 때쯤에 그 동굴을 통해서 부모도로 돌아가렴."

날이 밝은 후, 네 명은 완만한 해안가를 따라 동굴로 걸어
왔다. 동틀녘인데도 햇살은 떠오르지도 않았다. 곧 비를 몰아
칠 것 같은 먹장구름이 바다 너머까지 길게 뒤덮여 있었다.

동굴을 살펴보던 핫도그는 곤란한 표정으로 말했다.

"꼭 이 동굴로 내려가야 하는 거죠? 배로 갈 수는 없어
요?"

지하로 연결된 동굴의 출입구는 좁고 아득했다. 끝이 어
딘지 모를 구멍 속에서 물비린내 섞인 바람만 드나들 뿐이
었다. 천종환은 핫도그를 향해 답했다.

"어제도 말했지만 여긴 육지로 나가는 배편이 일주일에
한 대가 들어온다. 그리고 육지에서 부모도로 들어가는 배
편이 없어서 따로 구해야 해. 그마저도 날이 안 좋으면 배를
띄울 수가 없으니 언제 구할 수 있는지 모를 노릇이지."

천종환은 먹장구름이 뒤덮인 하늘을 올려다보았다. 곧
비라도 쏟아질 것 같은 우중충한 날씨였다. 동틀녘이라고
믿을 수 없을 만큼 어두웠다. 토스트는 그저 그 사이에서
침묵을 지켰다. 어젯밤 들은 이야기로 생각이 많아진 그녀
였다. 동굴을 유심히 지켜보던 은갈치는 천종환에게 질문

을 던졌다.

"이 안은 넓나요? 들어가는 건 겨우 들어갈 수 있을 것 같은데."

"제법 안전하고, 큰 동굴이야. 몇십 년 전에 큰 지진이 났을 때도 이 동굴만 무사했다. 혹시라도 부모도에서 죽을 위기가 생기면, 이 동굴 따라 자녀도로 다시 오면 돼. 껄껄껄."

은갈치는 천종환의 재미없는 농담에 납득했다는 듯 고개를 끄덕거리고 있었다.

"그러니까 여기가 부모도에서 탈출할 수 있는 비상 통로 역할을 할 수 있겠네요?"

"넌 뭘 고개를 끄덕거려. 당장 입구부터 못 들어가게 생겼구만."

"입구를 왜 못 들어가. 사람 한 명 정도는 충분히 들어가겠는데. 뭐가 문제야? 왜 내 휠체어 때문에? 어제 할아버지가 손봐줘서 완전 멀쩡해."

은갈치는 손으로 제 휠체어를 두들겼다. 가볍고 경쾌한 소리가 통통 울려 퍼졌다. 은갈치의 물음에 도리어 당황한 건 핫도그였다. 그는 아무런 말도 하지 못하고 그저 헛기침만 했다. 은갈치는 한심한 눈으로 말했다.

"갑자기 뭔 헛기침이야. 못 들어갈 것 같으면 네가 날 업

　　　　　　　　나는 엄마를 바꾸기로 했다

으면 되잖아. 일단 들어가면 어떻게든 될 것 같은데?"

은갈치의 말은 제법 타당하게 들렸다. 핫도그는 우물쭈물하며 답했다.

"그런데 은갈치. 내가 너 업어도 되는 거야? 그러니까 막 그렇게 업고 그래도 기분 안 나빠?"

핫도그답지 않은 세심함에 은갈치는 잠깐 웃고 말았다. 그가 미소를 띤 얼굴로 핫도그에게 답했다.

"야, 핫도그. 군자는 성인의 도움을 거절하지 않는다."

"그게 갑자기 무슨 소리야?"

"아무 때나 도와주려고 나대는 사람은 꼴불견이지만, 이런 상황이라면 당연히 도움을 받을 거란 얘기야. 너도 뭐가 신경이 쓰이면 그냥 말해. 그렇게 우물거린다고 네 속마음이 감춰지는 것도 아니고."

그때, 두 사람을 지켜보던 천종환이 대화에 끼어들었다.

"그래, 일단 들어가기만 하면 움직이는 데는 어려움이 없을 거다. 평지인 데다가 바닥도 매끈하거든. 대신 늦지 않게 달려야 할 거다."

"왜요?"

"이 동굴은 물이 빠졌을 때만 드나들 수 있거든. 썰물 때가 되면 물에 잠겨버려. 그래도 밀물 시간이 꽤 되니까 그사이에 부모도에 도착할 순 있을 게다."

천종환의 말이 끝나자 토스트가 침묵을 깨고 말을 꺼냈다.

"그러면 서둘러야겠네요. 가자. 핫도그, 은갈치."

두 사람을 재촉한 토스트는 천종환을 향해 고개를 숙였다.

"이제까지 감사했습니다. 나중에 또 올게요."

"됐다. 뭘 또 와. 자녀도는 다시 방문하기에 힘든 섬이야. 이렇게 스치며 만난 것만으로 충분한 인연인 거야."

토스트는 천종환을 들여다보았다. 그녀의 눈 속으로 물비린내 섞인 바람이 불고 있었다. 그 바람이 천종환의 잿빛 머리칼을 흔들고 있었다. 그 흔들림은 다른 모든 흔들림과 결이 조금 달라서, 토스트는 도리어 안정감을 느끼고 말았다.

이런 게 가족에게서 느끼는 편안함이라는 것일까. 미국에 있는 조부, 조모와는 또 다른 느낌이었다. 토스트는 제 마음속을 가만히 헤아렸다. 그리고 생각했다. 어쩌면 마이클 천이 자신을 먼저 지탱해주기 전에, 자신이 먼저 그의 버팀목이 되어줄 수도 있지 않을까.

이제까지 단 한 번도 그런 생각을 해본 적 없다는 것이 도리어 이상하게 느껴졌다. 잠시 고민하던 그녀는 다시 한번 고개를 숙였다.

"아니요. 꼭 다시 올게요. 그동안 조심히 잘 계세요."

나는 엄마를 바꾸기로 했다

토스트는 비장한 표정으로 그렇게 말했다. 천종환이 그녀를 말없이 그저 바라만 보았다.

7

긴급회의

토스트 일행이 사라진 밤, 부모도에선 수색 작업이 계속됐다. 주은은 반쯤 넋이 나간 채로 핫도그를 찾았다. 여유롭던 마이클 천도 초조한 기색이 역력했다. 한 참가자의 아버지는 스태프의 멱살을 잡고 항의했다. 자기 자식이 무사하단 사실을 확인한 몇몇 부모들은 비교적 안정을 되찾았고, 몇몇 부모들은 자기 자식보단 자신의 안위를 걱정했다. 모두의 분주함을 잦아들게 한 건 자녀도에서 닿은 한 통의 연락이었다. 자신을 자녀도 주민이라 밝힌 사람이 아이들을 보호하고 있으며, 오늘은 날이 어두우니 다음 날 부모도로 보내겠다고 설명했다. 해경을 통해 닿아온 소식이 부모도의 소란을 가까스로 잠재웠다.

그리고 다음 날, 부모도에선 긴급회의가 벌어졌다.

메인 스튜디오 지하엔 회의실로 사용할 수 있는 공간이 있었다. 마이크 천이 사무실로 사용하기 위해 따로 설계한 곳이었다. 입구 정면에는 대형 모니터가 세워져 있었고 그 옆으로는 붙박이장으로 설치된 책장들이 늘어서 있었다.

스태프들은 회의 준비로 분주했고, 마이클 천은 사무실 중앙 의자에 앉아 그 모습을 여유롭게 지켜보고 있었다.

그때, 주은이 마이클 천에게로 다가왔다.

"회의 장면도 쓴다고요?"

"그래. 주은 씨. 지금 우리가 가릴 수 있는 게 뭐가 있어요. 보아하니 앞으로 예정했던 게임도 다 생략해야 해요."

주은이 한숨을 쉬며 말했다.

"지금이라도 촬영 중단해야 합니다. 어디서 촬영하려고요? 메인 스튜디오는 지금 아예 사용할 수가 없잖아요. 이 지하층은 안전한 게 맞나요?"

"걱정하지 마세요. 내진 설계가 되어 있어서 사실 지상층도 안전합니다. 지하층은 말할 것도 없죠. 그리고 이 사무실 바로 옆에 촬영장으로 쓸 수 있는 공간이 몇 개 있어요. 그림 만들기에 좋지는 않겠지만……."

주은은 어처구니없는 표정을 숨길 수가 없었다.

참가자 중 세 명이 실종되었다. 그중 한 명은 마이클 천의 딸 천바다였다. 주은은 제 아들 바람의 실종 소식을 듣고 밤새 한숨도 잠들지 못한 터였다. 아침엔 식사도 제대로 하지 못한 채 침으로 약을 삼켰다. 도대체 마이클 천은 왜 이렇게 태연하단 말인가.

"마이클 천 대표님, 지금 방송이 중요해요? 참가자 중 세 명이 실종됐고, 스튜디오는 붕괴 직전입니다. 당장 육지에선 배도 못 들어오는 상황인데 무슨 방송을 계속한다는 거예요."

마이클 천이 주은의 눈을 마주 보았다.

"여긴 완벽하게 내진 설계가 되어 있다니까요. 상위권 숙소랑 똑같아요. 물론 필로티 구조라 조금 불안정하게 보이겠지만 안심해도 됩니다. 숙소가 멀쩡한 이상 여기도 멀쩡한 게 정상이에요."

그는 빙그레 웃으며 옷매무새를 정돈했다. 주은의 걱정을 완전히 무시하는 태도였다. 마이클 천은 그저 조용히 일어서서 사무실 중앙의 벽난로 옆에 섰다.

"보이는 모든 것을 의심하라. 세상이 온통 가능성이니까. 그것이 벽난로에 난 연기 구멍일지라도."

"갑자기 무슨 소리 하는 거예요. 촬영 중단 지시하셔야 한

나는 엄마를 바꾸기로 했다

다니까요."

마이클 천이 벽난로의 닫힌 문을 열었다. 철제로 된 문이 삐걱거리는 소리와 함께 그 내부가 드러났다. 새카만 재가 날려야 할 곳엔 뜻밖에 긴 구멍이 이어져 있었다.

"미국 시인의 시인데 별로인가요? 이거 벽난로가 아니라 동굴입니다. 처음 이곳에 도착했을 때 놀란 게 이 동굴이었죠. 섬 곳곳에 이런 동굴 입구가 열 몇 개나 있었거든요. 밀물 때면 물도 밀려 들어와요."

마이클 천은 그 동굴 안을 몇 번이고 다시 쳐다봤다.

"여기서 이렇게 회의하고 있으면 시간에 맞춰서 바다 냄새가 밀려 들어온다고요."

"그래서? 지금 그 얘기를 왜 하는 건데요?"

"난 이 섬이 적당히 구멍이 나 있어서 좋았어요. 어딘가 빈틈이 있는 거잖아? 완벽한 이야기란 건 재미가 없어요. 계획이 계획대로 다 이루어지는 것도 매력이 없죠. 지금 촬영도 마찬가지예요. 이렇게 삐걱거리고, 구멍이 있다는 건 방송이 재밌어지고 있다는 증거입니다."

주은은 마이클 천의 자신만만한 얼굴을 지그시 쳐다봤다. 그녀는 잠시 숨을 고른 뒤 마이클 천에게 답했다.

"대표님, 전 방송이 재미없을 거라는 얘기를 하는 게 아니에요. 지금 이 상황에서 촬영을 계속하는 건 안전하지 않다고 얘기하는 겁니다."

"안전은 내가 가장 걱정하고 있어요. 그래서 이렇게 참가자 부모님들 모아놓고 회의하는 거 아닙니까. 투표에 부쳐서 촬영 결정하려고요."

마이클 천은 그 어떤 것도 걱정되지 않는다는 표정으로 말을 이어갔다.

"육지에 연락해보니 당분간 지진이 다시 일어날 확률은 적다고 하더군요. 그리고 방금 외부를 통해 연락받았잖아요. 자녀도의 한 주민이 실종된 아이들을 보호하고 있었대요. 애들을 오늘쯤 이곳에 보낸다니까 촬영도 재개할 수 있어요."

그의 말을 들은 주은이 자신도 모르게 안도의 한숨을 내쉬었다. 밤새도록 주바름의 행방을 찾고 있던 그녀였다. 제작진과 협력하여 아들의 위치를 찾았지만, 부모도 어느 곳에서도 그의 모습을 발견할 수 없었다. 그나마 찾은 단서라곤 해변에 낙하하는 모습을 보았다는 몇몇 참가자의 증언뿐이었다.

"몸은 괜찮대요? 어떤 상태래요?"

"자녀도의 참가자들은 완전 멀쩡하다고 하네요. 그래도

일단 여기 와서 의료진들이 살펴보기로 했어요. 지금 육지로 나갈 배편이 마땅히 있는 것도 아니라서요."

"대표님, 배편이 없으면 섭외를 해야지 촬영을 하고 있어요?"

"이미 해봤어요. 근데 어제 지진이 난 데다가, 오늘은 날이 궂어서 배를 띄우기가 힘들다고 하더군요. 당분간은 배가 드나들 수가 없대요."

주은은 한숨을 쉬며 마이클 천을 바라보았다.

"마이클 천 대표님. 지금 촬영을 아예 중단해야 한다니까요? 이런 상황에 방송을 계속 진행할 거라고요? 투표 부쳐서 부모가 동의하면 다입니까? 이 상황을 어떻게 방송에 내보낼 건데요."

"동의 안 할 수도 있잖아요? 주은 씨, 이건 내가 단독으로 결정할 수 있는 문제가 아닙니다. 이렇게 방송 접으면 참가자랑 참가자 부모들이 얼씨구나 하고 반길 것 같아요?"

마이클 천이 주은의 어깨를 가볍게 두들겼다.

"그래. 계획을 바꿀게요. 게임도 최대한 줄이고, 이번 촬영은 〈엄빠게임〉 프리퀄 정도로 방영하는 걸로. 방송 편성도 좀 재조정해서 줄여야겠지만, 이번 방송을 아예 엎을 필요는 없는 거잖아. 모두를 위해서. 이 방송이 이렇게 쉽게 포기

할 일입니까? 여기 모인 사람들을 봐요."

마이클 천은 주변의 제작진들을 향해 고갯짓했다. 수십 명의 스태프가 마이클 천과 주은을 향해 시선을 집중하고 있었다. 주은은 입술을 깨물었다. 더 이상의 설득은 무의미했다. 마이클 천의 뜻은 이미 결정되어 있었고, 이 공간의 스태프들도 방송 촬영을 원하고 있었다. '모두를 위해서'라는 마이클 천의 말은 변명이 아니었다.

그때, 안병식 PD가 회의실로 들어오며 마이클 천과 주은 사이에 끼어들었다. 그는 마이클 천 옆에 다가가 대뜸 짝다리를 짚고 섰다.

"모처럼 대표님과 제가 생각이 맞군요. 주은 씨, 이걸 왜 방송에 다 내보냅니까? 적당히 편집하면 방송 계속 이어가는 그림 나와요. 무엇보다 이걸 왜 은 씨가 신경을 쓰는지를 모르겠네."

"제가 이 방송의 사회자니까요."

안병식 PD가 주은에게 바짝 붙어섰다.

"그러니까, 사회자가 왜 촬영 상황을 신경을 씁니까? 촬영을 재개하는 것도, 중단하는 것도 저랑 천 대표님이 상의할 일이죠. 제가 주은 씨 사회 볼 때 끼어들어서 말 시킵니까? 아니잖아."

말을 끝낸 안병식 PD가 스태프들을 향해 큰 목소리로 회의준비를 지시했다.

주은은 메인 작가가 다급하게 건넨 엉성한 쪽대본을 쳐다보았다. 급하게 프린트한 종이엔 간단한 상황과 대사만 몇 줄 적혀 있을 뿐이었다. 그녀가 제 이름 옆에 쓰여 있는 역할을 확인했다.

〈주은(사회자/핫도그 모친)〉

부모이자 사회자라는 역할을 맡은 '주은'이 오늘 자신이 이곳에서 보여줘야 할 캐릭터였다. 주은은 잠시 아득해졌다. 어떤 것이 지금, 이 순간 가장 '주은'다운 '주은'일까.

한편, 막내 작가 오케이는 회의실로 입실한 부모들을 앉혀놓고 현 상황을 브리핑했다.

"어제 실종된 세 아이는 모두 자녀도에서 구조되었다고 합니다. 그곳 주민이 발견했고 오늘 오전 중엔 부모도로 돌아올 수 있다고 해요. 건강도 괜찮다고 하고요."

그 얘기에 한 보호자가 안도의 한숨을 내쉬었다.

"어휴. 내가 못난 아비지. 뭐 한다고 애를 여기에 데려와서. 그나저나 그런 중요한 얘기를 왜 지금 알려주는 겁니까?

걱정하느라 밤새 한숨도 못 잔 거 몰라요?"

"죄송합니다. 저희도 상황이 너무 다급하게 돌아가서요. 다음 안내해드릴게요."

오케이가 상황 설명을 이어나갔다.

"다른 아이들도 모두 건강상 문제는 없는 것으로 확인했습니다. 안전한 곳에서 현재 휴식을 취하는 중이에요. 해경과 기상청에서는 여진 가능성이 작고, 주의하라는 당부만 전해왔습니다."

오케이 작가의 말에 일부가 안심한 표정으로 땀을 쓸었다. 하지만 몇몇은 별로 관심이 없다는 듯 퉁명스러운 표정이었다. 어느샌가 돌아가기 시작한 카메라는 그들의 무관심과 안도를 공평하게 촬영하고 있었다.

이윽고 마지막 안내가 이어졌다.

"어머님, 아버님. 지금 촬영하실 때, 애들 실종된 얘기랑 스튜디오 무너진 얘기는 절대, 절대, 절대 하시면 안 됩니다. 그건 극비 사항이에요. 이제 촬영 시작합니다."

준비를 마친 주은이 부모들 앞에 섰다.

그녀의 마음속으로 바름에 대한 걱정과 방송에 대한 압박이 동시에 몰아쳤다. 그런 주은의 마음은 아랑곳하지 않고 촬영용 조명이 섬광처럼 눈을 밝혔다. 회의실이 온통 새하

애졌다.

　사무용 가구를 모두 들어낸 자리에 모두가 둘러앉을 수 있는 타원형의 회의 테이블이 놓여있었고, 인원에 비해 지나치게 넓은 테이블엔 참가자 부모들이 서로 두서없이 앉아 있었다. 주은이 차분히 진행을 시작했다.

　"네, 어제 잠시 섬에 돌발 상황이 발생하여 모든 게임이 중단되었죠. 우리 제작진은 안전을 최우선으로 여기며 참가자, 그리고 참가자 보호자들에게 이 모든 상황을 긴급하게 전달했습니다."

　주은이 대본을 쳐다보며 잠시 속으로 헛웃음을 켰다. '안전을 최우선으로 여긴다'라는 그 말이 그렇게 우스울 수가 없었다.

　"〈엄빠게임〉 제작진은 혹시나 모를 사고 위험에 만전을 기하며 촬영하고 있습니다. 예기치 못한 자연재해였지만, 촬영 도중 발생한 일에 대해 심심한 사과의 말씀 먼저 드립니다."

　주은의 대사가 끝나자 부모들 사이에서 볼멘소리가 터져 나왔다. 이제 본격적인 촬영의 시작이었다. 쪽대본에 적힌 대사라고는 초반의 진행 멘트가 전부였다. 지금부턴 부모들과 주은이 자유로운 토론을 이어가야 했다. 이런 촬영에서 중요한 건 인위적인 연출을 최대한 배제하는 것이었다.

그때, 한 여자가 벌컥 소리를 질렀다.

"제기랄. 심심하긴 개뿔이 심심해! 지진도 멈췄다면서 왜 촬영 멈추고 다 대기하고 있어요? 얼른 끝내고 육지 나가야지!"

주은이 발언자의 얼굴을 물끄러미 쳐다보았다. 벌컥 성질을 낸 그녀는 킹크랩의 모친이었다.

"네, 참가자 킹크랩의 어머니시죠? 소중한 의견 감사드립니다. 다음부턴 발언하실 때 손을 먼저 들어주시면 감사하겠습니다."

주은의 말이 끝나자마자 킹크랩의 모친이 의자에 털썩 주저앉았다. 자기 말이 제지당한 게 기분 나쁜지 입은 비죽 튀어나온 채였다.

"소중한 의견 같은 소리 하네. 촬영 일정을 조정한다고? 뭐, 방송 일정 줄이고, 상금도 줄이려고? 출연료 따로 주기로 한 것도 잊진 않았죠?"

주은은 여유로운 웃음으로 상황을 다시 정리했다.

"전달해드렸다시피 이후 일정 조정을 무조건 하는 건 아니고요. 오늘 방송 촬영 진행에 대해서 먼저 부모님들 모시고 찬반 투표를 시행하려고 하는 겁니다. 가장 중요한 건 보호자들의 의견이잖아요. 우리 제작진은 부모님들의 의견을 경청하고자 합니다."

킹크랩의 모친이 탁상을 탁탁 내려치며 주은을 째려보았다. 기분 나쁜 소음이 회의실 전체에 울려 퍼졌다.

"아, 그래서 돈 주냐고요! 그게 내 의견이에요! 의견!"

주은이 그녀를 향해 차분한 목소리로 안내했다.

"상금과 촬영 일정 조정은 별개의 문제이니까 걱정하지 않으셔도 좋습니다. 또한, 출연료도요."

"그러면 얼른 찍고 끝내요. 빨리 끝내면 더 좋지. 이 재미 없는 섬에 계속 대기하고 있는 것도 지겨워 죽겠어."

킹크랩의 모친은 지금 당장이라도 자리를 박차고 나갈 기세였다. 카메라 사이에 서 있는 안병식 PD는 만족스러운 얼굴이었다. 그가 뽑고 싶은 좋은 그림이 지금 연출된 걸지도 모른다.

주은의 미간에 저절로 주름이 잡혔다. 킹크랩은 이미 전국적인 유명 인사였고, 안병식은 이 상황을 최대한 잘 이용하겠지. 그녀는 입을 다문 채 돌아가는 상황을 살폈다. 킹크랩 모친의 맞은편에 있던 남자가 별안간 벌떡 일어섰다.

"지금 그걸 말이라고 합니까? 이런 상황에서 무슨 촬영을 빨리해요!"

킹크랩의 모친이 그를 향해 손을 휘저었다. 조롱이라도

하는 것 같은 과장된 손놀림이었다.

"그러면 지금 이 상황에 촬영을 슬로우, 슬로우하게 할까요? 하하하하."

남자가 킹크랩의 모친을 향해 소리를 질렀다.

"지금 당신 애는 안전한 곳에 있었다고 이러는 겁니까? 도대체 다리도 불편한 애가 무슨 자녀도까지 간 건지……."

"저, 은갈치 아버님 되시죠? 아버님께서는 어떤 의견을……."

주은의 말은 두 사람의 언쟁에 묻히고 말았다.

"그러니까 그런 애를 왜 여기에 데리고 와?"

킹크랩의 모친은 끝까지 입을 비죽거리며 희롱을 했다. 은갈치의 아버지가 결국 삿대질까지 해대며 언성을 높였다.

"당신은 당신 애만 세상에서 제일 잘난 줄 알아? 우리 애도 전국체전에서 수영으로 1등 한 애야! 고등학교 1학년 때 기능사까지 딴 애고!"

"아, 그러셔? 대단하네요. 그런데 왜 그 귀한 아들 데리고 〈엄빠게임〉 같은 데를 나오셨을까? 혹시 버리고 싶으셨을까?"

은갈치의 부친은 무어라 더 항의하지 못하고 자리에 그냥 앉고 말았다. 그의 다리가 부들부들 떨리고 있었다. 안 PD가

나는 엄마를 바꾸기로 했다

촬영을 중단하라는 신호를 보냈다.

"커트! 커트! 끊고 촬영 다시 갑니다!"

그가 부드러운 표정을 지으며 회의 테이블 중앙으로 걸어왔다. 그의 안내는 정중했지만 고압적이었다.

"아버님, 정말 죄송하지만 애들 실종된 얘기는 하면 안 된다니까요. 일단 아까까지 멘트는 좋았으니까 그 부분만 자르고 다시 갑시다. 화나신 감정 좀 다시 살릴게요."

안병식이 주은에게 눈짓을 건넸다. 그녀는 황당한 표정의 보호자 사이에서 다시 진행을 이어나갔다.

"네. 두 분 모두 귀한 의견 감사드립니다. 다른 의견 있으신 보호자님들은 없으실까요?"

보호자들이 서로 눈치만 보았다. 안병식 PD의 발언이 함정이었다. 이 순간이 모두 촬영되고 있다는 사실을 안 PD가 상기시켜버렸다. 침묵 속에서 주은은 제작진을 살폈다. 안 PD는 주은의 시선을 무시한 채 작가에게 무어라 지시를 내렸다. 카메라 사이에 있는 프롬프터에서 글자가 떠올랐다.

[거수로 투표 진행! 보호자 간 충돌 발생할 수 있게 자연스럽게 유도! 오디오 조금 더 꽉 차게 해주세요!]

주은은 한숨을 내쉬며 고개를 끄덕거렸다. 자신에게 주어진 이 책무를 어찌 되었건 잘 소화해야 했다. 그녀가 보호자들에게 말했다.

"일단 촬영 속행에 대한 찬반 투표를 진행하도록 하겠습니다. 참가 인원이 짝수인 만큼 투표에서 의견이 동률을 기록하면 촬영은 속행하도록 하겠습니다. 투표는 거수로 진행합니다."

서로 힐끔거리기만 하던 보호자들 사이에서 수군거림이 번졌다. 한번 불이 붙은 소란은 단번에 활활 타올랐다. 불평불만이 곳곳에서 터져 나왔다.

"이 상황에 촬영 계속하자고 손들면 우리만 아주 나쁜 부모 되는 거 아니야?"

먼저 목소리를 높인 건 피자의 모친이었다.

피자 모친의 말이 끝나자 킹크랩의 모친이 비웃음을 날렸다. 명백히 공격적인 언사가 그들을 향해 쏟아졌다.

"한가하게 놀고들 있네. 여기 모인 전부가 모두 나쁜 부모 연놈들이지. 이런 방송 나와놓고 착한 부모라 칭송은 받고 싶나 봐요? 애새끼들 팔아서 돈 벌려고 왔으면 빨리빨리 진행이나 합시다. 난 찬성이요."

킹크랩의 어머니는 당당하게 손을 번쩍 들어 올렸다. 주은이 그 상황을 보며 진행을 이어나갔다.

"그러면 찬성 의견부터 손 들어주시면 됩니다."

　　　　　　　　나는 엄마를 바꾸기로 했다

킹크랩의 모친이 자신의 번쩍 든 손을 몇 번 휘젓기까지 했다. 그 손은 마치 다른 찬성표를 불러들이는 등대와 같았다. 망설이고 있던 다른 보호자들이 연달아 손을 들기 시작했다. 주은이 찬성표를 찬찬히 헤아렸다.

"찬성이 일단 다섯 분이네요."

킹크랩의 모친이 빙긋 웃어 보였다. 그녀가 째지는 음성으로 다른 보호자들에게 말을 걸었다.

"여기 내로남불인 머저리들이 몇 명 없어서 다행이네요. 그러면 촬영 속행합시다."

하지만 주은은 촬영이 속행된다는 안내를 하지 않았다. 그녀는 망설이는 표정으로 다른 보호자를 넌지시 지켜만 보고 있었다. 킹크랩의 모친이 답답한 듯 목소리를 높였다.

"뭐 해요, 빨리 안 움직이고? 지금 여기 열 명 중에 다섯 명이 찬성했잖아요. 그러니까 진행해야지!"

주은은 그 물음에 답하지 않았다. 그저 손을 들지 않은 다른 보호자들에게 차분히 말을 이어갔다.

"다른 다섯 분은 모두 반대이신 건가요?"

은갈치의 부친이 고개를 끄덕거렸다. 그 끄덕거림을 시작으로 다른 네 명의 부모도 동의의 고갯짓을 했다. 그 모습을 지켜보던 주은이 차분하게 말했다.

"저도 사회자이기 전에 참가자 핫도그의 부모로서 한 표를 행사할 권리가 있습니다."

그녀의 몸이 천천히 떨려왔다. 그건 아무도 눈치채지 못할 만큼의 미세한 떨림이었지만, 전신을 뒤흔드는 분명한 지진이었다. 주은이 결심을 끝낸 사람처럼 말했다.

"저는 촬영 재개를 반대합니다. 이러면 반대가 6표. 찬성이 5표로 촬영은 중단됩니다."

주은의 말에 회의실 전체가 소란스러워졌다. 그 소란은 비단 보호자들 사이에서만 일어나는 것이 아니었다. 제작진들도 서로를 쳐다보며 수군거렸다. 주은은 소란을 무시하고 진행을 이어나갔다.

"자, 그러면 긴급회의 결과를 최종 정리하겠습니다. 반대 6표, 찬성 5표로 촬영은 중단……."

"아니, 아니요. 아직 1표가 남아 있지 않습니까?"

주은의 말을 끊은 건 다름 아닌 마이클 천이었다. 제작진 사이에 섞여 있던 마이클 천이 카메라 프레임 안쪽으로 걸어 들어왔다. 그가 능글맞은 미소를 얼굴에 띠운 채 말을 이어갔다.

"저도 이 촬영의 총책임자이기 전에 토스트의 아버지로서 한 표를 행사할 권리가 있는 거 맞죠?"

나는 엄마를 바꾸기로 했다

주은이 말없이 마이클 천을 노려보았다. 마이클 천이 재차 방긋 웃으며 대답을 종용했다.

　"주은 사회자님. 저도 투표할 수 있는 거 아닌가요? 맞죠? 하하하."

　주은이 자신의 표정을 정돈하며 진행을 이어나갔다.

　"네. 마이클 천 대표님도 당연히 투표를 진행할 권리가 있으십니다. 그래서 찬성과 반대 둘 중에 어느 쪽에 투표하실 생각이신가요?"

8

비밀 Ⅱ

제작진과 모든 보호자가 숨죽여 마이클 천의 선택을 기다렸다. 그는 잠시 말을 멈추고 생각에 잠긴 듯 눈을 감았다. 그 의도된 침묵은 마치 관객 앞에 선 마술사의 쇼맨십 같았다.

잠시 후 요사스러운 미소가 정면의 카메라를 바라보며 말했다.

"저 마이클 천은 촬영을 다시 이어가는 것에 한 표 던지겠습니다."

말을 마친 그는 앞으로 몇 걸음 걸어갔다. 그의 발소리가 회의실 전체에 둔중하게 울려 퍼졌다.

"그냥 찬성하는 것이 아닙니다. 비록 인간이 예측할 수 없는 재해였지만, 어제 돌발 상황으로 인해 많은 반성과 숙고의 시간을 가졌습니다."

마이클 천이 카메라를 바라보며 구십 도로 허리를 굽혔다.

"약속드리겠습니다. 이제까지 그랬던 것처럼 참가자의 안전을 가장 최우선시하며 게임을 진행하겠습니다. 필요한 안전 요원과 의료진, 장비들이 모두 준비되어 있으며, 인근의 다른 육지보다도 현재 부모도가 훨씬 안전한 상황입니다. 앞으로도 모든 위기 상황에 철저하게 대비하며 촬영에 임하겠습니다. 고맙습니다."

말을 마친 마이클 천이 손뼉을 쳤다. 촬영 종료를 알리는 단말마의 박수 소리였다. 그 소리와 함께 프롬프터에 글자가 떠올랐다.

[보호자! 일제히 박수!]

보호자들 사이에서 어색한 박수갈채가 퍼져나갔다. 스태프들이 분주하게 촬영장을 정리하기 시작했고, 안병식 PD가 감탄하며 걸어 나왔다.

"아, 멋졌어요. 멋졌어. 마지막에 두 분이 아주 케미가 죽이시던데요? 대본도 없이 즉흥적으로 딱! 딱! 천 대표님, 마무리까지 완벽했어요."

그의 표정은 흡족해 보였다. 안병식의 만족스러운 얼굴은 주은을 역하게 만들었다. 그녀가 참지 못하고 마이클 천의 옷소매를 잡아끌었다.

"천 대표님. 잠깐 얘기 좀 하죠?"

사람이 모두 빠져나간 회의실엔 적막감이 감돌았다. 회의실 안에선 미약하지만, 물비린내가 퍼지고 있었다. 벽난로 속 동굴에 밀물이 들어오는 시간인 듯했다. 마이클 천이 말했다.

"나랑 무슨 얘기 더 하고 싶어서? 우리가 그렇게 할 얘기가 많아?"

"촬영 진짜로 할 거야?"

"당연한 얘기를 왜 물어봐. 이미 결정이 난 사항이잖아. 리얼하게 그림 잘 뽑아놓고 왜 이래?"

마이클 천의 무심한 대답에 주은은 더욱 열 받고 말았다. 그녀가 마이클 천을 몰아붙였다.

"말은 잘하더라? 토스트의 아버지로서 한 표를 행사할 권리가 있다? 네 딸도 지금 부모도에 없는 건 잘 알고 있는 거지? 적어도 네 딸 돌아올 때까진 안 하겠다 하는 게 맞잖아. 아니야?"

"방송이 장난이 아니잖아. 이 방송 하나 찍자고 지금 몇 명이 달라붙었어? 이미 지연된 일정에, 이후 생략할 촬영 생각하면 나도 많이 양보한 거야."

"방송은 장난이 아니고, 인생은 장난이니? 네 딸 팔아서 방송 그렇게 진행하고 싶어?"

마이클 천이 주은을 뚫어지게 쳐다보았다. 그가 입술을 깨물며 차분히 대답했다.

"넌 몰라. 내가 어떤 압박감 속에서 사는지."

"그게 지금 내가 알아야 하는 거야?"

"서로 아들, 딸 팔아서 방송하는 처지에 알아야 하는 거 아니야?"

마이클 천이 크게 심호흡했다. 그의 눈동자 위로 붉은 핏발이 서서히 달라붙었다. 그가 낮고, 차분한 목소리로 주은에게 일렀다.

"미국에서 사는 삶을 네가 알아? 동양인 소수자로 늘 의심받으며 사는 삶을 아냐고. 인생이 장난이냐고? 아니, 당연히 아니지. 인생은 늘 내게 무진장 어려웠어. 난 늘 실패자였으니까."

주은이 가소롭다는 듯 마이클 천을 비웃었다.

"넌 그냥 성공 중독자야. 20년 전에도 내가 말했지. 도대체 뭘 바라면서 일하냐고. 넌 이미 그때도 성공한 프로듀서였어. 그전엔 아이비리그의 대학생이었고, 그보다 더 어릴 적엔 중산층 백인 가정에서 호의호식하며 컸잖아. 네 삶에서 넌 실패자였던 적이 없어. 네가 느끼는 압박감은 네가 스스로 만든 거야."

"네가 내 삶을 어떻게 알아! 그 백인들 사이에서 난 언제나 철저히 이방인이었어. 빌어먹을 아이비리그? 거기에 동양인이 몇이나 될 것 같아? 중산층 백인 가정? 난 집에서도 혼자 노란색 얼굴이었어. 억만장자가 된 지금은 뭐가 다를 것 같아? 내가 사는 동네에 동양인은 나 혼자뿐이야. 주은, 네가 뭔데 내 삶을 멋대로 논해."

주은이 깊게 한숨을 내쉬었다. 한 일 자 짙은 주름이 그녀의 이마에 새겨졌다.

"그렇다고 네 인생이 실패자라는 게 말이 돼? 네 인생이 늘 압박에 시달릴 필요는 없잖아. 물론 어릴 땐 그럴 수 있다고 쳐. 근데 마이클, 지금은 아니야. 네게 채찍질을 가하는 건 너 자신이란 얘기를 왜 못 받아들이는데? 대체 뭐가 두려워?"

잠시 숨을 고른 주은이 마이클 천에게 말을 이어갔다.

"내가 네 삶을 몰라? 마이클, 내가 정말 너를, 네가 살아온 얘기를 몰라? 난 너의 가장 중요한 사람이었어."

마이클 천이 주은의 말에 코웃음을 쳤다.

"아득한 옛날 일로 다 아는 척하지 마. 진짜 웃기지도 않는군. 우리 사이에 일을 지금 꺼내보자는 거야?"

"마이클, 그런 얘기가 아니잖아."

"그러면 무슨 얘기인데."

"됐어. 더 할 얘기는 없는 것 같다. 마이클, 너 지금 너무 흥분했어."

마이클 천이 주은에게 한 걸음 걸어왔다. 붉게 달아오른 두 볼이 주은을 향했다.

"아니야, 주은. 나 침착해. 툭 까놓고 말하자. 내 딸 걱정 안 되냐고? 넌 그러면 바다 걱정 안 돼? 아무런 느낌이 안 들어?"

주은은 말없이 마이클 천을 쳐다보았다.

회의실 전체에 아주 가늘게 진동이 퍼져왔다. 전날의 지진과는 비교도 할 수 없을 정도의 미세한 떨림이었다. 회의실이 조용하지 않았더라면 알아차릴 수 없을 정도로 작은 흔들림이었다. 그런데 마이클 천의 반응이 심상치 않았다. 붉게 달아올라 있던 안색이 얼음을 끼얹은 듯 순식간에 창백해졌다. 회의실의 진동은 이미 멎은 뒤였는데, 마이클 천은 오히려 더 심하게 몸을 떨고 있었다. 그는 입 안쪽을 꽉 깨물며 주은에게 말을 간신히 뱉고 있었다.

"야, 야, 주은……. 바다 네 딸이기도…… 하잖아. 우리 둘, 딸이잖아. 어떻게 그렇게 뻔뻔하게……."

주은은 대꾸하지 않고 마이클 천에게 다가갔다. 그녀가 마이클 천을 끌어안으며 진정시켰다.

"말하지 말고 앉아. 뭐야. 마이클, 너 언제부터 이랬어. 갑자기 뭐가 문제야."

"지, 지진……. 흐, 흔들리는 건, 정말 쥐, 쥐약인데……."

주은이 다급하게 마이클 천을 주저앉혔다. 그녀가 마이클 천의 등을 쓸어내리며 말했다.

"가만히 있어. 공황이 올 때 흥분하면 더 안 좋아. 지진이 문제인 거야? 그러면 도대체 어제랑 오늘은 어떻게 버틴 거야?"

그녀가 입고 있던 재킷의 속주머니를 뒤져 알약 한 통을 꺼냈다.

"먹어, 마이클. 공황 장애 시 비상 복용하는 약이야. 내가 먹는 약이라 너랑 맞을진 잘 모르겠지만."

주은이 마이클 천을 천천히 다독였다. 그리고 그를 바닥에 눕혔다. 소파도, 침대도 없는 회의실인지라 그 방법이 최선이었다. 마이클 천이 멍한 눈으로 주은에게 말을 이어갔다.

"바름…… 주바름 혹시 내 아들이야?"

나는 엄마를 바꾸기로 했다

주은이 고개를 가볍게 저으며 마이클 천을 쳐다보았다. 그가 회의실 한편에서 무릎 담요를 꺼내와 마이클 천에게 덮어주었다.

"개떡 같은 정신으로 개떡 같은 질문이나 하네. 조금 쉬다 가."

"내 아들…… 맞구나?"

"그런 질문에 답해줄 의무 없습니다. 마이클 천 대표님. 바다랑 바름이가 동갑인데 어떻게 바름이가 네 아들일 수 있어."

마이클 천이 비릿한 웃음을 날렸다.

"오래 안 만났다고 네 딸 나이도 까먹었어? 바다는 스무 살이야. 미국이랑 한국이 학제가 달라서 1년 쉬고 고2로 들어왔을 뿐이지……."

"농담한 거야. 설마 내가 걔 나이까지 잊어먹었겠어. 됐어, 말 길게 하지 말고 쉬어. 나 가볼게."

마이클 천이 손을 뻗어 떠나는 주은의 소매를 붙들었다. 그와 그녀의 옷소매가 가늘지만, 분명하게 흔들렸다.

"내 질문에 답하고 가."

"너 이 게임 만들 때 전통적 가족을 해체하고 어쩌고 그러지 않았어? 혈연으로 평생 부모, 자식 되는 게 이상하다며?

왜 그렇게 아들에 집착해?"

주은이 싸늘한 눈으로 마이클 천의 팔을 치워버렸다.

"네가 찾고 싶은 게 네 아들인 건지. 네가 끝끝내 인정 못하는 네 콤플렉스인지 정확히 생각해봐. 옛 애인으로서 건네는 진지한 충고야."

"충고 말고…… 대답을 하라고."

"네 아들 아니야. 됐지. 집착 말고 쉬어. 마이클 너 아직 상태 안 좋네."

주은이 마이클 천을 놔두고 회의실 바깥으로 빠져나갔다. 그녀의 뒷모습을 헤아리던 마이클이 무릎 담요를 집어 던졌다. 그도 얼마 지나지 않아 회의실을 따라나섰다.

그런데 마이클 천과 주은의 대화를 한편에서 지켜보는 눈동자가 있었다.

벽난로 안쪽에서 몸을 수그린 채 주은과 마이클 천의 대화를 엿들은 사람. 그들은 바로 핫도그, 토스트, 은갈치였다.

한껏 웅숭크린 세 사람이 모든 대화를 경청하고 있었다.

3부

최종 미션 : 복마전

1

복마전

핫도그는 머리 위로 쏟아진 창백한 조명을 바라보았다. 부모도에 있는 모든 스튜디오 중에서 가장 열악한 시설이었다. 본 촬영용으로 제작된 스튜디오가 아니라 예비 시설로 활용하는 연습 스튜디오였다. 넓고 휑한 공간에 제작진들이 정신없이 움직이고 있었다. 아무것도 세팅된 것이 없어서 더욱 분주한 듯 보였다. 낡은 창고에서 날 법한 먼지 냄새만 스튜디오 전체를 가득 채웠다.

세 사람이 부모도로 돌아온 후 몇 시간도 지나지 않아 촬영이 재개되었다.

핫도그는 멀지 않은 곳에 있는 토스트의 옆얼굴을 곁눈질했다. 눈치챌 만큼 뚫어지게 쳐다보고 있었음에도 토스트는 아는 체하지 않았다. 어쩐지 생각이 많아 보이는 표정이었다. 물론, 핫도그도 꽤 마음이 복잡한 상태였다. 토스트가 정말로 스무 살이었으며, 제 어머니 주은의 딸이라는 것. 그 예기치 못한 진실이 두 사람 모두를 난처하게 뒤흔들었다. 그때, 은갈치가 한껏 깔린 목소리로 핫도그에게 말을 걸었다.

"토스트 쟤는 왜 갑자기 조용해졌냐? 아까 복도에서 말 걸었는데 무시하고 가던데?"

"내버려 둬. 생각이 복잡한가 보지."

"넌 생각 안 복잡해? 그러니까 쟤랑 너랑……."

은갈치는 하던 말을 멈추고 갑자기 핫도그와 토스트를 각각 손으로 가리켰다. 그 손가락질에 결국 핫도그가 성질을 냈다.

"어디 가서 말하지 마라. 티도 내지 말고."

은갈치가 핫도그의 허벅지를 찔렀다.

"야 핫도그, 지금 너 때문에 다 들키게 생겼는데."

아닌 게 아니라 다른 참가자들은 모두 입을 다문 채 둘을 쳐다보고 있었다. 그들은 마지막 게임을 준비하며 촬영을 기다리는 상태였다. 식사도 부족한 상황에서 감점까지 당한 터라 분위기가 좋지 않았다. 가라앉은 공기 속에서도 혼자 이죽거리는 사람은 있었다.

"너희는 다 같이 어딜 갔다 오더니 엄청 절친이 됐다? 근데 왜 쟤는 혼자 왕따가 됐냐?"

자신만만한 목소리로 다가온 건 킹크랩이었다. 모든 참가자 중 유일하게 감점당하지 않은 사람. 킹크랩은 전체 등수에서 단독 2등으로 자리 잡은 상태였다.

"너희가 삽질한 덕분에 등수가 많이 올랐어. 야, 어차피 지진 때문에 촬영도 짧게 끝나는 거 뭐 다들 음식을 빼돌리겠다고 난리를 쳐서⋯⋯."

킹크랩의 말에 대답한 건 멀리 서 있던 삼계탕이었다. 그가 목에 핏대를 세우며 소리 질렀다.

"입 다물어라. 그때 지진이 날 줄 누가 알았어? 그리고 그렇게 일러바칠 거라고 누가 생각이나 했어? 혹시 알아? 너도 같이 꼰지른 건데 토스트만 억울하게 누명 뒤집어쓴 건지?"

킹크랩이 삼계탕을 보며 해맑게 웃어 보였다. 지나치게 맑아서 기분을 언짢게 만드는 미소였다.

"멋대로 생각하십시오. 중위권이시여. 아, 중상위권으로 정정해줄까? 어차피 내 밑인 건 똑같겠지만."

"이 X발! 진짜 뒤질래?"

둘이 싸움을 벌이려는 그 순간, 오케이 작가가 이후 진행을 안내하기 위해 참가자들에게 다가왔다.

"둘 다 그만 싸워! 그리고 순위도 아직 정리 안 됐어! 말했듯이 이번 방송은 〈엄빠게임〉 시즌 0 프리퀄로 방영이 될 거야. 본 촬영도 오늘로 마무리니까 열심히들 하자! 알겠어?"

참가자 사이에서 맥 빠진 대답이 터져 나왔다.

"네."

"알겠습니다."

오케이 작가가 참가자들을 향해 큰 목소리로 독려했다.

"예상치 못한 상황이 많이 발생해서 미안하게 됐고. 이번이 진짜 마지막이니까 조금만 힘내자!"

핫도그는 여전히 곁눈질로 토스트를 쳐다보고 있었다. 여러 생각이 스쳐 지나갔다. 주은과 마이클 천은 어떻게 연인이 됐을까. 천바다를 언제 낳았을까. 왜 떨어지게 됐을까. 짐작해보자면 그때의 두 사람은 지금의 핫도그보다 고작 10살 정도 많은 나이였다. 둘에게도 둘만의 미숙함이란 게 있었을까.

핫도그가 이런 생각을 하는 와중에 본격적인 마지막 게임의 서막이 올랐다.

주은이 스튜디오 정중앙으로 천천히 걸어 나왔다. 그녀의 등 뒤로 수십 대의 카메라가 늘어서 있었고, 촬영용 조명이 태양처럼 눈을 밝혔다. 섬광의 중심에서 그녀가 우렁찬 목

나는 엄마를 바꾸기로 했다

소리로 게임의 시작을 알렸다.

"숨 가쁘게 진행해오던 〈엄빠게임〉! 마침내 프리퀄의 최종장으로 돌입했습니다! 현재 순위는 이상과 같습니다!"

주은이 오른쪽 벽면을 향해 손을 뻗었다. 그곳엔 대형 스크린이 있었고, 1등부터 12등까지의 순위가 화면에 천천히 띄워졌다.

1등 : 토스트

2등 : 킹크랩

3등 : 삼계탕

4등 : 핫도그

5등 : 은갈치

6등 : 피자

7등 : 김치찌개

8등 : 불고기

9등 : 팟타이

10등 : 만두

11등 : 짜장면

12등 : 치즈버거

스크린 아래로 걸어간 주은이 설명을 다시 이어나갔다. 1등부터 12등까지 순서대로 쏟아진 불빛이 그녀의 머리카락을 적셨다.

"최종 게임에서의 점수, 이후 벌어진 추가, 마이너스 점수를 합산한 현황입니다! 이번 게임의 결과로 등수가 완전히 달라질 수도 있습니다!"

주은의 말이 끝나자마자 천장 조명이 가쁘게 스튜디오의 한편에 몰려들었다. 누구도 의식하고 있지 않던 오른편에는 거대한 원형의 모래판이 있었다. 그 동그라미는 씨름 경기장처럼 보였다. 주변에서 수군거림이 번지고, 피자와 친구들이 소리쳤다.

"뭐야. 씨름이야? 이러면 남자애들이 완전 유리하잖아."

"진짜 장난하는 것도 아니고."

주은이 소란을 진정시키며 진행을 계속 이어나갔다. 환한 조명 사이에서 그녀의 표정은 무척 여유로웠다.

"이번 게임은 씨름이 아닙니다. 힘을 사용한 대결이긴 하지만, 꼭 힘이 센 사람이 유리한 것도 아닙니다."

그녀가 다시 한번 대형 전광판에 손을 뻗었다. 등수가 떠 있던 화면이 순식간에 전환되었다. 그곳에서 재생된 것은 기마전을 하는 운동회 장면이었다. 주은이 그 화면 아래에서 게임을 설명했다.

"한국인이라면 누구나 다 해봤을 게임이죠? 4:4:4 '기마전'이 〈엄빠게임〉의 마지막 게임입니다!"

주은의 말이 끝남과 동시에 마이클 천의 목소리가 울려 퍼졌다. 참가자 쪽으로 걸어오는 그를 향해 조명이 일제히 집중되었다. 마이클이 우렁찬 목소리로 게임 취지를 설명하였다.

"게임을 오픈할 때 말했던 것처럼 이번 〈엄빠게임〉을 통해 새로운 가족의 모습을 제시해보고 싶었습니다. 그저 낳았다는 이유로 평생을 같이 살아야 한다는 통념을 뒤집고 싶었죠. 부모는 자식을 선택한 적이 없고, 자식도 부모를 선택한 적이 없지 않습니까?"

잠시 숨을 고른 마이클 천이 손을 쭉 뻗었다. 그가 가리킨 곳으로 핀 조명이 불을 밝혔다. 빛이 쏟아지는 곳엔 참가자들의 부모가 있었다. 마이클 천이 참가자와 참가자 부모의 얼굴을 번갈아 쳐다보다가 이내 말을 이어갔다.

"제가 언제나 우려하는 건 정상 가족이란 이상한 히스테리입니다. 반드시 같이 가정을 이루고 살아야 한다는 강박. 아들, 딸, 엄마, 아빠 네 명의 가정이 정상적인 가정의 모습이란 희한한 믿음."

마이클 천이 말을 이어가기 전에 잠시 침묵을 지켰다. 다른 사람들은 그것이 의도된 고요라고 받아들였겠지만, 주은은 그의 떨리는 손동작을 보았다. 마이클 천은 아무도 모르게 조금 떨고 있었다. 공황의 후유증이 아직 남아 있는 게 분명했다. 티를 내려 하지 않는 마이클 천의 뒷모습은 주은이 생각했던 것보다 작고 초라했다. 머리 사이엔 감출 수 없는 새치가 있었고, 안쪽으로 말린 어깨는 다소 구부정했다.

주은은 그의 뒤통수를 노려보며 생각했다. 이상적인 가족을 부정하는 마이클 천, 주바름이 자기 친아들이냐고 재차 물어보는 마이클 천. 두 마이클 천 사이의 간극에 대해서.

그러다가 주은은 문득 떠올리고 말았다. 가족을 부정하는 사람이야말로 가족을 누구보다 그리워하는 사람일지도 모른다는 생각을. 부정과 긍정은 동전의 양면 같은 것이니까.

그녀의 생각과 무관한 자리에서 마이클 천은 마지막 대사를 이어갔다.

"오늘 기마전은 바로 그 거짓된 믿음을 부수는 상징입니다! 부딪히세요! 깨부수세요! 쟁취하세요! 당신이 원하는 이상적인 가족의 모습을!"

기마전 영상이 재생되던 화면엔 〈엄빠게임〉이라는 글자가 화려한 핑크색으로 떠올랐다. 촬영장 전체에 밝고, 경쾌한 음악이 울려 퍼졌고 주은이 그 사이에서 다시 진행을 이

나는 엄마를 바꾸기로 했다

어갔다.

"이번 기마전은 팀전입니다. 각 팀당 4명의 인원이 편성되며, 총 3개의 팀이 4:4:4로 경쟁하게 됩니다."

주은이 참가자들을 둘러보다가 토스트, 킹크랩, 삼계탕을 지목했다.

"토스트, 킹크랩, 삼계탕. 1등부터 3등까지의 참가자들은 여기 맨 앞으로 나와서 서주십시오."

킹크랩이 자신만만한 표정으로 가장 먼저 앞으로 나섰다. 토스트와 삼계탕이 주변을 두리번거리며 그 뒤를 따랐다. 세 명이 나란히 서자 주은이 설명을 이어갔다.

"이 앞에 선 3명은 이번 팀 미션에서 각 팀의 리더를 맡게 됩니다. 먼저 1등인 토스트부터 팀원을 지목하시면 되는데요. 지목당했다고 무조건 팀이 되면 억울할 수 있겠죠?"

주은이 대답을 기다리는 제스처를 취했다. 이번에도 피자가 제일 먼저 소리를 질렀다.

"당연하죠! 토스트랑 어떻게 같이 팀을 해요! 이미 뒤통수 친 애랑!"

피자를 선두로 곳곳에서 아우성이 터져 나왔다. 킹크랩은 비겁한 방관자였지만 토스트는 적극적인 밀고자였다. 다른 참가자들은 토스트와 팀을 이룰 생각이 전혀 없었다.

핫도그는 조용히 그들의 모습을 지켜보았다. 사실 생각해 보면 부실하게 음식을 제공한 것도 제작진이며, 상위권 숙소의 식사를 빼돌렸다며 점수를 깎은 것도 제작진이다. 그런데 아이들은 제작진의 명령은 군말 없이 따르면서 토스트만 죽일 듯이 노려보았다. 핫도그는 그 사실이 마음에 들지 않았다.

주은은 참가자들을 잠시 저지하고 나섰다.

"같이 하기 싫은 리더가 있을 수 있다는 여러분의 심경을 충분히 이해합니다. 이를 반영하여 모든 참가자에게 거부권을 한 장씩 드리겠습니다. 만일 지목당하더라도 한 번은 거부할 수 있습니다."

그 말을 들은 참가자들이 떨떠름한 표정으로 고개를 주억거렸다. 이어서 주은이 게임의 배점 방식을 다시 설명했다.

"본 게임은 앞선 게임처럼 MVP 점수와 희생 점수가 추가로 부여됩니다. 만일 기마전에서 제일 먼저 패배했더라도 실망하지 마세요. 최선을 다해 인상적인 모습을 남겼다면 추가 점수를 부여받을 수 있습니다. 또한, 현재 1등인 토스트와 같은 팀이더라도 이러한 개인 점수를 통해 전체 등수 역전이 가능합니다."

주은의 설명에도 참가자들은 불만족스러워 보이는 얼굴

나는 엄마를 바꾸기로 했다

이었다. 여기 있는 참가자 중 대부분은 이제까지 단 한 차례도 선두권에 진입해본 적 없었다. 이런 상황에서 개인 추가 점수를 통해 선두권을 따라잡으라는 것은 어불성설이었다. 그런 게 가능한 건 중위권의 일부 참가자밖에 없을 것이다.

따라서 참가자 대부분에게는 토스트와 함께 팀을 이루기보단, 토스트의 적군이 되어 그녀를 추락시키는 게 더욱 영리한 전략이었다.

이윽고, 주은이 토스트를 참가자들 정면으로 불러세웠다.

"자, 팀 구성은 1등인 토스트부터 진행됩니다. 등수에 따라 원하는 참가자를 차례대로 지목하면 됩니다. 만일 거부권을 행사하고 싶은 참가자가 있다면 손을 들고 말해주십시오."

토스트를 향해 천장 조명이 쏟아졌다. 그녀가 숨을 고르며 한 사람을 향해 손을 뻗었다. 토스트가 지목한 것은 작지만 단단한 체구의 남성 참가자였다.

"저는 치즈버거를 팀원으로 지목하겠습니다."

토스트에게 지목당한 치즈버거가 당황스러운 표정으로 그녀를 쳐다봤다. 주은은 토스트에게 마이크를 건네며 인터뷰를 진행했다.

"치즈버거 참가자를 팀원으로 지목한 이유가 있을까요?"

토스트는 망설이지 않고 단번에 말을 이어갔다.

"선택의 바다에서 치즈버거는 끈기 있는 모습과 뛰어난 체력으로 선두권에서 경쟁하고 있던 참가자였습니다. 비록 파도에 휩쓸려 완주하지 못했지만, 그 모습이 인상적이었습니다."

토스트의 말이 끝나자 제작진 사이에서 약간의 소란이 일었다. 안병식 PD가 작가들을 향해 무어라 지시하기 시작했고, 곧이어 프롬프터 위에 글자가 떠올랐다.

[치즈버거가 꼴등인 것도 지목 이유에 포함되느냐고 물어보세요!]

주은은 잠시 난처한 표정을 지었지만, 이내 여유로운 미소를 지어 보였다. 그녀가 멘트를 적당히 갈무리해서 토스트에게 다시 물었다.

"혹시 치즈버거 참가자를 선택한 것에는 등수에 대한 고려도 있었을까요?"

토스트는 좀 전과는 다르게 망설이며 대답에 뜸을 들였다.

당연히 치즈버거를 고른 것엔 등수에 대한 고려도 있었다. 이번 게임에서 승리를 거둔다면 토스트는 사실상 1등을 확정하는 것이었다. 치즈버거에 대한 평가도 사실이었지만 등수가 전혀 영향을 미치지 않았다고 말한다면 거짓이었다.

나는 엄마를 바꾸기로 했다

토스트가 한참을 우물쭈물하자 치즈버거가 큰 목소리로 반발했다.

"아씨! 내가 꼴등이라서 골랐다는 말이 그렇게 어렵냐? 어차피 나도 너랑 같은 팀 할 생각 없었거든? 저 거부권 쓸게요!"

주은이 고개를 끄덕거리며 거부권 행사를 받아들였다. 그것은 단지 시작에 불과했다. 치즈버거 이후로도 연이어 3명의 참가자가 그녀와 팀을 이루기 싫다고 거부 의사를 밝혔다. 스튜디오 전체에 어색함이 감돌았으나, 그 분위기를 깨면서 웃고 있는 사람도 있었다. 킹크랩이 모두를 향해 웃으며 말했다.

"이 정도면 토스트가 참가자를 지목하기 전에, 어떤 참가자가 토스트와 같은 팀을 하고 싶은지 먼저 얘기해야 하는 거 아니에요? 쓸데없이 진행만 늘어지는데? 크하하."

그 말에 핫도그는 킹크랩을 물끄러미 쳐다볼 수밖에 없었다. 그의 음성은 명백한 조롱이었다. 촬영용으로 연출한 캐릭터인지, 진심인지 분간이 가지 않았다.

사실 그 애의 무례보다는그 옆에 선 토스트의 표정이 괜스레 신경 쓰였다. 그 애가 동굴에서 들려준 얘기가 생각났기 때문이다.

이건 자녀도에서 부모도로 돌아올 때의 일이다.

물비린내가 점점 차오르는 동굴, 어둠 속에서 가느다랗고 여린 햇살이 세 사람의 유일한 이정표가 되어주었다. 정말 부모도로 갈 수 있는 것일까. 처음 가보는 길에 대한 두려움이 모두를 더욱 가깝게 붙어 걷게 했다.

한참 말없이 걷던 중에 침묵을 깬 건 핫도그였다.

"토스트 너는 근데 도대체 이 게임을 왜 그렇게 열심히 해? 애들을 배신하면서까지? 넌 어차피 1등 해도 얻는 게 없잖아. 마이클 천한테 이미 다 받았을 테니까. 10억 정도는 이미 갖고 있지 않나?"

"나도 내 통장 잔고 몰라."

토스트는 생각이 많은 표정으로 핫도그에게 말했다.

"나는 아빠한테 뭘 받은 기억 없어. 우린 그냥 한집에 같이 사는 사람들이지. 서로 돌보지 않는 두 사람이 그냥 한집에만 사는 거야. 이런 얘기 해도 되나?"

"무슨 얘기?"

토스트는 핫도그를 쳐다보면서 뜸을 들였다. 그런 토스트를 핫도그가 재촉했다.

"왜 말을 하다 말아?"

토스트가 핫도그의 물음이 짜증 난다는 듯 툭 하고 대답

나는 엄마를 바꾸기로 했다

을 이어갔다.

"아씨, 난 내 속옷도 집안일 하는 아줌마가 처음 사주셨어. 마이클 천은 그런 사람이야. 자기 인생, 자기 일만 아는 사람."

"속, 속옷? 아, 그래. 그 속옷. 그래, 그렇구나. 물어봐서 미안."

"뭘 미안해. 내가 얘기한 건데."

토스트는 가만히 생각에 빠진 표정으로 말을 이어갔다. 그녀의 눈 속을 동굴의 어둠이 보살피고 있었다. 희미한 어둠과 누군가 같이 있다는 사실이 토스트의 마음을 편안하게 만들었다.

"아빠와 함께 산다는 건 그냥 나를 부정당하는 기분이야. 나란 사람이 여기 없는 기분이 되어버려. 그러면 내 삶이, 나란 사람이 평생 부정당했다는 생각까지 들지. 그러다 결론은 그냥 내 삶은, 내 거는, 내가 잘 챙기고 살아야겠구나."

"그게 여기 나온 이유야?"

"응. 마이클 천의 재산은 다 내 거야."

그때, 곁에 있던 은갈치가 토스트를 향해 무심히 대꾸했다.

"마이클 천이 다 네 거라고?"

토스트가 가볍게 은갈치의 어깨를 두드렸다.

"뭐라는 거야."

셋이 동굴에서 나눈 대화가 왜 이 순간 떠오르는지는 모를 일이다. 핫도그는 무심히 서 있는 토스트의 얼굴을 기웃거렸다. '평생' '부정'당한 기분이라던 말이 그의 머릿속에 맴돌았다.

그때, 킹크랩의 큰 목소리가 핫도그를 현실로 잡아 끌어내었다.

"그냥 거부 안 할 사람을 손들라고 하고 끝내죠? 거수로 하는 게 빠를 것 같은데?"

카메라 사이에 선 안병식 PD가 어쩐지 흡족한 미소를 띠었다. 상황이 재밌게 돌아간다고 생각하는 얼굴이었다. 주은이 하는 수 없이 남은 참가자들을 향해 말했다.

"그러면 토스트와 함께 팀을 이룰 사람을 거수로 정하도록 하겠습니다."

주은의 말이 끝났음에도 그 누구도 손을 들지 않았다. 남은 몇 명의 참가자들은 그저 서로 눈치만 보고 있을 뿐이었다. 첨예한 대치를 깨부순 건 은갈치였다.

"제가 토스트랑 팀 할게요. 물론, 토스트가 괜찮다면요."

은갈치가 토스트의 얼굴을 퉁명스럽게 쳐다보았다. 아까

동굴에서 돌아온 뒤로 마치 도망가듯 사라져버린 토스트였
다. 은갈치는 토스트와 나름대로 가까워졌다고 생각했지만,
지금은 어떤 생각을 하고 있는지 알 수 없었다.

"토스트 참가자. 은갈치 참가자의 팀 선택을 받아들이시
겠습니까?"

토스트는 말없이 고개를 끄덕거렸다. 뒤이어 핫도그가 번
쩍 손을 들며 외쳤다.

"저도 토스트와 같은 팀 할게요."

토스트는 심경이 복잡한 얼굴로 핫도그를 쳐다보았다.

"현재 토스트 팀의 구성은 3명입니다. 토스트 팀에 합류
를 원하는 또 다른 참가자가 있을까요?"

모두 대답 없이 침묵을 지켰다. 남은 참가자들은 그저 시
선을 회피하고만 있었다. 그 모습을 살피던 주은이 상황을
정리했다.

"토스트 팀의 팀원 구성은 일단 이렇게 마무리하겠습니
다. 이어서, 킹크랩과 삼계탕이 번갈아 팀을 구성하고, 최종
지목받지 못한 참가자가 토스트 팀에 합류하는 것으로 하겠
습니다."

이윽고 모든 팀 구성이 완료되었다. 치즈버거의 표정은
잔뜩 구겨져 있었다. 그 애는 다른 리더로부터 끝까지 지목

받지 못했다. 모두 한 명씩 킹크랩과 삼계탕 팀에 합류하는 동안 그는 빛나는 조명의 바깥에서 혼자 오래도록 기다리고 있었다. 마치 거부권을 맨 처음으로 행사한 일을 벌 받기라도 하듯이.

세 팀의 최종 멤버 구성이 전광판에 떠올랐다.

토스트 : 핫도그, 은갈치, 치즈버거
킹크랩 : 불고기, 짜장면, 만두
삼계탕 : 피자, 팟타이, 김치찌개

팀 구성이 완료된 후 각 팀은 기마전을 치르기 위한 회의에 돌입했다. 회의가 시작된 후로도 치즈버거의 표정은 계속 불만스러웠다. 그 애는 별다른 참여 없이 다른 팀이 무엇을 하는지만 쓸데없이 기웃거렸다.

핫도그가 그를 쏘아붙였다.

"하기 싫은 팀에 온 건 안타깝게 생각하는데 그래도 좀 제대로 참여하지?"

"뭘 참여해야 하는데? 잘난 너희가 알아서 다 짜지, 그래. 난 꼴등이잖아."

치즈버거가 '꼴등'이라는 단어를 또박또박 힘주어 발음했다. 그의 눈은 토스트의 얼굴을 뚫어지게 쳐다보고 있었다. 은갈치가 치즈버거를 향해 차분한 목소리로 물었다.

"토스트한테 뭘 바라는데? 뭐 사과라도 바라는 거야?"

"그럼 내가 쟤를 그냥 리더로 따르라는 거야? 너희는 왜 다 토스트 편을 들어주고 있어? 같이 시간 좀 많이 보냈다 이거야?"

토스트는 아무 말 없이 치즈버거를 바라보았다. 잠시 침묵을 지키고 서 있던 그녀가 셋의 말다툼에 끼어들었다.

"꼴등이란 이유만으로 널 선택한 건 아니야. 네 끈기와 체력을 유의 깊게 봐서 지목한 것도 사실이야. 그래도 너로선 기분 나쁠 순 있겠네. 사과를 바란다면 사과할게. 근데 말이야."

토스트가 치즈버거를 향해 천천히 걸어갔다. 토스트의 개인 카메라로 그녀의 얼굴이 서서히 클로즈업됐다.

"넌 곧바로 소리 지른 다음에 거부권 행사했잖아? 내 기분은 생각해본 적 있니? 난 적어도 이유가 있어서 널 골랐어. 근데 넌 그냥 네가 기분이 나빠서 날 거부한 거잖아?"

치즈버거는 꿀 먹은 오소리처럼 입을 다물었다. 토스트의 말은 하나도 부정할 수 없는 사실이었다. 토스트는 잠시 뜸을 들이다가 이내 말을 이었다.

"물론, 치즈버거 너의 모욕에 대해 사과를 바라진 않아. 근데 어차피 경쟁이고, 팀 고르는 건 이 게임의 전략이잖아. 꼴등이라서 널 고르는 게 대체 왜 너에 대한 모욕이야? 전략 잘 짜는 리더가 널 골랐으면 고마운 일 아니야?"

얼굴을 붉히고 선 치즈버거는 여전히 아무 대꾸도 하지 못했다. 그녀가 마지막 쐐기를 박았다.

"그리고 치즈버거, 잘 들어. 네가 이 팀에 온 건 널 아무도 원하지 않아서야. 내가 널 억지로 붙든 게 아니고."

토스트의 말이 끝나자 다른 팀에서 비웃음이 터져 나왔다. 그 소리의 주인공은 킹크랩이었다. 그가 토스트 팀의 다툼을 보면서 낄낄거리고 있었다.

"아, 미안. 미안. 맞는 말만 계속 듣는 것도 꽤나 웃겨서."

토스트는 킹크랩의 말을 그냥 무시해버렸다. 그녀는 비웃음을 등진 채 치즈버거를 바라보고 있었다.

"어차피 넌 꼴등이니까 포기하려면 해. 상금도 없고, 부모도 없이 살아가는 게 좋다면. 하지만 우리가 이번 게임에서 1등을 하면 너도 꼴등에서 벗어날 수 있을지도 몰라."

그 말을 들은 치즈버거가 아주 느린 속도로 고개를 끄덕거렸다. 그가 은갈치와 핫도그 사이에 털썩 주저앉았다.

"그래서 난 뭘 하면 되는데?"

그 물음에 대답한 것은 은갈치였다. 그가 치즈버거의 얼굴을 보며 혀를 찼다.

"쯧. 하긴 뭘 해. 일단 회의에나 참여해. 아무리 봐도 승산이 별로 없어 보이니까."

은갈치의 말에 핫도그가 주변의 다른 팀을 쳐다보았다.

킹크랩 팀은 이미 신장과 몸집이 압도적으로 우월했다. 킹크랩은 체격 조건에서 유리한 참가자들을 자기 팀으로 끌어들였다. 불고기, 짜장면, 만두, 킹크랩의 평균 신장을 계산한다면 아마 180cm를 훌쩍 뛰어넘을 성싶었다. 그 팀의 여성 팀원인 만두마저도 핫도그보단 머리 하나만큼 더 컸다.

삼계탕 팀은 가장 먼저 회의를 끝내고 수다 삼매경이었다. 원래부터 친했던 참가자들로 팀을 구성한 그들은 리더 삼계탕을 기수로 선발한 상태였다. 체급에서 압도적인 삼계탕을 기수로 내세워 기마전에서 승리를 거머쥐겠다는 심산이었다.

반면에 토스트 팀은 평균 신장과 체격에서 절대적인 열세에 놓여있었고, 기수로 내세울 만한 압도적인 체구의 팀원도 존재하지 않았다.

핫도그가 주변을 보며 침을 꿀꺽 삼켰다. 한참을 숙고하던 그가 팀원들에게 비장의 카드를 내밀었다.

"난 대충 우리가 이길 수 있는 그림을 알겠는데."

핫도그가 은갈치를 쳐다보았다. 은갈치가 뭘 보냐는 듯 손을 뻗어서 휘저었다.

"뭐야. 핫도그. 왜 날 봐."

"은갈치, 네가 우리 기수 해라."

핫도그의 말에 가장 먼저 반응한 건 토스트였다. 그녀가 납득한다는 얼굴로 고개를 끄덕거렸다.

"그렇네. 맞네. 은갈치 네가 기수로 가는 게 맞겠네. 대충 무슨 그림인지 알겠다."

주은은 스튜디오 구석에서 대본을 점검 중이었다. 급하게 나온 대본은 오탈자도 많았으며, 리얼한 상황 속에서 그때그때 애드리브를 발휘해야 하는 구간이 많았다.

한참을 대본에 파묻혀 있던 주은 옆으로 마이클 천이 다가왔다.

"은아. 아까는 고마워."

"됐어."

"약발 잘 받네. 거의 괜찮아진 것 같아."

마이클 천의 말에 주은이 목소리를 낮추며 속삭이듯 답했다.

"마이클 천 공황 있다고 동네방네 소문내러 왔어?"

"아니, 호스트로서 우리 진행자가 잘 준비하고 있는지 살펴보려고 왔지. 어차피 구석에 있어서 주변에 제작진은 아무도 없는데 뭘 걱정해."

주은이 멀리 떨어진 제작진을 곁눈질하다가 마이클 천에게 말했다.

"어쩌냐. 보아하니 바름이가 1등 하는 건 무리일 것 같은데? 일단 기마전에서 토스트 팀이 이길 가능성도 없어 보이고. 토스트 팀이 이기더라도 바름이가 점수를 뒤집을 가능성은 적어 보여."

"그걸 내가 걱정해야 해?"

마이클 천은 진심으로 의아한 얼굴이었다. 그 얼굴에 주은은 도리어 놀라고 말았다. 그녀가 되물었다.

"네가…… 바름이로 메인 플롯 잡아놓은 거 아니었어?"

"메인 플롯이라니? 무슨 소리야."

주은이 눈을 가늘게 뜨며 주위를 바라보았다. 안병식 PD는 회의 장면에 완전히 시선을 집중하고 있었다. 주은이 최대한 목소리를 작게 낮추어 얘기했다.

"야. 네가 바름이 1등 만들라고 시켰다며? 엄빠게임 주인공 바름이라며?"

주은의 말에 마이클 천이 황당하다는 얼굴을 했다.

"내가 왜? 누가 그런 어처구니없는 이야기를 퍼뜨리고 다녀?"

주은의 얼굴 안쪽으로 촬영장의 조명이 스며들었다. 희고 창백한 턱이 멀리 있는 안병식을 가리켰다. 마이클 천이 주은의 그 말간 얼굴을 보며 되물었다.

"안 PD가 말했다고?"

"그래. 이제 촬영장 대부분이 다 알아. 참가자들도 알고 있을지도 모르지. 넌 몰랐어?"

"당연히 몰랐지. 나는 그런 얘기를 한 적이 없으니까. 그리고 은아, 정말 내가 꾸민 일이라면 그렇게 허술하게 진행할 것 같아?"

주은의 창백한 얼굴 속으로 잡념이 몰려들었다. 바름이 1등으로 내정되었다는 소문 때문에 주은은 적잖이 곤란을 겪었다. 모든 스태프가 뒤에서 수군거렸다. 마이클 천과 주은의 관계를 의심하는 사람들에게 바름의 1등 내정은 강력한 증거였다.

생각에 잠긴 주은의 귓전으로 마이클 천의 목소리가 들려왔다.

"안병식이 뭘 꾸미고 있군. 아니면 이미 무슨 사고를 쳤거나.”

마이클 천의 말이 끝나기 무섭게 안병식 PD의 목소리가 크게 울려 퍼졌다. 그 탓에 주은은 심장이 내려앉은 것처럼 명치 아래를 몇 번이나 쓸어내렸다.

“주은 씨! 마이클 천 대표님! 기마전 시작할 겁니다! 모두 준비해주세요!”

핫도그가 은갈치를 제 위로 태웠다. 무릎을 굽힌 그의 어깨로 은갈치가 힘겹게 올라타고, 연이어 토스트와 치즈버거가 각각 왼쪽과 오른쪽에 나누어 섰다. 토스트는 핫도그의 겨드랑이와 은갈치의 오른쪽 다리 사이를 붙잡았고, 치즈버거는 은갈치의 엉덩이와 핫도그의 겨드랑이 사이에 팔을 끼워 넣었다. 핫도그가 외쳤다.

“일어난다!”

핫도그의 이마에 식은땀이 주르륵 흘러내렸다. 양옆으로 두 사람이 받치고 있긴 했으나, 실질적으로 무게를 받치는 건 핫도그였다. 묵직한 압력이 핫도그의 등과 목을 짓눌렀다. 하지만 가장 힘들어 보이는 것은 은갈치였다. 핫도그 등에 올라타는 것부터, 균형을 잡는 것까지 은갈치에게 수월한 동작이라곤 단 하나도 없었다.

"헉, 허억, 헉. 아씨, 이렇게까지 했는데 안 먹히기만 해
봐."

은갈치는 두 손으로 핫도그의 어깨를 꽉 붙들었다. 양쪽
몸의 균형을 잡느라 그는 전신의 모든 힘과 집중력을 쥐어
짜내고 있었다. 핫도그가 입술을 꽉 깨물며 말했다.

"그냥 한번 믿어보라니까."

주변의 다른 팀들은 토스트 팀이 낑낑대는 꼴을 구경하고
있었다. 삼계탕이 그들을 향해 크게 소리쳤다.

"바보들아. 아직 촬영 시작 안 했어!"

핫도그가 삼계탕을 향해 큰 소리로 대꾸했다.

"나도 알아!"

토스트 팀은 다른 팀의 비아냥은 아랑곳하지 않고 천천히
움직이기 시작했다. 은갈치가 몸을 기우뚱거리면서 균형을
맞췄다.

"스읍. 쉽지 않은데? 이제라도 기수를 바꾸는 게 낫지 않
아?"

토스트가 그 말에 무심한 표정으로 대꾸했다. 무표정한 얼
굴과 다르게 그녀의 이마에도 땀이 송골송골 맺혀 있었다.

"네가 밑으로 가는 게 더 무리야. 네가 어려울 것 같다고
해서 이렇게 연습 중인 거잖아."

나는 엄마를 바꾸기로 했다

"그래. 인정. 그게 더 무리긴 하겠다."

토스트의 말에 은갈치가 쿨하게 대답했다.

네 명의 호흡이 스튜디오 전체를 가쁘게 몰아쳤다. 잠시 쉬고 있던 제작진들이 그 모습을 카메라에 담았다. 아직 끄지 않은 몇 개의 조명이 토스트 팀의 부지런한 걸음을 골똘히 들여다보고 있었다.

오래 지나지 않아 본격적인 기마전이 시작되었다.

모든 조명이 일제히 불을 밝히고, 사회자 주은이 스튜디오로 걸어왔다. 그녀가 한편에 있는 모래사장에 손을 뻗었다.

"드디어 〈엄빠게임〉의 최종장! 모래사장의 기마전이 시작되겠습니다!"

최종 기마전

1. 4명으로 구성된 3개의 팀이 모래사장에서 기마전을 벌인다.

2. 가장 마지막에 남은 팀이 1등, 가장 먼저 떨어진 팀이 꼴등이다.

3. 팀의 결과와 무관하게 팀원 별로 MVP점수와 희생 점수가 부여된다. 개인 점수는 조력 점수, 협력 점수, 팀워크, 승리 기여도 등을 통해 정해진다.

4. 넘어져도 패배이지만, 경기장 바깥으로 이탈해도 패배한다.

천장에 달린 조명이 퍼레이드를 하듯 현란하게 회전했다. 그 아래에서 총 12명의 참가자가 세 개의 팀을 이루어 서 있었다. 어느새 기마 말을 완성한 참가자들은 모래사장에 뛰어들 준비를 마친 채였다. 12명이 내뱉은 숨이 흰 조명 사이를 아득하게 채워 넣었다. 주은이 다시 크게 외쳤다.

"기마전은 바로 이 모래사장에서 펼쳐집니다! 장외로 이탈하면 탈락이고, 기수가 떨어져도 탈락입니다! 마지막에 남는 팀이 바로 최종 게임의 1등입니다!"

대사를 마친 주은이 잠시 숨을 크게 들이쉬었다. 의도된 고요가 현장의 긴장감을 끌어올렸다.

"그러면 모든 참가자! 최종장으로 뛰어드세요!"

그녀의 마지막 멘트가 폭음처럼 경기장을 울렸다.

주은의 말이 끝나기 무섭게 참가자들이 모래사장에 뛰어들었다. 핫도그가 주변의 두 팀을 바라보며 큰 목소리로 외쳤다.

"내 말 맞지? 두 팀 다 일단 우리한테 올 거라니까!"

킹크랩과 삼계탕 두 팀 모두가 토스트 팀을 향해 달려오고 있었다. 흩날리는 모래 먼지 사이에서 은갈치가 큰 목소리로 외쳤다.

"맞으면 뭐 해! 이제부터도 전부 다 계획대로 해야지! 전진해!"

은갈치의 목소리에 맞춰 토스트 팀 전원이 삼계탕 팀을 향해 달려 나갔다. 그 모습을 본 삼계탕이 헛웃음을 날렸다.

"야, 은갈치. 우리 팀은 만만해 보이냐?"

카메라가 두 팀의 대격돌을 재빠르게 렌즈에 담았다. 삼계탕과 은갈치가 순식간에 두 손을 맞붙잡았다. 은갈치가 외쳤다.

"삼계탕 네가 엄청나게 힘이 센 건 잘 알겠네!"

은갈치가 표정을 잔뜩 구겼다. 삼계탕의 팔에 근육이 솟았고, 목울대에선 자신만만한 고함이 터져 나왔다.

"내가 팔 힘으로 질 것 같았냐? 너도 제법이긴 하지만! 흐으으읍!"

삼계탕이 급기야 두 팔로 은갈치를 그냥 들어 올리려고 했다. 정말이지 무지막지한 힘이었다. 그러나 승부는 의외의 곳에서 결정 났다.

삼계탕을 떠받치고 있던 피자가 비명을 질렀다.

"자, 자, 잠깐! 너, 너무 무거워! 누, 누르지 마!"

피자의 외침이 끝나기 무섭게 핫도그가 소리 질렀다.

"삼계탕 너만 그렇게 힘이 세면 뭐 하냐! 너희 팀은 균형이 하나도 안 맞아!"

토스트와 치즈버거가 삼계탕 팀의 다른 멤버들을 공략했다. 기마전의 핵심은 기수를 잡고 있는 팀원의 호흡과 균형이다. 그런데 삼계탕 팀은 모든 팀원의 체격이 들쭉날쭉이었다. 그 결과 한쪽은 낮고, 한쪽은 높고, 기수는 무거운 엉망진창의 사람말이 탄생해버렸다.

핫도그가 공략하고자 한 것은 바로 그 불균형이었다. 치즈버거가 외쳤다.

"나를 지목 안 한 걸 후회하게 해주지!"

치즈버거가 비어 있는 한쪽 팔로 팟타이를 잡아끌었다. 팟타이가 비명을 내지르며 나뒹굴었다.

"으, 으아아악! 자, 잠깐! 야, 나 깔려! 깔린다고!"

삼계탕의 오른쪽 다리를 붙잡고 있던 팟타이가 그대로 무너져버렸다. 그 뒤로 몇 초도 지나지 않아 삼계탕 팀의 전원이 쓰러졌다.

"흐, 흐아악!"

"아, 아아!"

모래사장에 처박힌 그들 위로 핀 조명이 떨어졌다. 흡사 가련한 최후를 맞은 무대 위의 배우 같았다.

무대 바깥에서 주은이 큰 목소리로 외쳤다.

"삼계탕 팀! 삼계탕 팀! 가장 첫 번째로 탈락합니다!"

그리고 킹크랩 팀은 그 빈틈을 놓치지 않았다. 그들이 토스트 팀을 향해 곧바로 돌격해 들어왔다. 킹크랩이 외쳤다.

"쟤네도 흔들리고 있어! 우리가 들어가면 바로 무너진다!"

킹크랩 팀의 기수도 역시 리더 킹크랩이었다. 그가 기세등등한 표정으로 토스트 팀을 노려보았다. 반면, 토스트 팀은 삼계탕 팀과 맞부딪히느라 전열이 잠시 흐트러진 상태였다. 자세를 다시 고쳐세우는 토스트 팀을 향해 킹크랩 팀은 무자비하게 돌진했다. 킹크랩이 은갈치의 손목을 낚아채며 말했다.

"흐하아압! 은갈치! 2등이면 선방이니까 이제 좀 무너져라!"

그러나 은갈치는 손목이 붙잡힌 그 상태에서 가까스로 버티고 서 있었다. 게다가 그의 얼굴엔 점점 희미한 미소가 번졌다.

"킹크랩, 네 단점이 뭔지 알아?"

"단점 같은 소리 하지 말고 무너지라고!"

은갈치는 붙잡히지 않은 한쪽 손으로 재빠르게 킹크랩의 팔목을 낚아챘다. 킹크랩은 당황스러운 표정으로 은갈치를 쳐다보았다.

"뭐야. 무슨 힘이……. 그리고 손은 왜 이렇게 커……."

"내가 살면서 팔씨름으로는 누구한테 져본 적이 한 번도 없거든? 양궁 선수를 이길 수 있을지 궁금하긴 했어."

말을 마친 은갈치가 그대로 킹크랩의 팔을 잡아끌었다. 역습이었다. 킹크랩의 미간에 식은땀이 흘러내렸다. 은갈치를 붙잡으려고 했는데 도리어 자신이 붙들린 꼴이었다.

"이런……. 발버둥 친다고 이길 수 있을 것 같아? 너랑 나랑은 체급이 안 맞아!"

킹크랩의 말처럼 두 사람의 체급 차이는 쉽게 좁힐 수 있는 게 아니었다. 킹크랩은 은갈치의 악력을 꽤 버텨냈다. 은갈치는 점점 팔에 힘이 빠지는 것이 느껴졌다.

그때, 토스트가 큰 목소리로 호령했다.

"모두 일제히 뒤로 전진!"

킹크랩 팀이 그 명령의 의미를 파악하기까진 시간이 오래 걸리지 않았다. 그들의 연습은 바로 이 순간을 위해서 준비한 것이었다.

씨름에서도 가장 아름다운 장면은 상대의 힘을 역으로 이용해 바닥에 메치는 것이다.

토스트 팀 전체가 뒤로 몇 발자국 움직였고, 그에 맞춰 은갈치가 킹크랩을 잡아당겼다. 단단히 붙들린 킹크랩은 은갈치의 손에서 벗어날 수 없었다.

"어, 어, 어! 이 멍청이들아! 버텨!"

킹크랩이 자신을 버티고 있는 팀원들에게 소리를 질렀다. 팀원들 사이에서 고함이 쏟아져 나왔다. 만두가 그를 향해 소리쳤다.

"더럽게 무거워선! 네가 앞으로 쏠려 있는데 어, 어떻게 버텨!"

"으, 으악!"

"은갈치 손을 좀 놓던가!"

그들의 외침에 은갈치는 이를 꽉 깨물었다. 말 그대로 젖 먹는 힘까지 다 짜내는 전심전력이었다. 그의 이마에 가는 핏줄 하나가 돋아나고, 팔에 선명한 이두박근이 돋아났다. 앞으로 쏟아지는 킹크랩을 은갈치는 코브라처럼 놓지 않았다.

"킹크랩! 이제 탈락이다!"

은갈치가 최후의 일격으로 포효했다.

그 외침과 동시에 킹크랩 팀이 우르르 모래사장에 나자빠지고 말았다. 그와 동시에 스튜디오 한편에서 폭죽이 터졌고, 주은의 축하 멘트가 이어졌다.

"최종장의 우승은 토스트 팀입니다! 축하드립니다!"

주은의 외침이 끝나자마자 토스트 팀 전원은 환호성을 터뜨렸다. 핫도그는 급기야 은갈치를 목말 태운 채 모래사장을 한 바퀴 돌기까지 했다.

삼계탕 팀은 고소하다는 듯 킹크랩 팀을 바라보고 있었고, 킹크랩 팀은 어이없다는 얼굴로 서로를 탓하고 있었다. 오합지졸인 그들을 뒤로하고 토스트 팀은 함성을 계속 내질렀다.

"와아아아! 은갈치! 은갈치! 은갈치!"

주은이 토스트 팀을 진정시켰다. 기마전은 끝이 났지만, 아직 엄빠게임은 막을 내리지 않았다. 모든 점수를 합산한 최종 등수가 어떻게 결정될지는 아무도 몰랐다.

"모든 참가자는 화면 앞으로 모여주십시오. 이제 전체 등수를 결정할 시간이 왔습니다."

주은의 안내에 참가자들이 한 명씩 스크린 앞으로 모여들었다. 스튜디오 조명은 한 칸씩 불을 낮췄고, 거대한 스크린이 창백한 화면을 내비쳤다. 그제야 모든 참가자가 입을 다물었다. 모든 게임이 끝이 난 것이다. 한 칸씩 불이 낮아지는 조명 속에서 핫도그는 주변을 둘러보았다. 짧다면 짧고, 길다면 긴 부모도에서의 시간이 오늘로 끝나는 것이다. 몸을 잔뜩 적시던 땀이 식는 게 느껴졌다. 치열함과 긴장 속에서 핫도그는 주은을 바라보았다. 분명 자신은 꼴찌를 하겠다고 결심했었다. 하지만 이 기마전에서의 설렘은 결코 놓치고 싶지 않은 경험이었다. 핫도그는 제 몸의 떨림을 그대로 느끼고만 있었다. 대결은 끝났지만, 게임은 끝나지 않았다.

"마지막까지 달려온 여러분 정말 수고 많으셨습니다. 이제 기마전 MVP와 희생 점수 부여자를 발표하고, 전체 등수를 발표하도록 하겠습니다. 우선 이번 기마전의 MVP!"

주은은 손을 뻗어 한 참가자를 가리켰다. 스튜디오 전체의 조명이 그녀의 손을 따라 기민하게 움직였다.

"이번 게임의 MVP는 은갈치입니다! 축하드립니다!"

핫도그가 은갈치의 어깨를 두들겼다. 누가 보더라도 납득할 수 있는 결과였다. 은갈치가 없었다면 토스트 팀은 기마전에서 승리하지 못했을 터였다. 핫도그의 전략은 은갈치의 역량 없이는 설계될 수 없는 것이었다.

"은갈치는 뛰어난 근력과 판단력으로 팀을 1등으로 이끄는 핵심 멤버로 활약했습니다. 이번 게임에서 그의 MVP 선정은 제작진 중 그 누구의 이견도 없는 만장일치 선발이었습니다. 이어서 희생 점수 부여자를 발표하겠습니다."

주은은 숨을 크게 들이쉬더니 연이어 희생 점수 부여자를 발표했다.

"이번에 희생 점수 부여자는 특별히 두 명입니다. 먼저, 피자 참가자. 해당 참가자는 기수가 낙마하는 와중에도 끝까지 손을 뻗어 큰 부상을 방지하게 했습니다. 뿐만, 아니라 자신보다 30cm나 큰 기수의 아래에서 자신의 임무를 수행하기 위해 부단히 노력했습니다."

참가자들은 피자의 희생 점수 부여에는 큰 관심을 보이지 않았다. 기존에 알려준 것과 다르게 희생 점수 부여자가 한 명 더 추가된 상황, 혹시나 자신이 그 대상이 되지 않을까 모두 눈에 불을 밝히고 있었다. 주은이 곧바로 또 한 명의 희생 점수 부여자를 발표했다.

"두 번째 추가 점수의 주인공은 치즈버거입니다. 해당 참가자는 다른 팀에게 지목을 거부당한 상황에서도 최선을 다하여 게임에 임하였습니다. 또한, 보이지 않는 위치에서 기수를 보좌하며 팀의 우승을 조력했습니다."

주은의 말이 끝나자 곳곳에서 실망의 탄식이 들려왔다. 반면에 제법 여유로운 표정을 짓고 있는 참가자도 있었다. 그건 킹크랩이었다.

핫도그는 그의 여유만만한 얼굴을 이상하게 쳐다보았다. 킹크랩은 최종 게임에선 2등이었고, 희생 점수나 MVP 점수를 받지 못했다. 전체 등수가 심각하게 떨어질 수 있는 상황에서 혼자 여유로운 것이 희한했다. 자신은 상금과 방송에 얼굴 비추는 걸 중요하게 생각한다고 하지 않았는가. 적어도 전자인 상금에 타격이 예상되는 상황이었다.

"최종장에서의 점수를 모두 반영한 최종 등수입니다!"

주은의 목소리가 다소 산만해진 참가자들을 집중시켰다.

1등 : 토스트

2등 : 은갈치

3등 : 핫도그

4등 : 피자

5등 : 만두

6등 : 킹크랩

7등 : 삼계탕

8등 : 불고기

9등 : 짜장면

10등 : 치즈버거

11등 : 김치찌개

12등 : 팟타이

곳곳에서 소란이 터져 나왔다. 예상보다 등수 변동이 훨씬 심각했다. 하위권으로 전락한 참가자는 물론이고, 중위권으로 떨어진 참가자의 얼굴도 잔뜩 구겨져 있었다. 가장 먼저 불평을 터뜨린 것은 킹크랩이었다.

"이게 말이 돼요? 어떻게 이렇게까지 떨어질 수 있어요! 아니, 기마전 1등한 팀원들 밑에있는 건 이해를 해요. 근데 왜 만두보다도 아래예요? 나는 기수인데!"

주은이 차분한 목소리로 킹크랩을 타일렀다.

"기마전에서 기수를 했다고 반드시 좋은 배점을 받는 것은 아닙니다. 오히려 어떻게 협력했는가, 팀원들에게 어떻게 도움을 줬는가를 배점의 중요 요소로 넣었습니다."

만두가 킹크랩을 쏘아붙였다.

"네 멋대로 팀 구성하고, 네 멋대로 전략 짜고 졌는데 6등이면 감사한 줄 알아! 너 아니었으면 우리가 졌을 것 같아? 킹크랩 네가 우리 중 제일 무거우니까 기수로 올라가면 안된다고 내가 몇 번이나 얘기했냐!"

"뭐라고?"

킹크랩의 얼굴이 붉으락푸르락 달아올랐다. 그가 번쩍 일어나더니 갑자기 제작진 쪽으로 다가갔다. 킹크랩이 다가간 건 다름 아닌 안병식 PD였다.

"저기요! PD님! 나 무조건 5등 안에 넣어주겠다면서요!"

안병식 PD가 당황한 표정으로 손사래를 쳤다. 그가 킹크랩에게 소리쳤다.

"뭐, 뭔 소리야! 내가 뭘 넣어줘! 참가자가 왜 카메라 바깥을 나와!"

킹크랩은 안병식의 만류에도 전혀 멈출 기세가 없었다. 그가 더욱 큰 목소리로 따져들기 시작했다.

"애초에 참가할 때 약속한 거잖아요! 내가 무조건 5등 안에 드는 조건으로 1,000만 원도 미리 가져갔잖아!"

안병식 PD가 스태프를 향해 큰 목소리로 외쳤다.

"컷! 컷! 끊어, 잘라요! 이 새끼가 대체 무슨 소리를 하는 거야! 정신 차려! 이거 방송이야!"

그런데 안병식의 말에 대답한 것은 스태프가 아닌 다른 사람이었다. 스튜디오 맨 뒤편에서 상황을 지켜보던 마이클 천이 그에게 다가왔다.

"안 PD 도대체 이게 무슨 상황인 건지 나에게 똑바로 설명해야 할 거예요."

"아, 아니. 참가자가 혼동이 좀 있는 것 같은데…… 저기 마이클 천 대표님. 그렇게 화내실 일이 아니에요. 그냥 일방적인 주장일 뿐입니다."

마이클 천은 대꾸 없이 안병식 PD의 두 눈을 지그시 노려보았다. 흔들림 없는 두 눈에 백색 조명이 가득 고여들었다. 그런데 그때였다. 갑자기 스튜디오 한 편에 진동이 번져오기 시작했다. 참가자 중 한 명이 외쳤다.

"뭐, 뭐야! 또 지진이야?"

주은이 주변을 살피며 다급하게 외쳤다.

"참가자들 일단 회의실로 대피합시다! 우리 제작진들이 같이 인솔해요! 스튜디오는 천장에 조명이 많아서 위험합니다!"

스태프들이 재빠르게 움직이기 시작했다. 그들은 꼭 챙겨야 할 촬영 장비만을 둘러멘 채 참가자들을 인도했다. 한편, 주은은 마이클 천을 주의하여 지켜보고 있었다. 그 또한 가까스로 다른 사람들을 지휘하고 있었지만, 이마엔 숨길 수 없는 식은땀이 잔뜩 맺혀 있었다.

그리고 그때, 안병식 PD가 바쁘게 어딘가로 달려갔다. 그의 발걸음을 오케이 작가가 유심히 쫓고 있었다.

나는 엄마를 바꾸기로 했다

2

대탈출

본래 마이클 천의 사무실로 쓰이던 회의실은 총 3개의 방으로 이루어져 있다. 가장 큰 방은 책장과 원형 테이블이 놓인 회의실 용도였고, 가장 작은 방은 대표의 데스크가 놓인 집무실이었다. 그 중간에 놓인 방은 외부 손님과 미팅하는 비즈니스룸이었다.

참가자들은 가장 넓은 회의실에 대피하여 있었고, 대부분의 제작진도 그곳에서 사태의 추이를 관망하고 있었다. 지진은 다행히 몇 분 만에 멎었으나, 스튜디오의 상황은 전혀 좋지 않았다.

안병식 PD와 메인 작가, 막내 작가인 오케이, 주은과 마이클 천은 집무실에 모여 현재 부모도의 상황을 브리핑했다.

오케이 작가가 모두의 앞에서 발언했다.

"현재 스튜디오 1층으로 향하는 계단이 무너져 있습니다. 그 외의 다른 비상구도 모두 확인했지만, 빠져나갈 수 있는 곳은 없었습니다."

메인 작가가 오케이를 닦달했다.

"그래서? 통신이나 전화도 아예 끊겼어? 우린 뭘 어떻게 해야 해."

"다행히 전화는 잡힙니다. 스튜디오 전체 전력도 외부 비상 전력이 통하고 있는 것 같아요. 일단 당장 24시간 정도는 괜찮은 듯합니다."

"그래서 우리는 어떻게 해야 하냐고. 구조 요청 안 했어?"

"스튜디오 바깥에 대기하던 우리 쪽 안전 인력들에 전화해봤는데 스튜디오 지상층이 아예 무너졌다고 합니다. 중장비가 오지 않는 이상 지하에서 나가긴 어렵다고 합니다."

마이클 천의 이마 위로 주름이 깊게 잡혔다. 그가 나지막한 목소리로 천천히 읊조렸다.

"여긴 7.0 이상의 강진이 오지 않는 이상 무너질 수가 없는데……."

마이클의 혼잣말에 대답한 것은 안병식이었다. 그가 미소 띤 얼굴로 마이클 천을 달랬다.

나는 엄마를 바꾸기로 했다

"그 내진 설계라는 것이 완벽하진 않을 수 있지 않습니까? 신이 한 게 아니잖아요. 하하. 일단 우리가 어떻게 대처하는 것이 좋을지 방법을 강구해야……."

"아니죠. 신이 한 게 아니니까 완벽히 하려고 노력했죠. 7.0의 내진 설계라지만 사실 8.0에서 9.0까지도 거뜬히 견뎌야 마땅한 설계예요. 숙소랑 똑같은 설계라고요."

"아니, 사람 일이 어떻게 완벽합니까. 대표님. 하하하."

마이클 천은 안병식의 대꾸를 무시한 채 오케이 작가에게 물었다.

"숙소 상황은 어떻다고 합니까? 거기는 괜찮대요?"

"전혀 이상이 없다고 합니다. 외부에 대기하던 제작진, 구급 인력, 안전 요원 모두 숙소에 무사히 있다고 합니다."

그 말을 들은 마이클 천이 웃고 있는 안병식에게 싸늘한 눈빛을 보냈다. 그가 낮고, 무거운 음성으로 안 PD에게 말했다.

"안 PD 당신, 뭐 켕기는 거 있어요?"

"캥, 켕기는 거요? 대표님. 아무리 대표님이라도 말이 너무 심하십니다? 상황이 위급하다지만."

마이클 천이 집무실 데스크를 짚고 간신히 일어섰다. 그의 몸은 이제 감출 수 없을 만큼 심하게 떨려오고 있었다. 주은이 그런 마이클 천을 진정시키려 애썼다.

"대표님. 일단 앉아서 말씀하시죠."

"아, 아니요. 저는 괜찮습니다."

마이클 천이 천천히 심호흡했다. 한참 숨을 고르던 그가 안병식 PD를 향해 다가갔다.

"처음에 스튜디오 공개 입찰로 바꾸자고 우긴 거, 안 PD 였죠? 결국 제가 선정했던 업체가 입찰 통과하니까, 그렇게 툴툴대고……. 원가를 절감해야 한다느니, 스튜디오에 이런 과한 내진 설계가 왜 필요하냐느니 토를 달았죠?"

마이클 천의 다그침에 안 PD가 말을 더듬었다.

"그, 다 지난 얘기를 왜, 왜 인제 와서 또 꺼내시는지 모르겠네요. 결국 다 대표님 원하시는 대로 결정하지 않았습니까?"

마이클 천이 황당한 얼굴로 헛웃음을 켰다.

"이봐요. 내 독단으로 결정한 건 하나도 없어요. 미국에서부터 고수한 기준 그대로 입찰 통과시켰고, 원칙대로 진행했습니다. 거기에 내 고집은 하나도 없어요. 적법한 안전 기준에 맞춰 일이 처리됐을 뿐이에요."

"아니, 그래서 마이클 천 대표. 그 얘기를 왜 지금 꺼내냐고요. 그래서 몇십억 더 쓴 거, 그 돈 쓴 게 아직도 아까워요?"

"당신이야말로 당신 돈도 아닌데 왜 그렇게 아까워했는지 이해가 안 가요."

그때, 두 사람의 대화에 주은이 끼어들었다. 둘의 대화는 안병식이 주은에게 전해줬던 말과는 전혀 달랐다. 그는 분명 마이클 천이 비용을 절감하기 위해 말도 안 되게 저렴한 업체에 공사를 맡겼다고 말했다. 그런데 아니지 않나. 마이클 천의 말이 맞다면 비용 절감을 주장한 건 안병식이었다.

"안 PD님. 왜 하나도 맞는 말이 없어요? 마이클 천 대표가 비용 절감하려고 저렴한 업체 일부러 입찰 통과시켰다면서요?"

"주, 주은 씨! 내가 언제 그런 소리를 했어요!"

"그뿐만이 아니죠. 마이클 천 대표가 우리 바름이를 1등으로 내정했다면서요? 근데 대표님은 그런 얘기는 한 적이 없다고 하던데요?"

주은이 안 PD를 더 몰아붙였다.

안병식 PD는 말문을 닫은 채 그저 주변을 둘러보았다. 핫도그의 1등 내정에 관한 얘기는 이미 다른 제작진에게도 파다하게 퍼진 소문이었다. 메인 작가가 안병식 PD를 바라보며 말했다.

"그 소문 PD님이 내신 거예요? 막내들 사이에 도는 그 이상한 소문? 도대체 누가 얘기했냐고 물어봐도 도통 애들이 대답하지 않더니……."

오케이 막내 작가는 말없이 고개를 끄덕거렸다. 안병식 PD가 소문의 진원지란 점을 긍정하는 제스처였다. 오케이 작가는 한술 더 떠 안 PD의 재킷을 가리켰다.

"PD님. 아까 이 집무실 먼저 들어오셔서 챙기신 건 뭐예요?"

"오 작가! 무슨 소리를 하는 거야."

"PD님. 제 성은 오 씨가 아니라 박 씨고요. 아까 속주머니에 챙기신 거 뭐냐고요."

마이클 천이 천천히 안병식 PD에게 다가갔다. 그가 해맑은 미소와 함께 안병식 PD에게 말했다.

"지금은 위급 상황이니 여기서 마무리하겠습니다. 모두 다 보는 데서 더 망신당하지 말고 주시죠."

"아니, 난 아무것도 챙긴 게 없다니까!"

"그깟 서류 몇 장 훔친다고 완벽하게 일이 감춰지진 않을 겁니다. 하지만요."

마이클 천이 잠시 뜸을 들이다가 안병식 PD를 타일렀다.

"일이 여기서 처리되면 적당히 끝낼 거고요. 굳이 번거롭게 구실 거라면 각오하셔야 할 겁니다. 천페이지에서 책임지고 민형사상 모든 소송을 제기할 거니까요."

나는 엄마를 바꾸기로 했다

마이클의 협박에 안 PD의 얼굴에 웃음이 떠올랐다. 그 웃음의 의미는 이내 곧 알 수 있었다. 그가 폭소를 터뜨리며 속주머니 안의 서류를 집어 던졌다. 수의 입찰 계약서, 자재 세부 내역서, 용역 의뢰서, 그 외의 기타 서류들이 어지럽게 집무실에 나뒹굴었다. 서류를 살펴본 마이클 천이 쓴웃음을 지었다.

"식사가 부실하다느니, 스튜디오에 새 페인트 냄새가 너무 심하다느니 항의가 빗발쳤는데 역시 이유가 다 있었네요."

안병식 PD는 입을 꾹 다물었다. 마이클 천이 결국 벼르던 말을 꺼냈다.

"안 PD, 제작비 빼돌렸어요? 스튜디오 건설할 때도 죄다 중간에서 빼돌리고?"

잠시 고개를 떨군 안 PD가 갑자기 버럭 소리를 질렀다. 늘 차분한 톤을 유지하던 그가 마침내 민낯을 드러내는 순간이었다.

"X발! 마이클 천, 당신! 후회할 거야! 한국에서 방송을 누가 그렇게 진행해! 내진 설계? 최고급 건축 자재? 돈이 아주 남아도나 보지? 화면에만 예쁘게 나오면 되는 거지. 내가 애초에 다른 업체에서 스튜디오 짓자고 했잖아요! 엉망이 된 건 다 당신 책임이야!"

안병식의 억지를 들은 마이클 천이 한숨을 내쉬었다.

"진짜 이런 말까진 안 하려고 했는데…… 그 회사 당신 와이프 동생이 하는 회사잖아? 그게 말이 된다고 아직도 생각해? 그리고 내가 그 사실을 끝까지 모를 거라고 생각했어요? 게다가 아까 들어보니 참가자에게 돈까지 받아먹고. 애초에 여기에 이러려고 참여했습니까?"

"야, 마이클 천. 방송을 돈 벌려고 하지!"

"방송을 잘 만들어서 돈을 벌어야죠. 방송 제작비 횡령하고, 참가자에게 뇌물을 받아서 돈을 버는 게 아니라요. 나 당신 방송 실력은 믿었어. 한국 최고의 PD잖아? 근데 정말 실망스럽습니다."

안병식이 몸을 부들부들 떨더니 집무실을 벗어나려 했다. 어디론가 달아나는 그를 아무도 붙잡지 않았다. 그런데 그가 문을 열어젖히자마자 한 무리 아이들이 집무실로 쏟아졌다.

"어, 어어! 넘어진다!"

쏟아져 들어온 아이들이 일제히 문 앞에 넘어졌다. 안병식 옆으로 참가자들이 나뒹굴었다. 그들은 삼계탕, 치즈버거, 핫도그였다. 안 PD가 성질을 내며 그들을 피했다.

"아씨, 이것들은 또 뭐야!"

안병식은 그들을 무시한 채 떠나버렸다.

나는 엄마를 바꾸기로 했다

집무실로 들이닥친 그들이 누가 먼저라고 할 것 없이 머쓱한 표정을 지었다. 주은이 한심하게 그 모습을 쳐다보았다.

"뭐야. 참가자들이 제작진 회의는 왜 엿듣고 있나요?"

넘어진 아이들의 등 뒤에서 은갈치가 능청스럽게 휠체어를 끌고 들어왔다.

"우리가 살아나갈 수 있을지 너무 궁금해서요?"

오케이 작가가 참가자들을 타일렀다.

"우리가 잘 의논 중이야. 어떻게든 방법을 마련해볼게. 가서 어른들이랑 같이 있어."

그때, 핫도그가 집무실 한가운데로 천천히 걸어갔다. 그의 발걸음에 모두의 이목이 쏠렸다. 주은이 핫도그를 다그쳤다.

"뭐야. 주바름. 나가 있으란 말 못 들었어?"

주은이 핫도그를 다그쳤다.

"저는 핫도그입니다만?"

"주바름. 게임 끝났어. 정신 차려."

핫도그는 주은의 말을 무시한 채 바깥을 가리켰다. 그가 가리킨 곳은 다름 아닌 회의실 벽난로였다.

"저기 회의실 벽난로가 사실 벽난로가 아니거든요? 물비린내 잘 맡으면 살아서 나갈 수 있는데."

주은이 핫도그에게 소리쳤다.

"주바름. 헛소리 말고 가서 대기하고 있어."

"저 벽난로가 동굴이라고. 자녀도까지 통하는 동굴! 지상 층이 무너졌어도 자녀도로 빠져나가면 되는 거라고요!"

핫도그의 외침이 지하 전체에 울려 퍼졌다. 휑하고, 거대한 공간이 순간 폭죽 터지듯 소란해졌다.

참가자들이 벽난로 앞에 모여서 웅성거렸다. 제작진과 참가자, 참가자의 부모들까지 합쳐 도합 백여 명이 넘는 인원이었다. 주은이 핫도그를 향해 물었다.

"이 안으로 가면 자녀도가 나오는 거 맞아?"

"맞다니까. 우리가 여기서 나왔다니까? 애초에 동굴 통해 왔다고 했을 때도 안 믿더니."

마이클 천이 둘의 투덕거림을 뒤로 하고 오케이 작가에게 물었다.

"자녀도 상황은 괜찮은 거 맞죠? 이 안의 동굴이 무너졌을 가능성은 없나요? 외부에 있는 우리 인력들은 뭐라고 해요?"

"이번 여진은 그렇게 큰 지진이 아녔기에 걱정할 필요는 없다고 합니다. 오히려 스튜디오의 지하층이 붕괴할까 봐 우려하고 있습니다. 완전 붕괴하진 않겠지만, 동굴로 통하는 길이 막힐 수도 있다고요."

나는 엄마를 바꾸기로 했다

마이클 천이 고개를 끄덕거렸다. 그가 작가를 향해 다시 물었다.

"그러면 일단 얼른 대피하는 게 최선이겠네요. 소방 본부에서도 이 동굴로 빠져나가는 게 가장 좋을 거라고 했다고요?"

"네. 40년 전에 큰 지진이 났을 때도 무사했던 동굴이라고 합니다. 동굴의 안전성은 의심하지 않는답니다. 물 빠지는 때만 잘 맞추면 된다고 합니다."

"그래요. 다행히 헤드 랜턴과 손전등이 어느 정도 있으니까."

잠시 고민하던 마이클 천이 제작진과 참가자, 참가자 부모들을 향해 몸을 돌렸다. 그가 큰 목소리로 현 상황에 대해 안내했다.

"이 벽난로 안에 동굴이 있고, 그곳을 통해서 옆 섬인 자녀도로 빠져나갈 수 있다고 합니다. 우선 이렇게 하죠."

잠시 침묵을 지킨 마이클 천은 토스트, 은갈치, 핫도그를 가리켰다.

"일단 이 세 명이 동굴을 통해 부모도로 온 경험이 있으니까 다른 사람의 선두에 서는 걸로 합시다. 각 세 그룹으로 나누고, 그 그룹의 선두에 각각 세우는 걸로 하죠."

주은이 마이클 천을 향해 반대의 의사를 표명했다.

"아이들이 어른을 인솔하라고요?"

"안전 요원은 지금 없고, 우리는 동굴의 지리를 모르니까 할 수 없어요. 대신에 애들만 선두에 서는 게 아니라, 제작진 중 한 명이 이 셋과 팀을 이루어서 이동합시다. 동굴이 넓긴 하지만 모두 뭉쳐서 다닐 순 없다고 합니다. 대열을 이루어서 전진해야 해요."

잠시 숨을 고른 마이클 천이 마지막으로 말했다.

"일단 그룹을 나누고, 먼저 출발하는 팀을 정합시다. 상주 인력과 인솔 인력, 선두 그룹과 후발 그룹을 나누죠."

신속한 의논 끝에 인원 구성이 빠르게 결정되었다. 마이클 천은 메인 작가와 함께 대피 인력을 이끌고 선두 그룹에 참여하기로 했다. 주은과 오케이 막내 작가는 다른 제작진 몇 명과 함께 이곳에 대기 후 출발하기로 결정되었다.

동굴로 대피하기 전, 회의실 구석에서 마이클 천과 주은이 마지막 대화를 나눴다. 샹들리에의 노란 불빛이 두 사람의 이목구비를 말갛게 비추고 있었다.

"은아. 남아도 내가 남아야 하는데."

주은이 희미한 미소를 지어 보이며 마이클 천에게 답했다.

"아까부터 엄청 무리하고 있는 거 알고 있어. 먼저 나가. 지진에 약하다면서. 그리고 네가 천페이지 대표잖아. 리더가 선두에 서는 게 나아. 그리고 가는 길에 바다랑 대화도 좀 하고. 바다가 맨 앞에 서기로 했다며."

주은이 마이클 천을 물끄러미 바라보았다. 아무도 모르고 있었지만, 마이클 천은 아주 미세하게 떨고 있었다. 발끝에서부터 희미하게 흔들리는 그의 윤곽이 주은의 눈엔 선명하게 들어왔다. 주은이 속주머니에서 약을 꺼냈다.

"아까 줬던 약이야. 나한테도 있으니까 너도 좀 챙겨. 너는 공황 있는 애가 약도 안 챙기고 뭐 하냐? 물 없으면 뭐, 동굴 종유석에서 떨어지는 물방울이라도 받아서 삼키든가."

마이클 천이 빙그레 웃어 보였다.

"네가 준 약이 내가 갖고 다니는 약보다 더 잘 받는 거 같아. 잘 넣어둘게."

벽난로 앞에서 핫도그가 두 사람을 재촉했다.

"이제 빨리빨리 갑시다. 물때 제대로 안 맞추면 못 갑니다."

동굴의 입구는 좁았지만, 그 안은 넓고 아득했다. 좌우로 족히 열 명이 넘는 사람이 동시에 걸을 수 있었다. 물기가 마르지 않은 바닥은 다소 미끄러웠으나, 걷지 못할 정도는 아니었다.

부모도에서 출발한 사람들은 벌써 삼십 분 넘게 동굴을

걷고 있었다.

선두에는 마이클 천과 토스트가 나란히 걷고 있었다. 가장 후미에는 핫도그가 있었다. 은갈치는 후발대와 같이 출발하기로 결정되었다.

동굴을 와본 경험이 있는 세 명이 각기 다른 위치에서 다른 사람들을 인솔 중이었다. 뭉쳐 있으면 돌발 상황에서 위험할 수 있기에 두 명씩 조를 이루고, 서로 간격을 멀리 벌려 동굴을 걸어 나갔다. 토스트는 어쩐 일인지 자처해서 선두에 자리를 잡았다. 그녀는 무표정한 얼굴로 제 아버지 마이클 천과 발걸음을 맞추었다.

그리고 그때, 천장에서 투명한 물방울이 떨어졌다. 그 방울은 점점 더 넓고, 크게 번지기 시작했다. 그러자 마이클 천이 손을 뻗어 토스트의 머리를 가렸다. 토스트가 표정을 찡그리며 몸을 살짝 뒤로 뺐다.

"안 하던 짓 하면 어디에 털 난대."

"그런 재미있는 말은 도대체 누구한테서 배우고 온 거야?"

"저놈들?"

토스트가 턱짓으로 뒤의 참가자 몇 명을 가리켰다. 삼계탕, 킹크랩, 핫도그의 얼굴이 거기 한 줄로 서 있었다. 점처

328   나는 엄마를 바꾸기로 했다

럼 떨어진 그들이 희미한 불빛으로 일렁였다. 마이클 천이 납득한다는 듯 고개를 끄덕거렸다.

"그래. 쟤네가 재밌긴 하더라."

둘은 다시 말없이 걷기 시작했다. 토스트, 아니 천바다는 생각했다. 자신의 아빠와 나란히 발맞춰 걷는 이 시간이 너무 비현실적으로 느껴진다고. 랜턴 불빛이 닿는 동굴의 어둠은 조금 포근하게 느껴졌다. 바다 냄새 섞인 물비린내는 고향에 돌아온 것 같은 착각이 들게 했다.

그녀가 차분한 목소리로 마이클 천에게 물었다.

"왜 그랬어?"

"뭘?"

"왜 방송 조작했어."

"그건 헛소문이야. 아까 안병식 PD랑 나눈 말 엿듣지 않았니?"

토스트가 희미한 미소를 입가에 띠어 보였다. 그녀가 입꼬리 사이를 무너뜨리며 재차 말했다.

"나 다 알아. 방송 시작하기 전에 오케이 언니한테 들었어. 나 10등 밑으로 떨어지면 무조건 등수 올리라고 부탁했다며."

"알고 있었니?"

"응. 그래서 게임 더 열심히 했어. 자존심 상해서. 무조건 1등 하려고. 아빠가 그런 식으로 챙겨주는 게 기분이 나빠서."

토스트는 잠시 숨을 고르며 말을 이어나갔다.

"나 한국에 오게 한 것도 미국에서 너무 힘들어 보여서 그랬다며? 학교생활에 너무 지치는 것 같아서."

"그건 또 누구한테 들었니?"

"할아버지, 할머니."

토스트의 숨소리가 조금 더 거칠어졌다. 그녀가 마이클 천을 쳐다보지도 않고 말했다.

"아빠는 내 앞에서 하는 말과 남한테 하는 말이 다르잖아. 그건 나에게 있어 아빠를 신뢰하지 못하게 해. 날 불안하게 만들어. 알아?"

마이클 천은 잠시 침묵을 지키다가 대답했다.

"미안하다."

"아빠는 비겁하고, 아빠는 겁쟁이야. 왜 아빠가 지진 때문에 공황 있다는 얘기를 핫도그 엄마한테 듣게 만들어? 난 그것도 모르고…… 그리고 왜……."

토스트는 잠시 주변의 사람들을 둘러보았다. 간격이 멀찌감치 떨어져 있는 탓에 둘의 대화 소리가 들릴 성싶지는 않

나는 엄마를 바꾸기로 했다

았다. 그녀가 최대한 목소리를 낮추어 말했다.

"내 엄마가 주은이라는 얘기를 안 해? 왜 그걸 이렇게 엉망진창으로 알게 만들어? 둘이 다툴 거면 진작에 싸우지. 왜 여기 와서 다 들리게 싸우고 있어."

마이클 천의 눈이 휘둥그레졌다. 그가 놀란 눈으로 토스트를 그저 바라만 보았다. 토스트가 말했다.

"아빠의 가장 큰 문제는 솔직하지 못하다는 거야. 혁신, 도약, 희망? 어제와 다른 페이지? 그런 걸 운운하기 전에 어제 못 넘긴 페이지가 있으면 다시 제대로 설명을 해줘. 아빠는 천페이지 대표 마이클 천이기 전에, 내 아빠잖아."

토스트는 마이클 천의 형형한 눈빛을 들여다보았다. 그 눈 속에서 문득 자녀도의 천종환이 떠올랐다. '돈이 없어서 버렸다'는 그 한마디 말을 들었을 때의 마이클 천의 모습도 떠올랐다.

보지도 않은 그 장면이 토스트 머리 안에 어느새 선명하게 들이차 있었다.

자신의 아버지가 이렇게까지 솔직하지 않은 이유를 조금은 알 수 있을 것도 같았다. 마이클에 대한 연민이, 토스트에게 솔직할 수 있는 용기를 만들어주었다.

토스트의 말을 들은 마이클 천은 한동안 신발 앞코에 시선을 둔 채 묵묵히 걷기만 했다. 그러다 토스트의 용기에 응답하듯 자신의 진심을 가까스로 털어놓았다.

"아빠는 무서웠어. 아빠가 두렵다는 걸 들키는 것도 두려웠어. 네가 힘들어할 때, 어떻게 해야 할지 모른다는 사실도……. 너와 관계가 멀어지고 있단 걸 알지만 어떻게 하면 좋을지 잘 모르겠단 걸 말하는 것도……."

토스트가 마이클 천을 바라보며 차분히 말했다.

"겁이 날 때, 무서울 땐 무섭다고 해줘. 지금 이렇게 말하는 것처럼 말이야. 세상이 아는 마이클 천과 내가 아는 아빠가 같은 사람일 필요는 없어. 아빠도 겁이 날 때는 있는 거잖아."

잠시 말을 멈춘 토스트가 마이클 천에게 다시 말을 걸었다.

"물론, 아직 아빠와 나의 관계를 전부 이해한 건 아니야. 내 마음의 힘듦은 충분히 고려해줘."

두 사람이 서로를 아득하게 바라보았다. 어디선가 물방울이 떨어지는 소리가 들리고, 파도가 밀려드는 냄새가 번졌다. 그런데 그때, 동굴이 가늘게 흔들리기 시작했다. 미약하지만 분명한 진동이었다.

마이클 천이 뒤따라오는 인원을 향해 가까스로 소리쳤다.

"모두 머리를 감싸고 포복하세요!"

후미 쪽에 있던 스태프들이 다급한 목소리로 마이클 천에게 외쳤다.

"대표님! 바로 뒤따라오기로 했던 인력이 오지 않습니다! 동굴 안이라서 전화도 안 잡혀요!"

마이클 천의 눈에 불안감이 엄습했다. 대피행렬이 잔뜩 소란해지기 시작했다. 그 사이에서 불평불만이 마구 터져 나왔다. 킹크랩의 모친이 말했다.

"일단 여기 있는 인력이라도 빠져나가요! 이러다 다 죽겠어요!"

그 대구에 피자가 맞장구쳤다.

"맞아요! 일단 전진해요! 그냥 조금 흔들리는 거잖아요! 뒤따라오는 인력은 알아서 오겠죠!"

그 아우성을 가르며 또 한 명의 목소리가 거칠게 튀어나왔다. 가장 마지막 줄에서 튀어나온 사람은 갑자기 동굴의 반대편으로 달리기 시작했다.

"아씨! 갈 거면 여러분이나 가세요! 전 뒤따라오는 사람들 살펴보고 올게요!"

성질을 내며 반대쪽으로 뛰어간 사람, 그는 핫도그였다. 핫도그가 전속력으로 부모도를 향해 되돌아 달려갔다. 누가 붙잡을 수도 없이.

핫도그가 숨을 몰아쉬었다. 가쁘게 숨을 쉰 탓에 흔들리는 것이 동굴인지, 자기 몸인지 구별이 되지 않을 정도였다. 다행히 얼마 지나지 않아 따라오는 다른 대피행렬을 만날 수 있었다. 선두에 서 있는 은갈치를 향해 핫도그가 소리쳤다.

"뭐야. 바로 따라온다더니 왜 여기 있어!"

"나라고 바로 안 가고 싶었겠냐! 근데 자꾸 동굴이 흔들리는 걸 어떡해!"

"우리 엄마는?"

"너희 엄마를 왜 나한테서 찾아! 마지막까지 대기한 뒤에 출발한다고 해서 그냥 왔지! 맨 뒷줄에 없어?"

은갈치의 말에 핫도그는 다급하게 맨 뒷줄을 향했다. 하지만 그곳에도 주은은 없었다. 치즈버거가 게슴츠레한 눈으로 핫도그를 바라보고 있을 뿐이었다.

"너희 엄마는 아까 떨어졌어. 자꾸 흔들리니까 대피행렬을 하나로 유지할 수가 없었어."

그 말을 들은 핫도그가 다시 반대편으로 달리기 시작했다. 자신이 왜 주은을 향해 이렇게 달려 나가는지 이해되지 않는 핫도그였다. 엄마를 걱정하고 있다는 사실. 그 사실은 핫도그가 가장 솔직하게 인정할 수 없는 마음이었다. 핫도그는 제 마음의 정체를 뭐라 이름 짓지 못한 채 계속 뛰어나

나는 엄마를 바꾸기로 했다

갔다.

조금 달려 나가자 부모도 쪽에서 얕은 주황색 불빛이 일렁이는 모습이 보였다. 제 머리에 달린 헤드램프 불빛이 그 빛과 만나 엷은 파도를 일으켰다. 빛의 출렁거림 너머로 한 사람이 조심스레 내려오는 모습이 보였다.

"엄마! 왜 이제 내려와!"

핫도그가 안도와 조급함이 섞인 목소리로 외쳤다.

"너는 왜 여기 있어? 가장 먼저 출발한 애가?"

"엄마가 안 오니까 온 거 아니야!"

주은이 황당한 얼굴로 핫도그, 아니 주바름을 바라보았다. 그녀가 바름을 향해 물었다.

"너 엄마 안 보고 살 거라며? 꼴등 하고 연 끊겠다더니, 걱정은 되나 봐?"

"아, 왜 여기 있냐니까."

주은이 천천히 동굴로 진입하며 말을 이어갔다.

"너희가 떠나고 얼마 지나지 않아서 진동이 다시 시작됐어. 아주 미약한 흔들림이긴 했지만, 무작정 급하게 내려가기보단 조를 더 분산해서 가기로 했지. 그래서 엄마가 마지막이야."

숨이 턱 끝까지 차오르도록 달려온 핫도그에 비해 주은은 태연했다.

"하. 왜 엄마가 마지막인데? 엄마가 뭐라고?"

"안 PD도 없고, 마이클 천 대표도 없고, 메인 작가도 없는데 그러면 엄마가 남아야지. 누가 남아. 막내 작가가 남아?"

"대단한 책임감이네. 우리 엄마가 그렇게 책임감 있는 분인지 몰랐네."

주은은 툴툴거리는 주바름의 얼굴을 바라보았다. 바름은 무언가 말하지 않는 불만이 있어 보였다. 그러나 그것이 무언지 주은은 굳이 묻지 않았다. 대신에 그녀는 바름과 나란히 발을 맞춰 걷기 시작했다.

둘의 함께하는 발소리가 동굴에 점점 크게 울려 퍼졌다.

마침내 결심한 바름이 조심스레 물었다.

"토스트가, 그러니까 천바다가 엄마 딸인 거 왜 나한테 안 알려줬어?"

주은은 심장이 내려앉는 기분을 느꼈지만, 짐짓 차분한 목소리로 답했다.

"바름이 너, 알고 있었어?"

"내가 알고 있다는 게 중요한 건 아니잖아."

주바름의 말이 주은의 폐부를 예리하게 찔렀다. 아들의 대답이 맞았다. 아느냐, 모르느냐가 중요하지 않았다. 이 사

나는 엄마를 바꾸기로 했다

실을 어떻게 잘 설명하는가가 중요했다. 주은이 나지막하게 대답했다.

"언젠가 얘기하려고 했어. 너한테 여자 형제가 한 명 더 있다는 걸."

잠시 고요를 견디던 두 사람은 묵묵히 앞으로 발을 내디뎠다. 발걸음 속에서 주은이 다시 말을 이어갔다.

"마이클이랑 엄마는 연인이었어. 바다가 생긴 뒤로 엄마는 그랑 결혼하고 싶었지. 하지만 마이클은 미국에 돌아가려 했고, 난 한국을 떠날 생각이 없었어. 그땐 둘 다 서로의 일이 너무 중요했거든."

주은의 눈 속으로 동굴의 어둠이 흘러들었다. 주바름이 그 일렁임을 가만히 들여다보았다. 낮고, 느리게 움직이는 그늘을.

"마이클이 말하더구나. 자신은 아이랑 떨어지고 싶지 않다고. 그 자존심 강한 사람이 내게 부탁하더라. 제발 자신이 아이를 키울 수 있게 해달라고. 그래서 어쩔 수 없이 바다를 보내줬어. 가끔 소식을 듣다가, 아예 끊긴 지는 몇 년 됐었고. 그래. 바다랑은 그렇게 된 거야."

주바름은 주은의 설명은 가만히 듣고만 있었다. 사실 그가 궁금한 것은 바다의 사연이 아니었다. 그가 듣고 싶었던 것, 그가 묻고 싶었던 것은 따로 있었다. 그것도 두 개나.

바름은 두 개 중에 그나마 가벼운 질문을 먼저 꺼냈다.

"진짜로 여기 게임은 왜 참가했어. 그냥 다시 유명해지고 싶어서?"

바름의 질문을 들은 주은이 고개를 숙였다. 그녀의 숨에서 옅고 맑은소리가 났다. 잠시 망설이던 주은이 말했다.

"안병식 PD가 너 아기일 때 육아 예능 같이하자고 한 적 있어."

바름은 처음 들어본 이야기에 고개를 갸웃거렸다.

"그거랑 엄빠게임이 무슨 상관인데?"

"왜 너 어릴 때 텔레비전 나오고 싶다고 한 적 있잖아. 네가 도통 아무것에도 흥미가 없었잖니. 그래서 그 말이 유독 기억나더라. 그냥 안 PD가 너 아기 때 육아 예능 하자고 했던 거 같이 할걸 그랬나. 그랬으면 너도 아역 탤런트로 더 적성 맞는 일 하고 있지 않을까."

"내가 텔레비전 나오고 싶다고 했다고? 내가?"

바름은 정말로 그 어떤 기억도 나지 않았다. 주은은 황당한 답변을 했다.

"응. 너 아홉 살인가. 그때 그랬잖아."

"아홉 살 때 지나가듯 말한 일을 내가 어떻게 기억해? 그

나는 엄마를 바꾸기로 했다

걸 아직도 기억한다고? 그래서 여길 나왔다고?"

"꼭 그런 건 아니지만 그 이유도 있다고. 엄마가 성공에 미쳐서 여기 나온 것만은 아니야. 네가 엄빠게임 나오고 싶다며? 그래서 엄마는 네가 방송 욕심이 아직도 있는 줄 알았지. 물론 엄마도 진행자 맡을 욕심이 있었고."

주바름은 너무 황당한 까닭에 웃음을 터뜨리고 말았다. 방송이 시작되기 전, 집에서 단 한마디만이라도 나눴으면 벌어지지 않을 일이었다. 바름은 생각했다. 엄마와 자신은 도대체 얼마나 대화하지 않고 산 것일까. 심각하게 여겼던 모든 문제가 별거 아닐지도 모른다는 생각까지 들었다.

하여, 바름은 묻고 싶었던 마지막 질문을 아무렇지 않게 꺼냈다.

"혹시 마이클 천이 내 아빠야?"

주은이 그 말에 웃음을 터뜨렸다. 그녀의 웃음에 주바름이 신경질을 냈다.

"엄마는 지금 상황이 웃겨?"

"응. 바름아. 너무 웃기잖아."

"뭐가 웃기는데?"

"마이클 천은 대단한 사람이야. 네 생각보다 엄청나게 똑똑하고, 억만장자이기 전에 세계적인 수재야."

"아, 그래서!"

"그런 사람이 네 아빠일 리가 있니?"

주은이 주바름의 어깨를 가만히 토닥였다.

"네 아빠는 조금 모자라지만, 성실하고, 끈기가 있는 사람이었어. 대학원에서 박사를 10년이나 다니고 있는 사람이었지. 그래도 참 다정하고, 우직한 사람이었단다. 공대 바보 같고, 요령도 없긴 했지만."

"아빠가 박사였어?"

"아니, 박사 과정생. 엄마가 뉴스 진행할 때 후배가 취재 좀 도와달라고 해서 인터뷰한 사람이야. 만날 땐 전혀 생각도 안 하고 있었는데 나중에 연이 닿아서 사귀게 되었어. 결혼까지 할 줄은 몰랐지만."

주은이 생각에 잠긴 눈으로 말했다.

"그런데 결혼하자마자 병으로 허망하게 가버렸어. 엄마는 믿을 수가 없더라. 그렇게 건강하던 사람이 한 달도 안 되어서 죽는 걸. 아직도, 아직도 믿을 수가 없어. 어디에 꼭 살아 있을 것만 같아."

그녀가 잠시 걸음을 멈추고 주바름을 끌어안았다. 바름은 약하게 몸부림쳤지만, 그 포옹을 억지로 떼진 않았다.

"미안해. 아빠가 세상에 없다는 말만 하고 자세히 얘기를

나는 엄마를 바꾸기로 했다

안 했지. 바름이 네가 오해할 만해. 하지만 엄마도 슬펐어. 지금도 너무 슬퍼. 그래서 얘기를 못 했어. 하나를 얘기 못 하니까 다른 모든 얘기도 하는 게 어색해졌어.”

주바름은 그녀의 팔에서 전해지는 온기를 느꼈다. 그 따뜻함이 조금 흔들리고 있는 걸, 출렁이는 걸, 느끼고만 있었다. 바름이 그녀를 향해 말했다.

“물비린내가 짙어지면 동굴에 물이 들어온다는 신호야.”

“응?”

주바름이 주은의 손을 붙잡았다.

“빨리 빠져나가자. 물이 차오르기 전에.”

에필로그

Show Must Go On

촬영이 마무리되고 약 여섯 달이 지났다.

주바름은 카페에 앉아서 천바다를 기다렸다. 오늘은 천바다와 주바름이 만나서 함께 공부하는 일요일이었다.

〈엄빠게임〉 촬영 종료 후, 두 사람은 주기적으로 동네에서 만나 같이 공부했다. 제안을 먼저 한 건 주바름이었다. 사실 바름은 공부를 각 잡고 하기보단 수다나 떨 생각이었다. 〈엄빠게임〉을 거치며 참가자들과 묘한 유대가 생긴 바름이었다. 공부는 핑계에 가까웠고, 따로 만날 구실이나 만들어보잔 심산이었다. 이대로 그냥 헤어지긴 아쉬웠다.

바름은 마음이 맞는 다른 참가자들과 단체 채팅방도 만들었고, 거리가 가까운 아이들은 종종 만나기도 했다. 데면데면하게 굴던 천바다와는 아예 정기적인 약속을 잡아버렸다. 알고 보니 바다는 아파트 앞 동 주민이었다. 처음엔 쭉 거절하던 천바다였지만, 결국 못 이기는 척 승낙했다.

바름은 그 승낙을 우정이라고 기꺼이 해석했다.

그런데 천바다는 만날 때마다 상상도 못 할 정도의 공부량을 강요했다. 그녀는 자신이 하는 공부의 10분의 1도 안 된다고 너스레를 떨었지만 말이다.

둘의 공부 모임에 몇 달 전부터는 주은도 합류했다. 그녀는 해가 지기 전에 합류해 함께 저녁 식사를 했다. 〈엄빠게임〉을 전후로 한 가장 큰 일상의 변화였다.

바름은 창문 너머를 멍하니 쳐다보았다. 옛날엔 시간이 비면 멍하니 핸드폰을 하던 바름이었다. 그러나 최근 몇 달 사이엔 핸드폰을 하는 횟수가 부쩍 줄어들었다. 대신 책을 읽거나, 창문을 바라보는 시간이 더욱 늘었다. 통창 너머로 자신이 사는 아파트가 있었고, 지난봄보다 조금 자란 나무들은 단풍이 들어 있었다. 계절이 변한 것이다. 넋 놓고 창밖을 보는 바름에게 누군가 다가와 물었다.

"혹시 핫도그 아니에요? 방송 너무 잘 봤어요!"

주바름이 어색한 미소로 고개를 끄덕거렸다.

"하, 하하. 감사합니다."

"또 방송은 안 하시는 거예요? 어머니도 너무 멋있던데!"

"하하. 하하하. 저는 모르겠고 저희 엄마는 방송 계속하실 거예요. 하하하."

"사인해주세요! 사인!"

그는 쑥스러운 표정으로 종이에 사인했다. 지난 한 달간 수없이 많은 사인 공세에 시달린 주바름이었다. 그런데 카페 저편에서 천바다가 비웃는 모습이 보였다. 바름의 얼굴이 화끈 달아올랐다.

"야, 천바다! 왔으면 빨리 앉기나 하지! 거기서 구경하고 있었어!"

"아, 슈퍼스타 핫도그 씨가 팬서비스 중인데 저처럼 인기 없는 토스트가 어떻게 끼어들겠습니까."

"조용히 해라."

"그나저나 방송이 대단하긴 대단하다."

"네 아빠가 대단한 거지. 난 〈엄빠게임〉 진짜 방영할 줄은 몰랐다."

"그러게."

"독하다. 독해. 난 안병식 PD가 서류 집어 던지는 장면에서 깜짝 놀랐다니까? 아니. 너희 아빠는 그걸 어떻게 찍었대?"

"오케이 언니랑 자기 몸에 하나씩 보디캠 달았대. 그리고 비즈니스룸에도 카메라 설치해놨었다는데?"

"이야……. 이래서 마이클 천, 마이클 천 하는구나? 꾼이네. 꾼."

주바름은 혀를 내둘렀다. 방송이 끝난 후 〈엄빠게임〉은 천페이지의 첫 오리지널 콘텐츠로 절찬리에 오픈되었다. 예정과 달라진 부분이 많이 있었고, 부모도에서 벌어진 사고 때문에 방송 오픈 계획이 많이 지연되었다.

그 기다림은 천페이지와 〈엄빠게임〉에 대한 사람들의 관심을 더욱 증폭시켰다. 방영이 아예 무산되리란 소문은 오히려 〈엄빠게임〉 프리퀄의 흥행 요소로 작동했다. 마이클 천은 안병식의 비리와 몰락까지 전부 다 담아서 〈엄빠게임〉 프리퀄을 완성했다. 안 PD는 마이클 천이 민사 소송을 제기하지 않는다는 조건으로 방영에 동의했다고 한다.

잠시 멍을 때리던 주바름은 천바다에게 말했다.

"야, 천바다. 토스트 시켜줄까? 허니버터토스트?"

"하. 주바름, 저기서 핫도그 사다 줄까? 맞은편에 팔더라? 안 그래도 사 올까 했는데."

둘은 지지 않고 서로를 노려봤다. 그러던 중 갑자기 주바름이 헛기침을 하며 천바다를 바라봤다. 그녀가 경계하며 바름을 노려보았다.

"뭐야. 갑자기."

"누나. 왜 그렇게 성질을 내? 오늘 엄마 만나는 거 싫어?"

'누나'라는 두 단어에 천바다가 오만상을 썼다. 그녀가 손을 내두르며 그 단어를 극구 거절했다.

"집어치워. 제발. 너한테 누나 소리 듣고 싶지 않아."

"왜, 누나?"

"닥치라고."

주바름은 실실 웃었다. 두 사람이 나이 차이가 난다는 걸 알고 난 뒤로부터 '누나' 소리는 주바름이 가진 필살기가 되었다. 천바다는 '누나' 소리를 죽어도 듣기 싫어했다.

바름은 웃으면서 말했다.

"그나저나 너희 아빠 〈엄빠게임〉 시즌 1 진짜 만든대?"

"응. 본인이 결정할 단계가 아니래. 프리퀄이 너무 잘 되어버려서."

"그건 그렇지. 동네 카페에서도 우리를 알아보는 사람이 생길 정도면."

게임이 끝난 후, 마이클 천은 미국으로 돌아갔다. 주바름은 마이클 천에게 신경을 쓰지 않기로 했다. 자신과 그는 어떤 것으로도 얽혀있는 게 없었다. 물론, 천바다 그러니까 이

복누나의 아버지긴 했다. 하지만 주바름이 그런 관계를 도대체 뭐라고 부른단 말인가. 주은도 딱 잘라서 말했다.

'마이클 천과 네가 무슨 가족 관계를 맺어야 할 일은 없어. 엄마도 마이클과 가족이 될 마음이 없으니까. 바다랑은 그냥 친구로 지내도 돼. 네 마음이 괜찮다면 남매로 지내고. 물론 바다도 괜찮아야겠지만.'

주은의 말을 떠올리고 있는 주바름에게 천바다가 물었다.

"은갈치는 뭐 하고 지낸대? 어제 전화했다며."

"걔? 대회 준비한다던데. 제주도에서 올라오면 얼굴이나 보자고 했는데 바쁘대. 영 매정한 자식이야."

"전국체전 금메달리스트가 너처럼 한가하겠냐? 삼계탕은?"

"카톡 씹던데? 스무 살 됐다고 이제 아는 척도 안 하나 봐. 어차피 우리 누나 천바다가 나이 더 많을 텐데. 1살 더 많지? 21살."

"누나라고 부르지 말라고."

주바름이 얄밉게 씩 웃어 보였다. 잠시 웃던 그가 말을 돌렸다.

"김치찌개랑 팟타이는 미국에서 방송 또 한다던데? 어제 보니까 〈엄빠게임〉 시즌 1에 또 나온대. 이번엔 부모를 되찾는 조건이라던데. 시즌 1은 미국에서 한다며."

천바다가 혀를 내둘렀다.

"걔네는 피곤하지도 않나 봐. 무슨 가족을 만들었다, 없앴다, 만들었다, 없앴다 하고 있는지 모르겠네. 걔네 또 하위권하면 이제 잃을 부모도 없잖아?"

주바름이 고개를 갸웃거렸다.

"몰라. 시즌 1 제작이 확정인지도 아직 모르겠고. 뭐 룰도아직은 모르겠고. 그냥 SNS 가끔 보니까 생각보다 즐거워보이던데? 나도 역시 꼴등을 할걸 그랬어."

〈엄빠게임〉에서 하위권이 되어 부모를 잃은 아이들은 미국으로 건너갔다. 마이클 천은 상금을 지급하지 않는 대신그 애들이 대학을 졸업할 때까지의 모든 학비를 지급하기로했다. 또한, 자립에 필요한 비용을 출연료를 통해 지급했다.천바다가 말했다.

"에필로그 봤어? 대박."

주바름이 혀를 내둘렀다.

"와. 봤어. 처음에 꼴찌하고서 미국 공항 도착하니까 김치찌개 울던데? 아주 통곡하더라?"

천바다가 고개를 끄덕거렸다.

"응. 그 뒤에 갑자기 '이제까지 열심히 한 특별 상품'이라고 학비랑, 적당한 자립 비용 준다고 했잖아. 그 말에 걔네 표정이……. 그 표정만 재생되는 클립도 있어.”

주바름이 멍하니 창문을 바라보며 대꾸했다.

“그래. 나도 봤어. 부모랑 헤어지는 게 그렇게 괜찮나? 하긴 뭐, 각자 가정마다 사정이 다 있겠지.”

천바다가 고개를 끄덕거렸다.

“맞아. 우리 가족처럼.”

말이 끝나기 무섭게 주은이 카페 문을 열고 들어왔다. 저물녘, 붉은 햇살이 세 사람의 얼굴을 어루만지고 있었다.

천바다는 게임이 끝난 후 주은과 ‘가끔 만나는 사이’로 지내기로 했다. 새삼스럽게 엄마 역할을 맡아달라고 할 마음은 없었지만, 세상에 없는 사이로 내버려두고 싶진 않았다. 자신의 마음이 훗날 어떻게 결정될지는 모르지만 일단 지금은 딱 그 정도의 사이를 유지하기로 타협했다.

천바다와 주바름은 서로를 문득 바라보았다.

가족은 아닌. 그렇다고 남도 아닌. 특별한 친애를 담은 마음으로.

작가의 말

올해 초, 가족에 대한 글을 당분간 쓰지 말자고 결심했습니다. 그러한 결심을 하고 몇 달 지나지 않아 〈나는 엄마를 바꾸기로 했다〉를 여러분에게 선보이게 되니 몹시 쑥스러울 뿐입니다.

소설을 쓰는 내 가장 공을 들인 것은 불화하는 가족의 모습을 있는 그대로 보여주는 일이었습니다. 화목한 가족 안에도 다툼은 있습니다. 오직 행복하기만 한 가족은 세상 어디에도 없지요. 누구보다 가깝기에 오히려 솔직하지 못하고, 한 번 말하지 않은 비밀이 생긴 까닭으로 자꾸만 어긋나고 마는 가족도 존재합니다. 특히 청소년기에는 더욱 그렇죠. 저 또한 그런 아들이었고, 청소년이었습니다.

하지만 가족의 불화에 대해 집중하기 위해선 가족의 사랑에 대해서 몰두해야 할지도 모릅니다. 미움과 사랑은 동전의 양면과 같은 것이죠. 우리가 누군가를 원망할 때엔, 사실 그 사람을 무척 사랑했다는, 그리고 무척 사랑하고 있다는 사실을 몇 번이고 상기해야 하는 것인지 모릅니다. 특히 그 '누군가'가 가족인 경우에는요.

세상엔 다양한 형태의 가족이 있고, 우리가 생각하지 않은 모습의 가족도 많습니다. 〈나는 엄마를 바꾸기로 했다〉에선 세상에 존재하는 가지각색의 가족을 조명하고자 노력했어요. 그리고 그 가정 안에서 이루어지는 여러 갈등을 들여다보고자 했습니다. 여러분은 어떤 가족을 가지고 있나요. 그 안에서 어떤 시간들을 살아내고 있나요. 각자의 마음을 살아내는 시간 곁에 이 소설이 함께 한다면 좋겠습니다.

제게도 가족은 사랑이면서 동시에 원망입니다. 원망이면서 동시에 기쁨입니다. 이 소설이 감정의 여러 페이지에 달리는 각주가 되기를 희망해봅니다. 읽어주신 독자 여러분과 책이 만들어지기까지 큰 도움을 준 출판사에 마지막 감사를 전합니다.

나는 엄마를
바꾸기로 했다

1쇄 발행 2023년 4월 30일

지은이	변윤제
펴낸이	배선아
편집	박미애
디자인	이승은
본문 디자인	박은정
펴낸곳	고즈넉이엔티

출판등록	2017년 3월 13일 제 2022-000078호
주소	서울특별시 마포구 성지 1길 35, 4층
대표전화	02-6269-8166
팩스	02-6166-9199
이메일	gozknockent@gozknock.com
홈페이지	www.gozknock.com
블로그	blog.naver.com/gozknock
페이스북	www.facebook.com/gozknock
인스타그램	www.instagram.com/gozknock

ⓒ 변윤제, 2023

ISBN 979-11-6316-864-5 03810

표지 일러스트   한수진